The Mystery of Angelina Frood

R. Austin Freeman

論創海外ミステリ
Ronso Kaigai MYSTERY
179

アンジェリーナ・フルードの謎

オースティン・フリーマン

西川直子◎訳

論創社

The Mystery of Angelina Frood
1924
by R.Austin Freeman

目次

主要登場人物

ジョン・ストレンジウェイズ……医師
ジョン・ソーンダイク……法医学者
クリストファー・ジャーヴィス……医師。ソーンダイクの友人
ナサニエル・ポルトン……ソーンダイクの助手
ロバート・アンスティ……弁護士。ソーンダイクの友人
アンジェリーナ・フルード……女優。ストレンジウェイズの患者
ニコラス・フルード……アンジェリーナの夫
ギロー夫人……アンジェリーナの家政婦
ジャップ氏……ロチェスターで不動産業を営む老人
ピーター・バンディ……ジャップ氏の事務所に勤務する若者
ジョコンダ・ダンク……ストレンジウェイズの家政婦
コブルディック……ロチェスター警察署の巡査部長

アンジェリーナ・フルードの謎

第一章　麻薬中毒患者の妻

　熟練の医師ともなればむやみに驚いたりせず、ましてや余程のことでもない限り、押さえがたい好奇心に駆られたりもしないものだ。だが、私がリージェンツ・パークのオズナバーグ通りで診療所を営むパンフリー医師の元で働き始めた当時は、熟練どころか、まだ医師免許を取得して一年程度の新米ドクターにすぎず、まだプロとしての場数も不十分で、そこまでの精神構造はできあがっていなかった。これから物語る我が身に起きた奇妙な出来事は、その頃の私に強い衝撃を与えただけでなく、長い歳月が過ぎ去ってなお、興味深い考察対象として心に刻まれている。

　近所の教会が午後十一時四十五分の時を告げ終え、時刻はまもなく午前零時にならんとしていた。私は読みかけの本を置き大あくびをしたが、深夜まで私を眠らせなかった著者を冒瀆する意図は毛頭無かった。立ち上がり伸びをして、とっくに灰と化していたパイプの中身を叩き落としていると、玄関のベルが鳴った。すでに使用人は寝室に下がっていたので、自ら戸口へ出向いた。珍しく夜更かしをしていた偶然を幸いとしつつも、深夜の訪問客を煩わしく思いながら。ドアを開けると小雨に濡れた通りと路肩に停まった大型の乗用車が見え、玄関に立つ長身の男が今にも二度目のベルを鳴らそうとしていた。

「ドクター・パンフリーかね？」と尋ねられたので、相手とは初対面だと知れた。

「あいにくパンフリー医師は不在ですが、留守中は私が代理を務めております」

「結構」男は愛想なく応じた。「急病の女性を診てもらいたい。ひどいショック状態に陥っているのだ」

「精神的なショックですか、それとも、怪我をなさっていますか？」

「そうだな、精神的なショックだけだと思う」男は答えたが、何やら煮え切らない口ぶりに思えたので、私は問いを重ねた。「何か外傷はありますか？」

「いや」否定しながらも、男は相変わらず自信のない口ぶりで「それはないと思う。私の知る限りだが」と続けた。

「つまり、怪我はないのですね？」

「ああ」

今度は即答だったので、信じて良さそうだった。だが推測をめぐらせても意味はない。私は急いで診察室に戻り、救急かばんと聴診器を手に取ると玄関を出て、急き立てられるように車へ乗り込んだ。ドアを閉めると、車は強力なエンジンに突き動かされて、音もなく滑らかに発進した。

メリルボーン通りへ向かって発車した車は、速度を上げてオルバニー通りへと曲がったが、その後はどこをどう走っているのか、わからなくなった。小糠《こぬか》雨が窓にはりついて見通しが利かないうえ、もともとその界隈には不案内なのだ。ごく短い行程だったように思うが、大型の車で走ると距離の見当も狂いがちになる。ともあれ、かかった時間は数分に過ぎず、そのあいだ、我々はひと言も言葉を交わさなかった。やがて車が速度を緩めると、私は尋ねた。

「患者のお名前を伺ってもよろしいですか？」

「彼女の名は」いくぶん口ごもりながら男は答えた。「ミセス・ジョンソンだ」

まるで赤の他人を紹介するような返答は、この状況にあまりにもそぐわず、私はそれが意味するところについて素早く頭を巡らせながら車を降り、男の後に続いた。高級住宅街の裏通りのようだったが、いかんせん闇が深過ぎて、ろくに周囲を確認する余裕もなく、車から屋敷の門まで歩いた。屋敷について気づいたことといえば、古めかしい瀟洒《しょうしゃ》な造りの建物で、小さな前庭がついており、窓は鎧戸で閉ざされ、正面扉に四十三の番号が読めたことくらいだ。

階段を上がり玄関前に立つと扉が開き、その陰に立つ女性の姿が薄ぼんやりと見えた。廊下のテーブル上に火の灯った蠟燭が一本置かれており、我が同行者はそれを取り上げると、一緒に上まで来てくれと言った。二階の踊り場で立ちどまり、わずかに開いた扉を指し示した。

「その部屋だ」それだけ言うと、男は踵を返し、階段を下りていった。

私はつかのま薄暗い踊り場にたたずみ、何もかもが奇妙としか言いようのない状況に圧倒されていた。部屋から漏れる細い明かりで、ドアに外側からこじ開けられたような傷があるのを認めて、疑いの念はさらに強まった。だが、どんな事情があろうと私の知ったことではない。ドアをノックしようとした瞬間、その縁に四本の指がかかり、内側に引き開けられると、男性の頭がのぞいた。

その指と頭の両方に、たちまち医師たる私の瞳は釘付けになった。前者は「ばち指」として知られる指で、先端が丸く膨らんでおり、爪が胡桃《くるみ》のように盛り上がり変形している。頭部はまるで巨大な洋ナシのような形状で、顔は幅広だったが、頬骨が高く、細く切れ上がった目は深く落ち窪んでいた。盛り上がった四角い額を覆う灰色の髪は、モグラの毛のように逆立っている。

そうした特徴をひと目で把握しながら「私は医者です」と告げたが、すぐに男性の目が赤くうるんでいることにも気づいた。彼は無言のまま扉を開けて、後ろに下がった。私は中に入り扉を閉めたが、そのさい、掛け金が壊れているのに気づいた。

そこは寝室で、ベッドには女性が横たわっていた。夜会服らしき身なりのまま、首元から腰のあたりまで外套で覆われている。うら若いご婦人で――二十八歳前後と見た――見目麗しく、端正ともいえる顔立ちだが、顔面は蒼白だった。意識はあり、物憂げな瞳をまっすぐ私に向けてきた。私はどぎまぎしながらベッドに歩み寄った。男性の方は部屋の隅に置かれた椅子に腰を下ろしている。私は患者に話しかけた。

「こんばんは、ミセス・ジョンソン。ご気分がすぐれないようですね。どうなさいました？　何かショックを受けられたそうですが」

そう話しかけると、彼女の顔にかすかな驚きの表情が浮かんだが、すぐに、消え入りそうな声で、ささやくように答えを返した。

「ええ、気が動転して。それだけですわ。お医者様を呼ぶ必要などありませんでしたのに」

「でも、お元気そうには見えませんよ」そう言いながら、私は外套から出ている彼女の手首をとった。

「それに手が氷のように冷たい」

私は時計を見ながら脈をとったが、そのあいだも彼女の様子をじっと見守っていた。観察していたのは彼女だけではない。向かいの壁に鏡が欠けられており、わずかに体勢をずらすことで、そこに映った男性の様子を盗み見ることができた。ちょうど私の背後で、彼は膝の上に両肘をつき、両手に顔をうずめている。

「ひとつおうかがいしますが」時計をしまいながら私は患者に話しかけた。「どのようなショックを受けられたのですか？」

微かな笑みの片鱗が女性の口元をかすめた。「それは治療に無関係の質問ですわね？」

「かもしれません」私は答えたが、むろん関係はあった。だが追及は差し控えるべきだろう。どうやら隠れた事情がありそうだ。そうさとった私は、ふたたび女性に探るような視線を向けた。彼女の容体がどうあれ、原因がなんであれ、誰の助けも借りずにこの状況を読み解かなくてはならない。何しろ、情報を与えられる見込みは皆無ときている。見極めるべきは、彼女が単に精神を病んでいるのか、それとも、外傷が原因で精神的に混乱をきたしているのかという点だ。蠟のように血の気を失った患者の顔色は不安を誘うが、そこに浮かんだ微妙な表情を読み解くのは困難を極めた。何か激しい感情の痕跡が刻まれているが、その感情が悲しみなのか、恐れなのか、不安なのか、まるで判断がつかないのだ。瞳を閉じたその顔はデス・マスクに似ていたが、そこには死者に備わる静謐さが欠けていた。「痛みはありますか？」私は彼女の手首に触れたまま尋ねた。だが彼女はただ力なく首を振っただけで、目を開けようともしない。

もどかしくてならない。彼女の顔には、あらゆる病気の兆候が潜んでいるし、この場には奇妙に謎めいた雰囲気が漂っている。鏡に映った不快な人物も、相変わらず背中を丸め、両手で頭を抱えこんでおり、不安を誘うばかりだ。やがて私の関心は、女性の身体を覆っている外套に向かい始めた。よく見ると、それは首元に巻きつけてある。傷でも隠しているのか？　わざわざ医者を呼んだことを思えば、ありえなくはない。しかし、この場の誰もが筋の通らない行動をしているので、何とも言えなかった。私は聴診器を取り出した。ダイヤフラム（集音のために皮膚に当てる部分に張られた膜）がついているので、服の上からでも心音を聞くことができる。私は外套をわずかに除けて、胸に聴診器を当てた。それに対し、女性は目を開き、片手を挙げて外套の上の部分を抑えた。私は彼女の心音に耳を傾けた——動作で乱れはしたが、規則的に打っている。さらに一、二か所、聴診器を動かし、徐々に外套をずらしていった。次の瞬間、私ははっとして手を止めた。

「これは」思わず声を上げる。「首をどうされました？」

「傷のことかしら？」彼女はささやくように答えた。「なんでもありません。昨日つけていた金のネックレスのせいですわ。とてもきつかったもので」

「なるほど」私は言った。もっともらしい答えではあるし、彼女の口調はだいぶ明瞭さを取り戻していた。だが、もちろん私は騙されなかったし、彼女もそれは承知しているはずだ。それでも、傷のことを問い詰めたり、意見を述べたりしても無意味なのはわかりきっていた。それはコードかバンドのようなもので、かなり力を込めて絞められたと思しき生々しい傷跡で、負傷してからまだ一時間と経っていないように見えた。誰の手でいかにして被った傷なのかという疑問は、医学的には私の関与するところではない。しかし、医師の立場を離れて、自分がなんの責任も負ってないとは、決して言い切れなかった。

そのとき、部屋の隅で男が重苦しいうなり声をもらし、「ああ、神様！」と低く張りつめた声でわめき、号泣し始めたので、私はすっかり当惑してしまった。いたたまれないような思いで、女性から男性へと目を移す。女性の青白い顔には、嫌悪と軽蔑の表情が浮かびつつあった。そのまま男性の様子を眺めていると、彼は片手をポケットにつっこみ、ハンカチを引っ張り出したが、それと一緒に小さな紙包みもこぼれおち、床にころがった。その包みの形状から、そしてとりわけ、包みを慌てて拾い上げ、私に疑い深い視線を素早く走らせた男の様子から、あらたに別の邪悪な可能性が示唆された。

男の錯乱気味ともいえる精神状態もそれで納得がゆくし、この場の不可解な状況とも合致する。そうだ、小包の中身はコカインに違いない。問題はその事実――仮に包みの中身がコカインだとして――が、患者の容態に関わっているかどうかだ。

私はふたたび夫人の様子に目を戻し、脈を取った。男の外見には薬物中毒の兆候がはっきり現れている。取り乱し、離れた場所からも、ハンカチを握る手が痙攣しているのがわかる。それにひきかえ夫人には、麻薬の影響は何ひとつ見られない。病床にありながら、強い意志を感じさせる毅然とした表情と、穏やかな話しぶりが、その可能性を完全に排除していた。だがいくら考えたところで答えは出まい。もはや得られる限りの情報は入手し、私にできることといえば、提示された状況から読み取れる不完全な理解を元に、治療方法を定めることだけだった。かくして私は、診療かばんを開け、小瓶いくつかと計量瓶を取り出すと、洗面台の前で薬品を水で希釈し、飲み薬を調合し始めた。部屋を横切ろうと、暖炉の前を通りかかったところで、マントルピースに並んだ数々のサイン入り写真が目に留まった。俳優や女優を撮影したブロマイドらしい。この場にいる二人の写真もあり、どちらも舞台衣装を身につけていたが、サインはなかった。そこから、患者は女優に違いないと察せられた。私が呼ばれた時間帯から考えても、その見込みは高いし、室内にある雑誌の類いは、広範な劇場通いを趣味とするパンフリー医師のおかげで、見覚えがあった。

「さあ、ミセス・ジョンソン」飲み薬の用意ができると、私は夫人に話しかけた。夫人はまぶたを開き、微かに戸惑ったような表情を私に向けた。「これを呑んでください」

私は夫人が身体を起こすのを手伝い、薬を呑ませた。彼女が頭を起こした隙をとらえてうなじを見ると、コードかバンドで絞められた跡がくっきり残っていた。夫人はため息とともにふたたび横になったが、目は開けたままで、私がかばんに道具をしまうのを見つめていた。

「後ほど薬を届けさせますので、決まった時間毎にお呑みになってください」私はまず夫人にそう告げ、次に男性に向かって「安静にして、絶対に興奮させないようにしてください」と言い渡した。

男はだまって会釈し、私は帰り支度を始めた。

「おやすみなさい、ミセス・ジョンソン」私は夫人の冷たい手をそっと握り、別れを告げた。「あと一、二時間もすれば、だいぶ回復するでしょう。十分に休養をとり、きちんと薬を服用してくださ い」

夫人は穏やかな口ぶりで短く礼を述べ、えも言われぬ優しい笑みを浮かべた。私は去り難い思いにかられ、胸に刺すような痛みをおぼえた。こんな弱り切った、よるべない状態の夫人を、不愉快な付き添いと共に、得体の知れない危険な状況の中に残して去りたくはなかった。だが私は通りすがりのよそ者にすぎず、医師の範疇を超えた行動は慎まねばならなかった。

私が戸口に向かうと――破損した錠前と折れ曲がったレンチに目が行かずにいられなかったが――、男は立ち上がり、私を部屋の外へと送り出した。挨拶を口にすると、相手は無骨な外見とは不似合いの朗々たる美声と、極めて洗練された発音で挨拶を返した。薄暗い階段をそろそろと降りてゆくと、すぐに私を迎えに来た男が現れ、ろうそくを手に階段のたもとで立ち止まった。

「それで」無愛想な声で男は訊いた。「夫人の具合は?」

「ひどく衰弱し、動揺しています。薬を処方したいのですが。こちらの住所を教えて頂けますか。それとも車で医院まで送って頂けますか?」

「送って行こう」男は言った。「ついたら私に薬を渡してくれればいい」

車は門の脇に停めてあり、私たちは連れだって屋敷を出た。振り向いて門を閉めるさい、私は屋敷やその周囲にすばやく視線をめぐらせ、後日この場所を判別する必要が生じたときのために、目立つ特徴を探そうとした。だが、雨は止んでいたものの闇が濃すぎて、隣の屋敷に小さな塔があり、そのてっぺんに丸屋根と風向針がついているのが、かろうじて見えただけだった。

帰りの短い道中、我々は一言も言葉を交わさず、玄関先で車が止まると、私は鍵を開けて中へ入り、男も黙って後に続いた。私は手際よく薬を調合し、服用方法について大雑把に説明しながら男に手渡した。男は薬を受け取ると、料金を尋ねた。

「往診を継続する必要はないと考えていいのですね？」私は確認した。

「必要があれば、また呼びにくると思う。今回の支払いは、いま済ませておきたい」

私は金額を告げ、男から金を受け取りながら忠告をした。「衰弱が激しいときは、手厚い看護が必要なことはおわかりですね」

「むろんだ」男は答えた。「だが私は家族の一員じゃないんでね。ちゃんと伝えてくれたかね？　ミスター……彼女の夫には」

男が言いよどむのを私は聞き逃さなかった。そして「伝えましたが、ちゃんと伝わったかどうか自信がありません。彼女のご主人の精神状態は正気とは思えませんでした。もっと、まともな付き添いがいればいいのですが」と答えた。

「そうしよう」男は言ったが、続けて「別に危険な状態にあるわけじゃないんだろう？」と探るように訊いた。

「医学的には危険はないと思いますが、それ以上のことは、私よりあなたの方がご存知でしょう」

男は私をちらりと見やり、かすかにうなずいた。それから「これで失礼する」と素っ気なく告げると、背中を向け、車へ戻って行った。

男が去ると、私は診察日誌をつけ、診療代を料金箱へ入れた。ベテランのパンフリー医師なら、一件落着として処理しただろうが、新米の私にとって、この出来事を事務的にやり過ごすなど無理な相談だった。今なお、頭の中は驚愕と好奇心、それに美しい患者への懸念が渦巻いている。

いったい、あの屋敷で何が起きたのだろう。おそらく何か邪悪で恥ずべき事態に違いない。何もかも内密に運ぼうとする彼らの態度が、それを物語っていた。屋敷の所在を伏せるのみならず、偽名まで使うとは。今しがた帰った男は偽名を度忘れしたのか、代わりに「彼女の夫」と呼んでいた。思いつきで使ったせいで、忘れてしまったのだろう。私が患者にその名で呼びかけたとき、彼女が驚いた顔をしたのも、それで合点がゆく。できれば揉み消してしまいたいような、厄介事が起きたに違いない。

だがその厄介事とは何だろう？　それを解く材料は、女性の首についた傷、壊されたドア、おそらくコカインと思われる小包の三つだ。私はその三点について、個別に、それから合わせて考察してみた。

首の傷はごく最近ついたものだった。あの形状は見間違いようがない。コードかバンドできつく巻かれ、満身の力で締め上げられた跡だ。本人または第三者の手による傷。すなわち、自殺未遂か殺人未遂のどちらかということになる。状況から見てどちらが適合するだろうか。

それから壊されたドア。あれは外から押し破られていた。ということは、内側から鍵がかけられていたことを意味する。その状況は自殺には適合するが、殺人には合わない。では、押し入ったのは誰か。女性を手にかけようとした殺人犯か、それとも救出者か。もし後者なら、自殺と他殺、どちらから救おうとしたのか。

そして麻薬の件——憶測だがコカインの見込みが高い。麻薬の保持は何を意味するのか。あの三人はそろって中毒患者で、破廉恥な麻薬パーティの末、今回の事態に至ったとか？　いや違う。患者の状態にそぐわないし、私を車で送迎した男は健康そうで、精神状態も正気だったし、麻薬患者の兆候は何ひとつ見られなかった。

次に、人物について考察してみた。居合わせたのは三人の人物。ひとりの男は逞しく、容姿端麗な四十がらみの人物。もうひとりの男は露骨に感じが悪く、みるからに虚弱で精神的に不安定な人物。いかにもトラブルが起きそうな関係に思える。とりわけ、そのうちひとりが魅力的な女性である場合は。

女性の顔立ちは鮮明に思い出せる。たいそうな美人であった。絶世の美女というのは言い過ぎだが、もし彼女の頬に薔薇色の生気が宿っていれば、そう言えたかもしれない。私が目にしたのは、血の気の無い青ざめた顔でしかなかったのだから。しかし彼女の顔立ちには、美貌だけでなく、温厚で優美な人柄もにじみ出ていた。どうしてそう感じたのはわからない。ただ、私に礼を述べ、別れの挨拶をしたときの彼女の微笑み。その笑みが、彼女の顔に格別の優しさを添えていた。ともあれ、私は彼女からそのような印象を受け、さらに言えば、意志の強い、知的な女性とも見受けられた。

きわめて印象的な容貌だった。豊かな黒髪は顔の両側に流れ、こめかみにかかり、両耳をほぼ覆い隠していた。濃灰色の瞳、稀に見るほど力強く一直線に轢かれた両眉、さらに緩みなく結ばれた口元——それは精神状態からくる一時的なものかもしれないが。

私の考察はたっぷり二、三時間に及んだが、結局なんの結論も出せずに終わった。ようやく私はかすかな寒気を感じつつ腰を上げ、その夜の出来事を頭から追い払うと、ベッドにもぐり込んだ。

しかし三人の人物とその晩の出来事は、いつまでも記憶から去らなかった。続く何日ものあいだ、私は二つの顔に取り憑かれ、追い払うことができなかった。ひとつは、柔らかくもじゃもじゃとした灰色の髪で覆われた、醜悪な四角い顔、もうひとつは、無言のまま悲惨な状況を雄弁に語りかけてくる、優しく魅力的な顔。予想どおり、往診の求めは二度となく、謎めいた屋敷の所在も、オスナボロー通りの外れにいる限り、不明のままだった。だが、パンフリー医師が戻る前日、ある発見があった。

リージェンツ・パーク近くに住む患者を往診し、帰りに、近道と思われる道を通ったときのことだ。あたりは閑静で古風な住宅街で、どの屋敷も小さな前庭の奥に建っていた。しばらく歩くうちに、ふと見覚えがあるような感覚に襲われ、私はいつになく注意深い目で、立ち並ぶ屋敷群を観察しながら歩みを進めた。まもなく、やや前方の向かい側にある屋敷に目が留まった。側面に丸屋根を冠した小塔があり、その上に風向針が見える。私は道を横切り、その屋敷に近づくと、心をはやらせて隣の屋敷をのぞきこんだ。間違いなく同じ屋敷だった。瞬時にブラインドの降りた窓が目に入り、正面玄関を見やると、四十三番地とあった。

では、ここがあの謎めいた、犯罪現場かもしれない屋敷なのだ。だが、あの惨状が何を意味していたにせよ、もはや登場人物たちの姿はなかった。窓からはカーテンが取り払われ、建物には清掃や改修中の雰囲気がただよい、小さな看板に、家具付き屋敷を貸家に出すという知らせと、問い合わせ先が記された広告が貼られていた。一瞬、問い合わせてみようかと思ったが、それは信頼を裏切る行為になるかもしれないと感じ、思いとどまった。彼らの名前は故意に伏せられ、そこには正当な事情があったに違いなく、なんの権限もなく顧客の私生活に立ち入ることは、職業倫理に反する気がした。最後に二階の窓に目をやった。私が足を踏み入れたのは、たしかその部屋だったはずだ。そして、これで本当にあの出来事は終わったのだと自分に言い聞かせると、登場人物たちの姿を最後にもう一度思い浮かべてから、歩き出した。

だが、私は間違っていた。最初の幕は下りたが、劇はまだ終わっていなかったのだ。その続きは、予測のつかない未来に待ち受けていた。「よくないことが起きる前には、前兆の影が差すものだ」とはいうが、そうした影が明確な実態を伴って姿を現し、前兆が無視されたことをあざ笑うまで、その影の正体を誰が解釈できようか？

第二章　〝ミスター・ジョンソン〟との再会

ドラマの第二幕が始まるまでに幾月か要したが、これからその顚末を語るとしよう。幾月というか、正確には一年以上経過していたが、そのあいだに私の境遇も様変わりしていた。その次第は、間接的にせよ、再びドラマの登場人物に加わる一因となった事柄ゆえ言及しておくと、ちょっとした財産を相続したのだ。かろうじて働かなくても済む程度の、その気になれば遊んで暮らせる額だったが、あいにく、そんな無為な暮らしは私の性に合わなかった。かくして、信頼を寄せる医師向け転職斡旋人のターチバル氏に相談してみようと、アデルフィのアダム通りに出向くことになった。それがきっかけとなり、後述する奇妙な出来事との結びつきが生じたのである。

ターチバル氏の元には仕事の口が数件届いていたが、彼の眼鏡に適ったのは一件だけだった。「前任者の逝去によって空いたポストでしてね」ターチバル氏は説明した。「場所はロチェスターです。かなり小規模な診療区なので、大した収入は見込めません。しかも、前任者は高齢でしたが、あなたはまだ若い。顎と口周りのヒゲを剃れば、ますますお若く見えるでしょうな。とはいえ、何より格安の物件だし、条件のいい勤め口が見つかるまで待つ余裕もおありでしょう。そのあいだ住む土地として、ロチェスターは最高ですよ。行って自分の目で見ていらっしゃるといい。地元の不動産仲介業者の〝ジャップ・アンド・バンディィ〟に知らせておきますので、屋敷と診療所を案内してもらえるでしよう。いかがですか？」

私は「行ってみます」と即答した。かなり好印象を受けたので、翌日にはロチェスターへ向かう汽車に乗り込み、車掌室に特大のスーツケースを預けて、一等客室に席を占めていた。

ダートフォードで乗り換える必要があったため、ホームをぶらつきながらロチェスター行きの到着を待っていると、ふとベンチに坐るひとりの男に目が引きつけられた。疲弊した様子で肩を落とし、煙草を巻いている。男の素早く巧みな手つきに見とれたが、赤褐色に染まった指先を見て、手際の良さにも納得がいった。だが私の関心はすぐに指の色から形へと移った。指先がへらのようにつぶれているではないか。観察していたのは背後からだったので、男の顔は見えなかった。それでも大きな洋梨型の頭に馬鹿でかい帽子をかぶり、その下から髪の毛が藁のように乱雑にはみ出しているのは見て取れた。

自分でも知らぬうちに足を止めていたのだろう。というのも男が急に振り返り、探るような疑い深げな眼差しを向けてきたからだ。こちらが誰かわからぬ様子だ。私の外見はだいぶ変わっていたのだから無理もない。だが私の方は瞬時に気づいた。彼こそ〝ミスター・何某《なにがし》〟、つまり、例の患者の夫だったのだ。しかも彼の外見は、最後に目にした時からまるで改善されていなかった。面と向かって見ると、だらしなく薄汚れた身なりをして、清潔感はみじんもない。粗末なブーツは、まるで石灰質の土壌に覆われたケント州の街道を放浪してきたかのように、白茶けている。汽車がホームに到着すると、男は二本目の煙草を巻きながら、私の個室から数室離れた室《へや》へ入っていった。その後、汽車が停車するたびに、私は窓から顔を突き出し、男の降車駅を確認しようとした。だがその機会がないまま汽車はロチェスター駅へ近づき速度を落とし始めた。私はあわてて個室を飛び出し、何気なく彼の客室へ近づいていった。そこは満員だったと見えて、大勢の乗客がぞろぞろ降り立ったあと、ようやく例の男が姿を現し、恰幅のいい作業員風の男と押し合うように狭い戸口から出て来た。人ごみをかき分けて通りすぎる際、コートの裾がめくれあがり、細身の革ベルトに、船乗りの間で〝グリーン・リヴァー〟の呼称で知られる鞘付きナイフが差してあるのが見えた。私は不穏な気持ちに襲われた。海上ならともかく、陸《おか》の人間にそんな刃物の正当な使い道などあるわけない。そんな殺傷道具――それ以外の目的などなかろう――を携帯している事実が、あの忘れがたい夜、リージェンツ・パーク近くの静寂に包まれた屋敷で起きた邪悪な出来事に、駄目押しのように、さらなる疑惑の光を投げかけた。

私は自分の荷物を引き取りにいかねばならず、そのあいだに彼の姿を見失ってしまった。手荷物預かり所にトランクを持ち込み、駅を出て通りを見渡してみたが、どこにも見当たらない。一体あの男はロチェスターで何をしているのだろう。彼の美しい妻もこの地にいるのだろうか――まだ生きているとしたらだが。そんなことをぼんやり考えつつ、私は西の方角へゆっくり歩き始めた。二、三百ヤードも歩かぬうちに、進行方向にある酒場の扉が開き、中から男が出てきた。しごく満足げに指を舐めながら、煙草を巻き始める。先ほど見失った「彼女の夫」ではないか。酒場の戸口にたたずみ、往来を行き交う人波をぼんやり眺めている。私が前を通り過ぎようとすると、こちらへ近づいてきた。

「もしや、このあたりにお住まいのフルード夫人をご存知ないでしょうか?」と、訊いてくる。

「いいえ、あいにくと」私は真実を告げられることに感謝しながら答えた。たとえ知っていても、教えるべきではないように思えたのだ。「私はまだこの街に着いたばかりなもので」

男は礼を述べて立ち去り、私もふたたび歩き出したが、もはや気楽なそぞろ歩きとはいかず、フルード夫人とは何者だろうと考えながら、通りの反対側に並ぶ家々の番地を目で追った。

数分も歩くうちに、扉上部のアーチ形をした部分に目指す番地をかかげた、ジョージア王朝風の小洒落た建物が見つかった。古びた赤レンガ造りの屋敷が対になって並び、目指す建物はその片割れを成している。私はしばし通りの反対側にたたずみ、その双子の建造物をとっくりと眺め渡した。古い建物には常々関心を持っているのだが、この一対の建物は殊更にすばらしい。おそらく双方の家主とも、屋敷が最高の状態に保たれ、落ち着いたグリーンの木造の建物と、くすんだ赤煉瓦の調和が最上の効果を上げていることに気づいているのだろう。同色に彩色されているのは、建築家の意図の現れだ。つまり二つで一組の建造物となるようデザインされたのは明らかだった。その仕上げとして、双子の玄関ポーチのあいだに、中央扉が極めて効果的に配置されている。そこから両方の建物に共通のロビーへ入ることができ、さらに奥の事務所へ続いているにちがいなかった。

細部まで観察し終えると、私は通りを横切り、建物に近づいていった。玄関横には『ジャップ・アンド・バンディ――建築・不動産鑑定業』と刻まれた真鍮のプレートがある。横の出窓には、緑色のカーテンの手前に貸家の一覧表が張られていたので、しばらくその前に立って眺めていると、カーテンの上から、べっこう縁の大きな眼鏡をかけた人物がそろそろと顔を出したが、私と目が合うなり、瞬く間に引っ込んでしまった。

私は短い階段を上がって、通りに面した扉を開け、玄関ホールに足を踏み入れると、目指す事務所のドアを開けて中へ入った。さきほどの眼鏡の男は私に背を向けて座面の高い椅子にちょこんと座り、高い机に向かって大判の帳面に何やら書き込んでいる。部屋にはもうひとり、小柄で痩せた老人がいた。皺だらけの柔和な顔をして、オウムのトサカのような白髪を生やし、図面を広げた大きなテーブルを挟んで、こちら側を向いている。私が入っていくと、老人が物問いたげな目を向けてきたので、すぐに名乗った。

「私は医師のストレンジウェイズといいます」そう言いながら、ポケットから書類の束を引っ張り出す。「ターチバル氏が——ご存知だと思いますが、転職斡旋人の方です——、現地で物件を見るよう勧めてくれたので、こうして参上しました」

「さよう」老人は私に椅子を勧めながら答えた。背もたれ付きのヘップルホワイト様式の椅子だった。

「ターチバル氏の見立てどおり、実に無難なポジションと言えますな。三週間前、パートリッジ医師の逝去に伴い、ノーサンバーランド在住の遺言執行人の依頼で、資産鑑定を行いました。家財道具一式を査定し、医薬品や医療器具、お抱え患者なども評価に加えて出したのがこちらの結果です。つまりは、これが屋敷の評価額に当たります」

「借地権はどうなっていますか?」

「数年前に切れとります。ドクター・パートリッジには、本人の希望により単年契約で貸しておりました。そのやり方を踏襲してもいいし、お望みなら借地契約を結ぶこともできますよ」

「屋敷の所有者はあなたですか?」

「いや、大家《おおや》のフルード夫人に頼まれて管理人を勧めているだけです」

「なんと、フルード夫人が家主でしたか」

老人はさっと顔を上げて私を見た。机に向かう相方も、はたと執筆の手を止めた。「フルード夫人とお知り合いですか?」

「いいえ。実は、たまたま数分ほど前に、汽車に乗り合わせた男から、その女性の住まいを知らないかと尋ねられたのです。幸い教えられませんでしたが」

「なぜ幸いと？」

そう聞かれてギクリとした。私があの男を嫌悪するのは、過去の一件のせいだったが、まだその話を打ち明ける時期ではあるまい。私はとぼけた感じで答えた。「実は、見た目が気に入らなかったのです。ひどくみすぼらしい格好だったので、物乞いか何かだと思いました」

「そうでしたか！　どんな感じの男でした？　何か特徴は？」

「年の頃は三十五から四十くらい。学はありそうでしたが、むさ苦しくて、とにかく不潔な感じでした。奇妙な風貌の男で、洋梨型の大きな頭と、ペルシャ猫みたいにモサモサの髪を生やしていました。指先がへら状につぶれ、第一関節まで煙草の色に染まっていましたっけ。お知り合いですか？」

「おそらく知った男でしょう。バンディ、どう思う？」

バンディが唸るように答えた。「たぶんハビーですよ」

「まさか、フルード夫人の夫じゃないでしょうね？」私は思わず大声で訊いた。

「実はそのまさかなのです。それにしても、おっしゃるとおり、奴にフルード夫人の住所を教えられなくて本当に幸いでしたよ。あの男とはとても一緒には暮らせないし、夫人も居場所を知られるのは御免でしょうから。まったく、気の毒な話だ。さて、話を戻しましょう。借りるかどうかは、ご自分の目で見てお決めなさるといい。バンディ、ドクター・ストレンジウェイズをご案内してくれ」

バンディはスツールに坐ったまま体の向きを変え、眼鏡を外すと、右目に金縁の片眼鏡を当ててジロジロと私のことを観察した。続いて椅子から飛び降り、デスクの蓋を上げてベロアの帽子とシャモア革の手袋を取り出すと、小さな鏡の前で帽子をかぶり、念入りに身なりを整えた。それから鍵棚からラベルのついた鍵を取り、銀細工を施した小振りのステッキを手にすると、出かける準備が整ったことを示した。

絵のように美しい旧街道をバンディと並んで歩きながら、私はふたたび、例の男と家主になる女性を話題にのせた。

「きっと、夫婦仲がうまくいっていないのでしょうね」

「だと思います。よくある結婚生活の破綻ってやつじゃないですか。僕は詳しくありませんが、ジャップさんはすべての事情をご存知です。奥さんの親戚なんですよ、叔父だか従兄弟だか。でも、その旦那の話となると、ジャップさんは船員のオウム並みに口が悪くなるから、無駄なおしゃべりはしませんが」

「フルード夫人とはどんな方ですか？」

「ああ、きちんとした女性《ひと》ですよ。僕もこの土地に来たばかりなので、一、二度しかお目にかかったことがありませんが、背がすらりと高くて、豊かな黒髪と濃い眉の持ち主で、少々ハスキーな声をしています。僕の考える美人とは多少ずれますが、旦那はご執心のようですね」

「ご主人はなぜ奥さんの住所を知らないのでしょう。ロチェスターは地元では？」

「いや、出身がどこかは知りません。ロンドンじゃなかったかな。こっちの屋敷は亡くなった伯母さんが遺してくれたそうです。ジャップさんの従姉妹の方です。アンジェリーナさんは二週間ほど前、ひそかに旦那から逃げ出して来たんですよ。なので、ひと目を避けて暮らしているはずです」

「それで、部屋を貸して収入を得ているのですね？」

「そうです。ご自分はジャップさんが家具をそろえた家屋に住み、住み込みの女性に身の回りの世話をしてもらっています。相続した屋敷は、生活費を得るために貸しています。実は、何を隠そう、夫人は我々の隣の建物に住んでいるのですが、くれぐれも他言なさらないでくださいね。少なくとも、旦那が近くをうろついているあいだは。さあ、つきましたよ」

バンディが足を止めたのは、小ぢんまりとした赤煉瓦造りの建物の前だった。私が真鍮の表札に刻まれた、半ば消えかけの文字を読み取ろうとしている隙に、バンディは鍵穴に鍵をさしこみ開けようとしたが、一向に開く気配がない。と、いきなり内側から鎖がカチャカチャ鳴る音とボルトを引き抜く音がして、そろそろとドアが開いたかと思うと、面長でゲジゲジ眉毛の年配女性が、うんざり顔で我々を出迎えた。

「どうしてベルを鳴らさないんだい」女がぶっきらぼうに言った。

「鍵を持っているんだよ」バンディは鍵を引き抜き、彼女の目の前にかざしてみせた。

「かんぬきとチェーンがかかっているってのに、鍵が何の役に立つんだね」

「あいにく、普段ドアにそんな仕打ちがされているのを、見たことがなかったものでね」

「どうせ目の中に突っ込まれたって見えやしないんだろう。何の用だい」

「こちらの紳士、ドクター・ストレンジウェイズをお連れしたんだ。うちのウィンドウであんたの写真を見て、是非お近づきになりたいと思ったんだとさ。ついでに、屋敷の中も見て回りたいそうだ。この医院を継ぐ検討をなさっている」

「まったく、どうしてそれを先に言わないんだい」女が文句を言う。

「なんの先にさ?」バンディがとぼけたように言い返した。

相手が呻き声を漏らしただけで、何も答えずにいると、バンディはさらに「ドクター・ストレンジウェイズ、こちらの淑女こそ、かの高名なるミセス・ダンク、巷ではラ・ジョコンダの愛称で知られている女性であります。故ドクター・パートリッジの家政婦を務められ、現在はこの屋敷の管理を取り仕切っておられます」と言って芝居がかったお辞儀をし、ひらりと帽子を振ってみせた。それに対しダンク夫人とやらは、ただ背を向けて大きな鍵束を取り出すと、廊下へ続く扉を解錠した。

「二階の部屋は鍵がかかってないから」と夫人は告げ、続けて「用があったらベルを鳴らしとくれ」と言い残し、地下へ続く階段を降りて姿を消した。

二階は適当に見て回った。すでに心は決まっていたのだ。何しろ賃料がべらぼうに安いし、当座は困らない程度に家具も揃っている。仕事に関しては、もとより大した期待はしていなかった。

「診療記録は見ておいた方がいいですよ」手狭な診療室に入ると、バンディが助言してくれた。「もっとも、すでにターチバルさんが目を通していると思いますが。受持患者の数も、聞いているでしょう?」

「ええ。お抱え患者はごく少数で、大した収入は見込めないと言われました。パートリッジ医師は高齢でしたが、私はまだ若いので心配しているのでしょう。ともあれ、いちおう目は通しておくべきですね」

バンディが診療日誌と帳簿を机上に載せ、椅子を寄せてくれたので、私は腰をかけて帳面をめくりつつ、いくつかメモを取った。そのあいだバンディは室内をぶらつき、瓶を取って中身を嗅いだり、引き出しを開けて診療器具を調べたりしていた。日誌をざっと見ただけでも、ターチバル氏の見積もりが、ごく控え目だったことが裏付けられた。確認を終え、日誌と帳簿の表紙を閉じると、バンディに報告するため振り向いた。彼はちょうどパートリッジ医師の聴診器で、手術用時計の〝音を診ている〟最中だった。

「問題はないと思います。患者数は微々たるものですが、家具と診療器具が揃っているのはありがたい。それに、そのうち新規の患者も獲得できるでしょう。何より、家中きちんと整頓されている」

「医師の収入に頼らなくても、暮らしていけるんですか？」

「ええ。軌道に乗るまでやりくりできる程度の蓄えはあります。ところで、契約手続きはどうすればいいでしょう？」

「賃貸契約を結ぶこともできますし、パートリッジ医師と同じ取り決めでも構いません。僕なら三年契約を結び、状況に応じて期限を延長できる条項をつけますね」

「なるほど」私はうなずいた。「賢明なやり方ですね。いつから借りられますか？」

「契約内容に異論がなければ今すぐにでも。借りるとひと言おっしゃってくれれば、戻って契約書を作成します。今晩にもフルード夫人と契約を結んで、我々に小切手を切り、代わりに契約書の写しを受け取る。それですべての手続きは完了です」

「それと、先ほどの家政婦の女性は？」

「ラ・ジョコンダ・ダンキバスのことですか？　僕なら雇っておきますね。見かけは意地悪な婆さんに過ぎませんが、家政婦としての能力は申し分ありません。パートリッジ医師も高く評価していたとジャップさんが話していましたし、ご覧の通り、隅々まで整理整頓され、ホコリひとつ落ちてやしません」

「本人は残りたいと言うでしょうか？」

バンディは歯を見せて、にっこり笑った（この笑みがお得意らしい。彼の歯並びが抜群であることは言うまでもない）。「残りたいと言うか、ですって？　ドクターの希望はどうあれ、居座るに決まっていますよ。彼女は人生の大半をこの屋敷で過ごしてきたんですから。大砲でぶっ飛ばさない限り、追い払えっこありません。ここを借りるなら、彼女も込みってことです。でも、後悔はしないと思いますよ。請け合います」

バンディがまくしたてるのを、私は半ば聞き流しながら、彼の人物像を興味深く観察していた。少年っぽい外見と、陽気でざっくばらんな態度を見せる一方、抜け目無く商才に長け、鋭敏かつ決断力に富む、有能なビジネスマン気質が備わっている。見た目はたんなるお洒落な若者にすぎず、ナルシスト気味なのも一目瞭然だった。年齢は二十五歳くらい、背の高さは五フィート六インチといったところ。やせ型だが、体つきはたくましく、元気で活力にあふれている。身なりは一部の隙なくきめており、どう見ても「風変わりな」具合に前髪を後ろになでつけているせいで、頭部は巨大なハシバミを思わせるが、その短く刈り上げた頭のてっぺんから、目を見張るほど細身でピカピカに磨かれた靴の先まで、どこを取っても手を抜いたと思われる部分は見当たらない。鬚をきれいに剃り上げ、つるつるで滑らかな肌をしている。頰のあたりがかすかに青みを帯び、顎にざらつく鬚の余韻がかすかに残る程度だ。そして顔と同様、手にも配慮が尽くされている。私と話しているあいだにも、ポケットから珍妙な小道具を取り出し、爪を磨き出す始末だった。

「ベルを鳴らしましょうか?」ややあって、バンディが訊いた。「それで、地下からダンクレット婆さんを呼び出しましょうか? 彼女に朗報を伝えてやりましょう」

私が同意すると、バンディはベルを押した。一分も経たないうちに、ダンク夫人が姿を現し、戸口に立ったまま、何の用かと問いつめるように、無言でバンディを見据えた。

「ドクター・ストレンジウェイズはこの医院を継ぐことに決めたそうだ、ダンクさん。屋敷と家具一式をひっくるめてお借りになる。それで、あんたをどうするか値踏みしたいというわけだ」

ダンク夫人の目に戦闘的な光が宿るのを見て、私は自ら交渉に乗り出す方が得策と判断した。「バンディさんから伺ったところ、あなたは長年パートリッジ医師の家政婦を務められてきたそうですね。それで、引き続き、私の元で家政婦をお願いできないかと思ったのです。いかがですか？」

「かまいませんよ」ダンク夫人は答えた。「いつ越してくるおつもりですか？」

「今すぐにでも、と申し上げたところです。荷物は駅に預けてあります」

「倉庫はもうご覧になりました？」

「いいえ。でも、何も持ち出されてはいないのでしょう？」

「ええ。何もかもパートリッジ先生がいた時のままになっています」

「それなら倉庫は後回しにしましょう。駅から荷物を届けさせ、午後には戻って荷解きにかかるつもりです」

ダンク夫人はそっけなくうなずき、細々とした取り決めをいくつか済ますと、私とバンディは屋敷を出て駅に向かった。ついでに昼食を取れる店も探すつもりだった。

駅の向かい側まで来ると立ち止まり、私はバンディに尋ねた。「今日中にすべての手続きを済ませることは可能でしょうか？」

「可能ですとも」彼は答えた。「さきほど取り決めた内容に従った契約書を作成し、フルード夫人と約束を取り付けておきます。ドクターは六時半頃、事務所においでください」

バンディはほがらかに会釈しながら白い歯を見せて笑うと、私に背を向け、急ぎ足で通りを去って行った。上機嫌で洒落たステッキを振り回し、仕立ての良い服とピカピカの靴を身に着けたバンディは、陽気で自信満々な成功者の姿そのものに見えた。

第三章　アンジェリーナ・フルード

六時半きっかりに、私はメッサーズ・ジャップ氏とバンディの事務所に顔を出した。テーブルいっぱいに広げられた書類を前に坐っていたジャップが、私の姿を見るなり、温厚で皺だらけの顔に笑みを浮かべ、バンディの方を振り返った。

「ドクター・ストレンジウェイズの契約書は用意できとるかね、バンディ」

「ちょうど五分前に仕上がったところです。さあ、どうぞ」

バンディは椅子に坐ったままこちらに向き直り、二枚の書類を差し出した。

「ドクター・ストレンジウェイズと内容を確認してくれないかね？」ジャップが続ける。「それが済んだら、一緒にミセス・フルードのところへ行って、契約に立ち会ってさしあげてくれ」

バンディは時計を引っ張り出すと、巨大な眼鏡のレンズ越しに目を凝らした。

「いけない！」バンディは叫んだ。「無理です、立ち会えません。ほら、ボールドウィンさんの件ですよ。七時十五分前に伺う予定になっているんです」

「そうだった。すっかり忘れておった。もう出た方がいいぞ。ドクター・ストレンジウェイズにお待ちいただけるかどうか聞いてみるから」

「私ならちっとも急いでいません」私は答えた。「どうぞお気になさらず」

「そう言っていただけるなら、今やっている仕事を急いで片付けますので、そうしたら私と一緒に契約を済ませに行きましょう。お待ちになっているあいだ、書類に目を通して、間違いがないか確認しておいてください」

バンディは私に契約書を手渡した。腰を下ろして書類を読み始めた私の傍らで、バンディは眼鏡をはずし、代わりに片眼鏡をつけると椅子から飛び降りた。そして帽子、手袋、ステッキと次々手に取り、最後に歯を見せて私に微笑みかけると、事務所を出て行った。

私は丹念に契約書を読み通し、口頭で取り決めた事柄が適切に文書にされているか確認してから、二枚の書類を見比べた。それを終えても、ジャップの書類仕事は続いていたので、私の思いは小綺麗に整頓された事務所からさまよい出て、ロンドンの謎めいた屋敷と、一年以上前の雨の夜に、そこで起きた奇妙な出来事へと戻っていった。ふたたび脳裏に浮かんだのは、我が謎めいた患者の顔立ちである。顔色は蒼白だったが、実に優美で気品に満ちていた。あの日以来、幾度となく思い返し、それが頻繁すぎて、すっかりなじみ深い顔になっていた。あと数分もすれば、ふたたび彼女と対面することができる――今度の大家は間違いなく彼女だろうから。そう思うと、再会の喜びに胸が高鳴った。彼女は私に気づくだろうか？　もし気づかなかったら、こちらから名乗り出るべきだろうか。そいつは悩みどころだ。その結論が出ないまま、やがてジャップの作業は終わり、私は物思いから引き戻された。ジャップは書類をひとまとめにして赤い平ひもで束ねると、帳面と一緒に棚にしまい、同じ棚から帽子を取った。

「さてと。契約書に不備がなければ、手続きを進めましょう。手付金は今日の内にお支払いになりますか？」

「小切手帳を持ってきましたので、契約を済ませたらお支払いします」

「それはありがたい」ジャップは答えた。「こちらに家具や医療器具、開業に関わる権利一式の譲渡書類も整っておりますので」

ジャップが扉を開け、私を通してくれた。我々は階段を下り、双方の建物が共用する中央扉を通り過ぎ、隣の建物へと上がっていった。ジャップが洒落た真鍮のノッカーを派手に打ち鳴らすと、ほどなく女性の手で扉が開けられたが、廊下が薄暗いせいで、肝心の顔がよく見えない。おまけに彼女は即座に背を向け、階上へ戻ってしまった。ジャップは正面の部屋のドアへ歩み寄り、ノックをした。高く澄んだ女性の声が、入るよう告げた。ジャップはそのまま足を踏み入れ、私も後に続いた。

それまで僅かに抱いていた疑念も、空いてをひと目見るなり氷解した。立ち上がって我々を出迎えた女性は、紛れもなく、かつて私が診察した患者だった。想像していたより背は高かったが、顔立ちは記憶のままで、望んでいた以上に変わりがない。というのも、あいかわらず顔色は青白く、やつれた表情が、薄暗い照明の中でもはっきりと認められたからだ。外はまださほど暗くなっていないというのにカーテンが引かれ、小さなテーブルにはランプがともされている。その横には低い安楽椅子があり、やりかけの縫い物が置かれていた。

ジャップは私を未来の大家に紹介した。彼女は会釈をし、私たちに椅子を勧めると、自分は縫い物を取り上げ、安楽椅子に腰をおろした。

「まだ体調は万全ではなさそうですね」ジャップが彼女の様子をうかがいながら尋ねる。

「ええ、疲労感が抜けませんの」

「ふむ」ジャップは唸った。「困ったものだ、その若さで疲労に悩まされるとは。なに、ちょっとばかり神経質になっているだけでしょう。だが、せっかく医者に部屋を貸すのだから、賃料をいくらかまけて、その分を診察代に回すこともできますな。さて、契約条件はすでに説明した通りですが、署名をする前に、目を通した方がよいでしょう」

ジャップから契約書を一部受け取ると、夫人は縫い物を膝にのせ、背もたれに寄りかかって読み始めた。そのあいだ私は彼女を興味深く見つめながら、初対面の夜から空白の月日を経て、今日まで彼女がどう過ごしてきたのか、その身に何が起きたのか、想像を巡らせていた。だが、つぶさに観察するには照明が暗すぎた。テーブル上のランプが唯一の光源だが、それすらシルクの赤い傘で覆われているのだ。それでも私は彼女に対する第一印象を再確認した。たんに美人というだけでなく、強い印象を与える女性。健康を取り戻せば、さらに魅力を増して見えるだろう。かつてと同じように、きっちりと横分けにされた黒髪、力強くまっすぐ引かれた眉、硬く引き締まった口元は、必要以上に押し結ばれ、口角が微妙に下がり気味だ。そして青白い顔色。そのすべてが彼女の容貌に、どこか緊張しがちで、悩みを抱え、物思いに沈んでいるような印象を与えている。だが彼女の置かれた状況を思えば、すべて納得がゆくというものだ。私は彼女に、深い同情と親しみを込めたまなざしを注いだ。

「なんの問題もございません」しばらくして、彼女がよく通る甲高い声で言った。ふと、バンディが彼女の声に難色を示していたのを思い出した。「ドクター・ストレンジウェイズも同意見なら、署名いたしますわ」

彼女はテーブルに書類をおき、ジャップが差し出した万年筆で署名をした。くっきりと読みやすい字体でアンジェリーナ・フルードと記し、ペンをジャップに返す。ジャップは立会人として自分も署名を加え、もう一枚を私の前に広げた。私も署名を済ますと、ジャップは夫人がサインした書類と領収書を私によこした。私は請求額の小切手を切り、ジャップに差し出した。

「ありがとう」ジャップは礼とともに小切手を財布にしまい、ポケットに入れた。「これで契約手続きは完了です。あなたはあの屋敷の正式な賃貸人になりました。お仕事の成功をお祈りします。話は変わりますが、フルードさんには、ドクターが彼女の夫を見かけたことも、夫人が現在置かれている立場を承知なさっていることも、すべて話してあります。それで、フルードさんも同意見なのですが、ドクターが再びあの男に出くわした場合に備えて、事情を正しくご理解いただいておくのが最善だろうという結論に達しましてね」

「ええ、そうなのです」夫人も口をそろえた。「隠しておいても仕方ありませんもの。ジャップさんの話では、ドクターは夫と同じ汽車でロンドンからいらしたそうですね」

「ロンドンからではありません」私は答えた。「あなたのご主人は、ダートフォードで乗り込んできたのです」

ジャップがふいに腰を上げ、ドアの方に目をやった。「話の途中で申し訳ないが、事務所に戻りバンディの報告を聞かねばならんもので。いや、見送りは結構。お先に失礼させてもらいますよ」

ジャップはひっそりと退出し、ドアが閉まるや否や、フルード夫人が質問を口にした。「つまり夫はダートフォードで汽車を乗り換えたとおっしゃるの？」

「いや、おそらくダートフォード駅まで徒歩で来たのだと思います。疲労困憊していたし、ブーツも土埃で真っ白に汚れていましたから」

「とても優れた観察眼をお持ちなのね、ドクター・ストレンジウェイズ」夫人が言った。「どうして夫はそんなに人目を引いたのかしら？」

「とても目立つ外見をしていましたし」そう答えながら、ここは正直に告白しようと私は腹を決めた。「実を言いますと、彼とは初対面ではなかったのです」

「本当ですか！」彼女は声を上げげた。「前にどこでお会いになったのかお尋ねするのは、詮索が過ぎるかしら？」

「いいえ、まったく。あれは一年少し前の真夜中のことでした。私は車でリージェンツ・パークに程近い屋敷へ連れて行かれ、一人の女性を診察したのです」

私の話を聞くうちに彼女の手から縫い物が落ち、そのまま立ち上がると、驚きと戸惑いに満ちた表情で私を見つめた。

「そんな。まさか、あの時のドクターではないでしょうね？」

「実は、そのまさかなのです」私は答えた。

「まあ」夫人は感嘆の声を上げた。「驚くべき偶然ですね。先ほどから、どこかでお目にかかったような気がしていたのです。声に聞き覚えがあるような気がして。でもあの時と違って見えますわ。前は鬚を生やしていらっしゃらなかった？」

「ええ。鬚も剃りましたし、以前の自分とは完全に決別しました。しかし私があの時あなたを診察した医師に相違ありません」

フルード夫人は疑問を宿した瞳で私を見つめたが、それ以上は何も訊かなかった。やがて、おもむろに口を開いた。「あの晩、ドクターはとても親身に診察してくださいましたが、ずいぶん無口でしたわね。あの状況をどう考えていたのかしら」

「治療に関すること以外、特に何も考えていませんでした」私は言葉を濁した。

「あら、そんなに警戒なさらなくても結構よ。もうすっかり知られてしまったんですもの」

「そうおっしゃるなら」私は正直に打ち明けることにした。「何かトラブルが起きたのは一目瞭然でした。扉は押し破られ、一方の男性は錯乱状態、もう一方もかなり興奮し、怒り狂った様子だった。加えて、首にコードかバンドで締められた跡のある女性が――」

「正確には縒《よ》ったシルクのネクタイでした。でも、状況をとても的確に捉えておられます。きっとあなたは、俗にいう〝三角関係のもつれ〟だと結論を出したのね。ある意味、正解ですわ。ただし、その三角関係というのは想像の産物ですけれど。よろしければ事実をありのままにお話しします。ドクターを呼びに行った男性はフォーダイスさんといって、地方の劇場をいくつか経営なさっている方です。当時私は舞台に立っておりまして――すでにお気づきかもしれませんが」

「ええ、気づいておりました」

「あの頃、フォーダイスさんの劇場で新作をかける話があり、私は主役を演じるはずでした。その件で彼は何度か我が家を訪れ、夫のニコラスと私の三人で語り合ったこともあります。私たちの仲はとても良好だったのです。フォーダイスさんは礼儀正しくまじめな方で、非の打ち所の無い立派な紳士です。あの晩、私が出演していた劇場に彼が居合わせ、雨が降っていたので、車で家まで送っていただき、仕事の話をするため寄ってもらうことになりました。彼が、ある衣装を身に着けた私の写真を見たいとおっしゃるので、屋敷につくと私は急いで二階へ写真を取りに上がりました。そこにニコラスが待ち構えていたのです。彼は窓から私たちが着くところを見て、激しい嫉妬に駆られたようです。私が部屋に入るなり、夫はドアに鍵をかけ、猛然と私に非難を浴びせかけました。そのあとの出来事は、ドクターもご存知のとおりです。私は気を失い、目覚めてみると、ニコラスは部屋の隅で泣きじゃくり、フォーダイスさんは憤怒の形相でドアの脇に立っておられました」

「ご主人は以前からフォーダイスさんに嫉妬しておられたのですか？」

「いいえ、まったく。あのときの夫は正気ではなかったのです。おそらく酔っていたのと、お酒の他に何か良くないものを――」

「たとえばコカインのような」私は口をはさんだ。

「ええ。でも驚いたわ！　ドクターは恐ろしく察しがいいのね！　おっしゃるとおり、元凶はコカインなのです。夫はもともと感情の起伏が激しく、変わり者で、温厚とは言い難い性格ではありましたが、コカインを常用するようになってから、いっそうひどくなって。身なりは不潔で汚らしく、手に負えない癇癪持ちになり、仕事もすべて投げ出してしまいました。私のささやかな収入と蓄えがなかったら、飢え死にしていたでしょう」

「では、あなたがご主人を養っておられたのですね」

「最後の方はそうでした。あえて言わせていただくと、私が女優を続けていれば、不自由無く暮らしてゆけたのです。私にはその方面の才能がなくはなかったので。もちろん、そんな生活は本意ではありませんでしたが。でも、例の一件のあと、夫とはとても一緒には暮らせないと思い知りました。あんな危険な人と一つ屋根の下で、絶えず命の危険におびやかされて暮らすなんて、とても無理です」

「過去にも暴力を振るわれたことはありましたか？」

「実際に危害を加えられたことはありません。罵倒や脅し文句はしょっちゅう聞かされましたが、しょせんは空威張りだろうと甘く見ておりました。でもあの暴力は別です。もう少しで、殺されるところでした。それで、翌日には家を出たのですが、何の解決にもなりませんでした。夫は別居に同意せず、たえず私につきまとい、嫌がらせをするようになったのです。とうとう私はあきらめて、行き先を告げずに立ち去ったのです」

「私はてっきり、ご家族の元へ避難されたのかと思いました」

「違いますわ。というより、そもそも家族などいませんの。母は私が幼い頃に亡くなりましたし、父も十七のときに亡くしました。当時、父親はゴールドコーストの地方行政官をしておりました」

「そうでしたか。実は、なんとなくあなたは西アフリカにゆかりのある方じゃないかと思っていたのです。契約書にサインされたとき、指にゾディアック・リングをはめているのに気づいたものですから。私も医師になりたての頃、船医としてアフリカ西岸を旅したことがあり、ケープコーストで同じような指輪を買いましてね」

「ユニークな指輪ですわね」夫人は指輪を抜くと、私に差し出した。「たまにしかつけませんの。ちょっと不格好ですし、サイズもぴったりではなくて。元々、指輪好きというわけでもないし」

私はその小さな装飾品を手の平の上で転がしながら、なつかしむように見つめた。自然金でできた雑な造りの指輪で、周囲にゾディアックの浮き彫り模様が施されている。内側にＡＣの文字が彫られているのに気づいた。

「結婚前に贈られた品のようですね」夫人に指輪を返しながら尋ねた。

「ええ」夫人は答えた。「それは私の結婚前のイニシャルです――アンジェリーナ・カーソー」。そう言って指輪を受け取ったが、指には戻さず、ポケットから留め金つきの小物入れのような袋を取り出すと、その中にしまった。

「それにしても不本意な立場に置かれたものですね」私は話を戻した。「裁判所に離婚を申し立てなかったのですか？　理由は十分揃っているでしょうに」

「そうですわね。でも役には立ちませんわ。たとえ認められても、彼を追い払うことはできませんもの」

「嫌がらせをされたら、警察に通報することだってできますよ」

「ええ。でもそんなの物騒すぎるでしょう？」

「それはそうですが、四六時中、嫌がらせに怯えているより、なんらかの救済や保護を求める方がいいに決まっている」

「そうでしょうね」夫人はあやふやな口調で答え、かすかな笑みを浮かべて続けた。「どうして、そんな人と結婚したのか、不思議に思っていらっしゃるんじゃなくて？」

「そうですねえ」私は答えた。「人間的な魅力よりは、まだ財産面の魅力の方が大きいように思えます」

「最初からあんな人ではなかったのです」彼女は言った。「十年前に結婚した当初は、とても素敵な人でした。立ち居振る舞いも申し分なく、教養にあふれ、若い娘の目にはこのうえなく魅力的に映ったものです。私はそのとき十八歳で、ひどく冴えない娘でした。当時、あの人は雑誌に小説を書いて生計を立てておりました。甘ったるいラブストーリーの類いです。たまに詩も載せておりました。正直、二流の作品でしたが、あのころの私には新進気鋭の天才に思えたのね。夢から覚めたのは結婚した後ですわ。それから、次第に彼の悪癖が始まったのです」

「ところで、旦那さんはどうしてこの街まで来たのだと思いますか？　目的は何でしょう？　あなたを連れ戻したいのでしょうか？」

「恐らくそうでしょう。でも、一番の理由はお金じゃないかしら。本当にぞっとしますわ」夫人は急に感情を高ぶらせて言った。「哀れな夫が僅かな小遣い欲しさに訪ねてきたというのに、コソコソ逃げ隠れしなくちゃならないなんて。事情はどうあれ、あの人は私の夫ですし、私もお金に困っているわけではありませんのに」

「旦那さんはタバコ代に困らぬ程度の蓄えはあるようですよ。言うまでもなく、コカイン代と、酒場で一杯やる金もね」私は冷めた口調で言った。「とにかく、あなたの居場所を突き止められなければいいが」

「そう願っています。もし見つかったら、ここを出て行かねばなりません。すでに何度も住まいを変えているので、もう引越しはたくさん。ここにはまだ、ふた月ほどしかおりませんが、とても快適で安全な住まいですもの。ところでドクター、もしジャップさんの助言に従うなら、あなたはまったく見込みのない患者を背負わされることになりますわ。結婚生活のトラブルに効く治療などありませんもの」

「たしかに」私は腰を上げ、帽子を取った。「でもお身体の不調のことなら、お力になれるかもしれません。もし私に診療を任せてくださるなら、あとで調合薬を届けさせましょう。たまに立ち寄らせて頂ければ、具合の悪いときお力になれるかもしれません」

「どうもご親切に」夫人も席を立ち、私と温かい握手を交わした。そして、通りに面した玄関までは出てこない方が良いという私の助言に従い、私を廊下へ送り出すと、軽い会釈と笑顔で見送ってくれた。

階段を降りきったところで、私は決心がつきかねるように、しばし佇んでいたが、やがて自宅には向かわず、大聖堂と橋のある方角へゆっくり歩き出した。交わしたばかりの会話をつくづく思い返してみる。じつに悲惨な話だ。夫人の淡々とした口ぶりが、余計に同情を誘った。男として、一人の女性の人生が無惨にぶち壊されたことに、激しい憤りを感じずにいられなかった。彼女の夫に対しては、惨めな変質者として哀れみを感じるが、そんな人間に救われる望みなどない。彼のような卑劣漢は、生まれ落ちたその瞬間から呪われており、惨めで堕落した生きざまが運命づけられているのだ。しかし、本人が当然の成り行きで深淵――そこからは誰も救い出すことができない――に落ちてゆくとしても、本来なら意義深く誇り高い幸福な人生を送るべき、誠実で健康な人間を道連れにするのは許せない。夫人のことを思い浮かべてみる。美しく、高貴で、活力にあふれ、おそらく才能にも恵まれている女性。彼女の人生はどうなってしまうのだろう。私が見る限り、麻薬漬けの旦那の存在が夫人に暗い影を投げかけており、慈悲深い死が二人の呪われた関係を分かつまで、決してその影が薄れることはないように感じる。

そう思うと、また別の疑問が浮かんできた。あの男が妻の行方を追う目的はなんなのか？　たんに金が尽き、伴侶のつましい収入の分け前を欲しているだけなのか。それとも何か別の、邪悪な動機があるのか？　狡猾で悪意に満ちたフルード氏の顔が脳裏に浮かぶ。自分の知るフルード氏は、一度は妻を殺しかけ、刃物を持ち歩いている男だ。なぜあんな恐ろしい道具を携帯しているのか。むりやり妻に言うことを聞かせるためか、それとも復讐の道具なのか。

そんなことを考えながらしばらく歩くうちに、通りの反対側に、三つの切妻屋根を連ねた、何かの施設らしき古びた建物が見えてきた。戸口の上部に灯ったランプが石板を照らし、そこに文章が書かれている。おそらく救貧院だろうと当たりをつけ、もっと間近で見てみようと、私は通りを横切った。石板をひと目見て、その建物が十六世紀に名の知れた慈善家のリチャード・ワッツが設立した、有名な宿泊施設だとわかった。『六人の貧しき旅人に一夜の宿と娯楽を提供する。ただし悪党と弁護士は除く』と書かれている。私はその奇妙な案内文を読み、リチャード・ワッツは弁護士にどんな恨みがあったのだろうと、誰もが抱く疑問に首をひねっていると、いきなり扉が開き、男が飛び出して来たので、もう少しで衝突するところだった。私が脇によけると、男は立ち止まり、興奮気味に話しかけてきた。

「すみません、この辺りに医者はいませんか?」

「おりますとも。私が医者です。どうかしましたか?」

「中で男が暴れているのです」男は答えながら戸口に引き返し、扉を開けて押さえた。私は中へ入り、男の後に続いて廊下を進み、だだっ広く、家具もほとんどない部屋に足を踏み入れた。中には男性四人と従業員らしき女性がひとりいて、床に横たわる男性を取り囲み、心配そうに見守っている。

「お医者様をお連れしました」

「まあシモンズ、ずいぶん早かったのね」

「ええ。幸運でした。外に出たところに、ちょうどこの方がいらっしゃったのです」

そのあいだにも私は倒れた男のそばに歩み寄っていたが、一目で誰だか分かった。フルード氏である。昏倒の原因が何であれ、一般的に考えられる症状ではない――つまりは、てんかんや卒中でもなければ、月並みな気絶でもない。患者が女性であれば、ヒステリーの発作とでも呼ぶべき状態で、それ以外に形容のしようがなかったが、彼の屋敷で目撃した包みの中身と結びつけずにはいられなかった。もっとも、意識状態はごまかしようがなかった。気絶を装っているが、実際は意識があるのは明らかだ。固く閉じた目、外側にめくれた唇――黒ずんだ歯がのぞいている――何かを引っ掻くような動作を繰り返す両手、すべての挙動が完全に意識を失っていないことを示している。私はしばしのあいだ、かがみこんで彼の状態をじっと観察していたが、そんな私の様子を、その場の全員が見守っていた。フルードの脈を取ると、予想通り不規則で弱々しく、頻脈を起こしている。最後に聴診器を取り出し、いくぶん衣服が邪魔になったが、可能な限り心音に耳を傾けた。

「それで、ドクター」宿の女性が口を開いた。「どんな具合ですか？」

「調子が悪いのは確かです。脈が不規則で、いくらか弱まっている。タバコの吸い過ぎだと思いますが、もしかしたら他に良くないもの、有害な食品などを摂取したのかもしれません」

「この方は着いて早々、自分は文字通り無一文なのだとおっしゃっていました」女性は言った。

「ほう」シモンズがぼそりとつぶやく。「おおかた、売春宿で有り金すべてはたいちまったってところだろうよ」

それを聞いた他の貧しき宿泊人たちは、あざけるように鼻で笑ったが、女主人に一睨みされて、ぴたりと止んだ。

「何が原因で発作を起こしたかわかりますか？」

「ええ」女主人がうなずく。「ここにいるシモンズと言い合いになり、急に暴れ出したと思ったら、そのまま気絶してしまったのです。ささいな口げんかでしたのに」

「おれはただ、どこの床屋に行ったか訊いただけなんだ。おれも、こいつみたいな洒落たヘアスタイルにしたいと思ってよ。それが奴の気に障ったらしい。すごい剣幕で悪態をつきはじめるもんだから、おれもついカッとなって、〝その口を閉じなけりゃ、鼻面に一発お見舞いするぞ〟と言ってやったんだ。そしたら、奴が俺に殴りかかってきて、そのとたん発作を起こしたってわけだ」

とりとめのない説明が続くあいだ、フルードがじっと話に耳を傾けていることに私は気づいていた。

フルードの顔面はけいれんし、不潔な歯をのぞかせ、指はむやみにうごめき続けている。医者がどんな診断を下すのか、不安でたまらない様子だ。

「この方に何をしてさしあげればよいでしょう。危険な状態なのですか？」

そう尋ねる彼女を伴って戸口へ向かい、廊下へ出て、フルード氏に聞こえない場所まで来ると、私はようやく口を開いた。

「あの患者が行くべき場所は精神病院です。彼の抱える問題は麻薬以外の何ものでもない。おそらく常習者で、過剰摂取が発作の原因でしょう。今は危険を脱していますが、ふたたび麻薬に手を出せば、手がつけられないほど暴れるかもしれません」

「病院に連れてゆくには、もう遅い時刻ですし、気が進みません。お気の毒に。運に見放されてしまったのね。とても気位の高い方ですし。何か薬をいただいて、一晩ここで過ごした方が本人のためじゃないかしら？」

「問題ないでしょう。明日の朝まで彼の上着とコートを取り上げ、しまっておけるなら」

「ええ、大丈夫です」彼女は請け合った。「薬はどうしましょう」

「シモンズさんを私に同行させてください。私はパートリッジ医師の後任です。シモンズさんに薬をお渡ししますので」

部屋に戻ると患者の容態に変化が生じていた。「精神病院」という言葉が彼の地獄耳に届いていたかどうかは不明だが、明らかに回復の兆しが見受けられる。体を起こし、大げさな挙動で周囲を見回しながら、ここはどこかと尋ねている。それに対しシモンズは、おそろしく適当な説明を返していた。患者に目をやると、わざと意識が混濁している振りをしているのか、うつろなまなざしを私に向けた。

私はシモンズを連れて、明朝また来ますと婦人に挨拶すると外へ出た。道中シモンズは、フルード氏について、それは生き生きと、歯に衣着せぬ辛辣な意見を披露して、楽しませてくれた。

薬剤を調合し、シモンズに手渡そうとして、ふと、フルード夫人のことを思い出した。宿への帰り道、シモンズは夫人の屋敷の前を通りかかる。私の代わりに、彼に薬を届けてもらおうか、という考えが頭をよぎった。が、次の瞬間、あやうく大失態をやらかすところだったと気づいて、どっと冷や汗をかいた。あの宿泊施設に集った旅人たちは当然、自己紹介くらいしているはずだ。もしフルード氏が本名を名乗っていたら、シモンズはたちまち夫人が同姓であることに気づき、フルード氏の正体が暴露され、のっぴきならない事態に陥ってしまっただろう。やれやれ、危ないところだった。夫がこの街にいる限り、フルード夫人の立場は常に危険に脅かされているのだ。その事実をあらためて噛み締めた。

彼女の薬は誰かに任せたりせず、必ず自分の手で届けよう。私は固く心に誓った。かくして、調合した薬を丁寧に包んでポケットに入れると、ダンク夫人に半時間ほどで戻るので、その後で夕食にすると言い残し、家を出た。数分後には瀟洒なジョージアン王朝様式の玄関に到着し、優美な真鍮のノッカーを打ち鳴らしていた。ドアを開けたのは、フルード夫人本人だった。少し無警戒すぎやしないかと、私は肝を冷やした。

「私がお届に上がりました。その方がいいような気がしたもので」そう言って、薬の包みを差し出した。「この状況では、宛名付きの荷物を送るのは安全ではないでしょう」

「まあ、なんてご親切な！」フルード夫人は感激もあらわに言った。「そこまで気遣ってくださるなんて！　なにも今夜でなくてもよろしかったのに」

「歩いて五分とかかりませんので。それに、あなたのお耳に入れておくべきことがあるのです」そう前置きしてから、先ほど巻き込まれた出来事と、フルード氏の容態について簡単に話した。「ご主人は、こうした騒動をよく起こすのですか？」

「ええ。カッとなると、ヒステリーを起こした女性みたいに騒ぎ出すのです。でも私の言った通りでしょう。夫は一文無しなのです。それに――考えてみると――わざわざ出かけてくるなんて、おかしな話だわ。少し、寄っていかれませんか？」

私は中に入り、扉を閉めた。「何が、おかしな話なのですか？」

「夫は明日、いくらかお金を受け取れることになっているのです。少しばかり仕送りをしておりますので。僅かな額ですが、私にできる精一杯の思いやりですわ。毎月十五日に支払われるのですが、受け取るには本人か、委任状持参の代理人が出向く必要があります。そして、明日がその受取日なのです。となると、一体なぜ夫は今日やって来たのでしょう？　つまり、妙じゃありませんか、仕送りを受け取る前に、私を探しにくるなんて」

「もしご主人が担当の銀行員と懇意の仲なら、あなた宛の書簡を入手できるんじゃありませんか？」

「いいえ。担当はジャップさんの取引銀行のロンドン支店にいる方で、主人は誰が支払人かも知らないはずです」

「なるほど」私は言った。「とにかく一両日中は身を隠していてください。捜索が失敗に終われば、ご主人はロンドンに引き上げるかもしれない。彼の動向を可能な限り報告しますので」

フルード夫人は今一度、誠意あふれる感謝の言葉を口にし、戸口に向かう私に、親しみを込めて手を振った。

第四章　慈善行為と考古学

　翌朝、朝食を済ませるとすぐに私は、リチャード・ワッツ氏の宿泊施設へと向かった。貧しき宿泊者たちはすでに全員発った後で、我が患者だけが、診察を受ける名目で逗留の延長を許されていた。

「お気の毒だと思いますが、あの方が出て行ってくれて、ほっとしますわ」宿の婦人が言う。「ここには病人を看護するための設備など、揃っておりませんもの」

「宿泊者が病気になることは頻繁にあるのですか？」

「よくは存じません。私は常勤の方が不在のあいだの臨時職員にすぎませんので。でも、滅多にないんじゃないかしら。貧しい旅行者が一週間程度、自宅を離れているあいだに、そう病気になったりしないと思いますわ」

「でも、あの男性は浮浪者でしょう？」

「それが違いますの。なんでも、あの方の家出をした奥様が、この街に滞在していると聞いて、探しに来たんですって。でも結局は無駄足だったそうよ。ロチェスターは小さな街なので、誰もが知り合い同士で、奥様の消息も難なくつかめると思ったのね。ところが捜索は実を結ばず、奥様を知る人は誰も見つからなかったというわけ。もしかして、ドクターはご存じないかしら、フルードという名前の方です」

「実は私自身、昨日この街に来たばかりなので」私ははぐらかすように答えた。「この土地の事情には疎いのです。フルードさんは、奥様がこの街にいるという確実な証拠をお持ちなのでしょうか？」

「さあどうかしら。もう探すのはあきらめたようですし。いまでは、一刻も早くロンドンに帰りたがっているくらいです。でも、その希望が叶うかどうか。歩くのもおぼつかない状態ですもの」

「もし汽車賃だけの問題なら、解決できますよ。私が切符代を持ちましょう。ただし、彼が本当にこの街を去ったかどうかの確証がほしいですね」

「まあ、それならお任せ下さい」婦人は安堵の表情もあらわに言った。「私が駅まで送り届け、切符を買って汽車に乗せてやりますわ。でもその前に診察をして、出発できる状態かどうか見ていただかないと」

彼女は私を食堂へ案内した。中に入ると、フルードは肘掛付のウィンザーチェアーに座っていたが、見るからに悲嘆に暮れ、落胆した様子だった。

「さあ、お医者さまがいらしたわよ、フルードさん」婦人はほがらかに呼びかけた。「ドクターは、あなたの容体が汽車旅に耐えられる程度に回復していれば、ロンドンまでの旅費を出してくれるとおっしゃっているの。だからもう思い悩む必要はないわ」

フルードは一瞬だけ私に目を向け、すぐにそらした。その瞳が涙で潤んでいるのに気づき、私はいたたまれない気持ちになった。

「ご親切、痛み入ります」フルードは震える声でつぶやいたが、耳に心地よい美声で、アクセントも申し分ない。「こんな私などに救いの手を差し伸べてくださるとは、本当にお優しい方だ。お礼の言いようもありません」

そう言って、今にも泣き出しそうな素振りを見せるので、私は慌てて口を開いた。

「どうか、お気になさらないでください。情けは人の為ならず、というじゃありませんか。さて、具合はいかがですか？　まだ手の震えがおさまらないようですね」私はフルードの手首に触れて脈をみたあと、全身の状態を調べた。世にも哀れな姿とはいえ、それなりに回復しているようだ。

「そうですね、体調万全とは言えませんが、短時間の汽車旅くらいは問題ないでしょう。ロンドンで泊まる場所はありますか？」

「ええ」フルードは陰気な口ぶりで答える。「部屋を借りています。大御殿とはいきませんが、雨露はしのげます」

「気に病むことありませんよ。未来に希望を持とうじゃありませんか。こちらのご婦人が、一緒に駅まで行って車両まで付き添ってくださいます。それと――奥さん、十シリングお渡ししますので、切符を購入したら、残りはフルードさんに渡してください。ロンドンに着いてから馬車賃が必要かもしれませんので」

私と婦人とのやり取りを、フルードはしかめ面で聞いていた――おそらく煙草を切らしているせいだろう――が、それでもふたたび私に礼を述べた。私は事前に調べておいた汽車の発車時刻を伝え、彼に別れを告げた。

「ところで」私は宿の婦人に話しかけた。「ストラッドの酒場に寄り道をして、汽車に乗り損ねるなんて事態にはならないでしょうね」

婦人は心得顔でほほえんだ。「先に立ち寄るとは思いますが、そのあとで私が責任を持って馬車に乗せ、橋向こうへ渡り、ロンドン行の急行に押し込みますわ。今晩、また舞い戻って来られるのは御免ですもの」

婦人が状況を的確に把握していることに大いに安堵して、私は来た道を引き返し、これから何をしようかと予定を練り始めた。目下、患者リストにはミセス・フルード以外の名前はなく、午前中はなんの用事もなかったのだ。そのため、私のような立場、すなわち世間で〝紳士〟と呼ばれる立場にある者は、職業斡旋人と同じく人助けを義務とすべし、という一般通念に従ったともいえるが、私の思いはおのずと彼女に向けられた。理由はともあれ、結果として夫人のことを考え出したところ、ふいに、彼女の夫が立ち去ったという朗報を一刻も早く伝えてあげなくては、という思いにとらわれた。もしフルード夫人がさほど魅力的な女性でなかったら、そこまで急を要する事態だと思えただろうか？　それについては意見を差し控えたい。それに、もし私が自分を客観視できていれば、他人同然の女性の安否にそこまで関心を寄せるのは、いささか不自然だと気づいたかもしれない。しかし現実はそうならず、私は、善き隣人としての務めを果たすような気持ちで、ヒュプノスの面をかたどった洒落た真鍮のノッカーを——役割を思うといささか不相応な気がしたが——、期待を込めて打ち鳴らしていた（ヒュプノスはギリシア神話に登場する眠りの神）。まもなく、愁いを帯びた顔立ちの痩せた中年女性がドアを開けた。髪の色は淡いブロンドで、どこか生気のない表情をしている。くすんだブルーの瞳で物問いたげに私を見つめた。

「ミセス・フルードはご在宅ですか？」私は快活に尋ねた。

「あいにく外出しております」という返答が、おそろしく陰気な調子で返ってきた。

「少し前に出かける姿を見かけました。帰宅した音は聞いておりませんが、念のため見て参りますので、中に入って少々お待ちください」

私は玄関に入り、女性がまず手前の部屋の扉を叩き、続いて奥の扉を叩く音を、なんともいえない失望感とともに聞いていた。

「お部屋にはいらっしゃいません」覇気のない、沈んだ声で報告がなされた。「でも、地下室にいるかもしれませんので、呼びかけてみます」彼女は居間へ退き、手負いのカモメを思わせる声で呼びかけた。返事は無く、私はまるで彼女の醸し出す陰鬱なムードに感染したような気分に陥り始めた。

「申し訳ございません。お出かけになられたようですわ。奥様の主治医の先生ですか？」

私はそうだと認めて訪問を正当化できた気になっていると、女性が「本当に、お気の毒でなりません！」と、強い口調で話し始めた。「奥様に面倒を見てくださる方がいるとわかって、安心いたしました。近頃、奥様はひどく悲しそうなのです。すっかりふさぎこんでいらして」

私はそろそろと玄関に引き返しはじめたが、女性も後からついてきて、話し続けた。「悩み事をたくさん抱えていらっしゃるんじゃないかしら。お可哀想に。私には何も話してくださらないけれど、伝わってきます。苦悩と悲しみが透けて見えますもの。気苦労のせいで、額にも皺が刻まれて――まるで、お花のつぼみに虫がついてしまったみたいで――胸が痛みます、ええ、本当に！」

私は同情の言葉をつぶやきつつも、足は止めなかった。

「奥様とはあまり顔を合わせませんの」女性は愁いを帯びた口調で話し続ける。「自分の殻に閉じこもっていらして、まったく心の内を見せてくれません。身の回りのことは、何もかもご自分でなさっています。ときおり、滅多にないことですが、奥様に頼まれて、夕食をお部屋に運ぶことがございますが、それだけですわ。若い女性がそんな暮らしをするなんて良くありません。ドクターの助力で、少しでも生活に変化が生じるとよいのですが」

「たまに外出されているようですが」現に今は不在なので、私は指摘した。

「ええ、そうです」女性は答える。「外出は頻繁になさっていますわ。でもいつも独りきりですわ。連れがいることは決してありません」

「では、いつも何時ころお戻りですか?」後で再訪することを念頭に、私は尋ねた。

「だいたい六時頃か、七時までにはお戻りです。そのあと夕食をお取りになって、食器を廊下の台にお出しになります。夜、奥様の姿を見るのはそれが最後です」

そう話しているうちに玄関にたどり着き、私はそっと掛けがねをはずした。

「夫人に会ったら、私が七時半ごろ寄りますと伝えてください」

「かしこまりました。昼食のさいに会いますので、そのときお伝えします」

私は礼を述べ、開けたドアから出ながら、挨拶をして、階段を下りていった。

屋敷に背を向けようとしたさい、すぐそばのジャップとバンディの事務所の張り出し窓に目が行き、緑地のカーテンの上側から、べっこう縁メガネをかけた人の顔が半ばのぞいていることに気づいた。どうやら、バンディ君は、私のことを――サム・ウェラーの表現を借りると――〝覗き見〟していたらしい。私と目が合うと、バンディは伸び上がって顔全体をのぞかせ、大きくニヤニヤ笑った口元もあらわになり、私は意味もなく、自分の顔が赤らむのを感じた。それでも私は階段を上がり、事務所のドアを開け、にやついたバンディと、物静かな雇い主に対峙した。

「やあ!」バンディが話しかけてきた。「当てが外れたようですね、ドクター。アンジェリーナさんが一時間ほど前に出かけるのを見かけましたよ。誰とお会いになったんですか?」

「家政婦だと思う。顔色の悪い、陰気な感じの女性でした」

「知っています。葬儀屋の女房みたいな人でしょう。ギロー夫人ですよ。ウィロー《柳》と韻を踏んでいるのが、なんとも似合いといいますか」そう言ってバンディは、ふざけた作り声で、「おお、我が帽子の周りを取り囲む緑色の――」と、唱え出した。

「口を閉じていなさい、バンディ」ジャップが皺だらけの顔で寛容に笑いながら言った。バンディは片手を口に当て、両頬をぷっくり膨らませた。その隙をとらえて、私は釈明した。

「フルード夫人を訪ねたのは、ご主人がこの街を去ると伝えるためです」

「街を去る?」ジャップが両眉を持ち上げたので、額に横じわが何列も刻まれ、ベネチアン・ブラインドのようになった。

「今日の午前十時三十分発の急行で、ロンドンへ戻る予定です」

「そいつは朗報!」バンディが両腕をバンザイの格好に持ち上げ、叫んだものだから、あやうく丸椅子から転げ落ちそうになった。なんとか体勢を立て直すと、「おお、良き知らせをシオンに伝える者よ（ヘンデルの『メサイア』第九番に出てくる歌詞）と歌い出す。

「それくらいでよかろう、バンディ」ジャップが止めに入った。それから私に向き直り、

「その良き知らせをどこで聞いたのですか、ドクター?」と尋ねた。

私は、昨晩と今朝に渡って起きた事柄を簡単に説明し、二人はじっと耳を傾けていた。話し終えると、ジャップが言った。

「あなたはアンジェリーナのために本当に善いことをなさった。あの男と出くわす心配なしに通りを歩けるようになったと知れば、夫人はどれだけ安堵するでしょう。やつがこのままこの街に留まり続ければ、いずれ彼女を見つけ出してしまったに違いない」

「あるいは、居場所を突き止められたかもしれませんね」バンディも言う。「そうなれば、事態はさらに悪化していたでしょう。そこでドクターに感謝決議を提案いたします——楽曲つきで感謝を捧げましょう。彼はいいやつ〜だ……」

「もういいから、やめなさい、バンディ。まったく、君のような男は見たことがない。近所から苦情が来るぞ」

バンディは内緒めかして私に肩を寄せ、ジャップに視線を向けたまま、そっとささやきかけてきた。

「心配性の爺さんだなあ。いつだって場を白けさせるんだから」それから急に態度を変え、「ところでジャップさん、城壁の修復工事はどんな具合ですか？　これから視察に行きますか？」

「すぐには行けんな。じきにバルフォードさんが来るから、応対せねばならん。おまえは何か用事があったかな？」

「ジェファーソンさんの賃貸契約の件がありますが、急ぎではありません。ひとっ走り行って、状況を確認してきましょうか？」

「そうしてもらえると助かる」というジャップの返答を訊くなり、バンディはメガネをはずし、机から帽子と手袋を取り出すと、鏡の前で身につけ、仕上げに部屋の隅からステッキを取った。それから、何か思いついたように私の顔を見て、こう訊いた。

「考古学に興味はありますか、ドクター？」

「少しはね。どうしてだい？」

「実はいま、ローマ時代に造られた城壁の修復工事の最中なんです。大した見どころはありませんし、当時の遺跡はさほど残っていませんが、もし興味がおありなら、一緒に来てみませんか？」

私は迷わず誘いに応じた。繰り返しになるが、ちょうど暇を持て余していたのだ。

事務所を出ると、道中、バンディは楽しそうにおしゃべりを始めた。

「前から思っていたんです、城塞都市の暮らしは、さぞかし安心感があるだろうなって。門限が過ぎ、門が閉ざされたあとは特に——そのとき市内にいた場合に限りますが」

「そうだね。囲いのある地区には、開けた都市では得られない魅力があるよ。学生のころ、一時期ステイプル・インの学寮に住んでいたのだけれど、夜、帰宅すると、守衛が小門を開けて中へ入れてくれたっけ。中央門は閉じられ、庭園は静かで人の気配もなく、往来は止み、よそ者は朝まで閉め出されているのだと思うと、君が言ったとおり、なんだか安心したものだよ。でも、そうした建造物は、現代の好みとは合わないようだね。かつてのチャンセリー・インは、いまや僅かにその姿をとどめるばかりだ。そして、かつてのような建物を再建しようという動きもないらしい」

「そうですね」バンディは足を止め、古い木造家屋を見上げた。「建物の味わいというものは——ジャップさんに言わせれば、そんなものは無いそうですが——この百年でことごとく変わってしまいました。この通り沿いの建物を見てください。それぞれに家相というものが備わっている。でも、建て直す時が来たら、きっとマッチ箱みたいに、似たり寄ったりの家ばかりになってしまうんだろうな」

そんなことをしゃべりながら、私たちは曲がりくねった物寂しい裏通りを通り抜け、ようやく高いフェンスに行き当たった。バンディは木造の扉を押し開けて中に入ると、私についてくるよう手招きした。私が入ると、ジャップは鍵穴に差し込まれていた鍵をひきぬき、ポケットにしまった。

そこは廃棄場のような場所だった。取り壊された古い家屋の残骸がちらばり、三方は高いフェンスで囲まれ、残りの一方には崩れた瓦礫が巨大な山のように積まれ、ところどことに粗雑な石やレンガが顔を出し、下層部分にはローマ時代の壁の名残が見えた。かなりの高さがあり、厚みも相当なもので、表面のかなりの部分が崩れて大きな穴が露出していたが、そこをカノコソウなど岩場に生息する植物たちが居場所に定めていた。その前で、少人数の作業員たちが修復工事に従事していたが、まだかなりの部分は手をつけていないようで、その証拠にくず石や古いレンガの山がいくつも積み重ねられ、隅の空いた場所には、大きな石灰の樽を積んだ荷車が置かれていた。

我々が近づいていくと、現場監督が近づいてきて挨拶した。バンディは門から抜いた鍵を相手に手渡しながら言った。

「ポケットに入れておいた方がいいですよ。ジャップさんは管理している鍵の取り扱いにうるさいから。ドアや門に差しっぱなしになっているのを嫌うんです。さてと、作業員の仕事ぶりはどんな塩梅ですか?」

「日雇いの作業員ばかりとくれば、見当はつくでしょう。熟練の石工職人やレンガ職人など一人もいやしません。あそこでモルタルを混ぜてる爺さんは別ですがね。まあ、どのみち荒っぽい作業ばかりなんで、支障はありませんが」

我々は作業現場の古壁のあたりまで行ってみた。見たところ現場監督の言葉どおり、いかにも荒っぽい、雑な仕事の様相を呈している。作業はまず、穴を取り囲むように石と大量のモルタルで作った粗雑な壁を構築し、その高さが一、二フィート程度になると、穴の中にレンガと石を詰め、そこへシャベルで液状のモルタルと石灰の塊を流し込んで埋め立てる、といった工程で進められているようだ。

私は思い切って、あまり安全な建築方法ではなさそうだと意見を口にしてみた。それを聞いたバンディは片眼鏡を私に向け、そんなの承知の上だと言わんばかりに、にやりと笑った。

「やれやれドクター、あなたはこの仕事の細やかな意図をわかってらっしゃらないようだ。この手の土木作業の目的は雇用の創出以外の何物でもありゃしません。町議会で明確に打ち出されている事実です。でも、本当に雇用を増やしたいなら、そのうち倒れる壁を造って、再建の仕事を誰かに与えてやらなくちゃならないんです」

そのとき、モルタル入りのバケツを下げた作業員が急に接近してきたので、バンディは不浄な接触を避けようと後ろに飛びのき、あやうく煙を上げる石灰の山に尻餅をつきそうになった。

「危機一髪だったな、旦那」モルタル工程の指揮を執る老いた作業員が声をかけた。バンディはハンカチを取り出し、こじゃれた靴についた埃を念入りにぬぐいとっている。「石灰に足を踏み入れでもしたら、上等な靴がおしゃかになるところだ」

「ほんとうですか？」バンディはいっそう熱を入れて靴の汚れを払い落とし、甲の部分を磨き始めた。

「そうそう」ふたたび作業員が口を開く。「生石灰《せいせっかい》は余計にたちが悪い。炎と同じで、何もかも焼きつくしちまう」そう言うとシャベルの柄に手を休め、昔を思い出すような風情になって言葉を継いだ。

「おれの友達に船乗りがいてな。鋼鉄製の船の船長で、方々の釜から生石灰を積み入れる必要があり、いつも滑り台状の搬入機を使って作業していた。で、あるとき船体をその滑り台の下に寄せ、石灰の積み入れを同僚に見張らせて、船を離れたことがあった。その同僚ってのが、ビールか、ことによるとウィスキーなんかを船に持ち込んでいたらしい。とにかくそいつは酔っぱらっていた。さて、しばらくして船長が戻ってみると、燃料庫は満杯になりかけていた。だが同僚の姿はどこにも見当たらない。乗船してキャビンに降りても彼の姿はなく、どこを探しても見つからなかった。いよいよ燃料も満タンとなり、ハッチカバーを閉め、出航準備が整ったが、それでも同僚は現れない。それで船長は、その男が――ビルといったが――酔っぱらっていたのを思い出し、船を去ったに違いないと思った。それで新米の水平を臨時に雇い、船を出した。

さて、船は無事、港に到着し、波止場に着いたが、運送業者のストライキの最中で、三週間も積み荷を降ろせなかった。やがて、ストライキが終わると、滑車装置とバスケットを準備し、積み降ろしを開始した。すべては順調に進んだが、最下層まできたとき、作業員がシャベルですくいあげた石灰の中に骨が見つかった。『なんだ、こりゃあ！』船長は声を上げた。『生石灰の中に、なんで骨が混ざっているんだ？』船長は見つかった骨を甲板に集めていたが、そのうち、頭頂に穴の開いた頭蓋骨まで掘り出された。『なんてこった。こいつはビルに違いない。こんな細面じゃなかったが、歯に見覚えがある』そのとき、作業員が陶製のパイプを見つけた。黒人の頭部が飾りについているパイプで、船長には見覚えがあった。『こいつはビルのパイプだ。となると、骨もすべてあいつのものか』そのとおりだった。その後、次々と、ベルトのバックル、ナイフ、ズボンのボタン、ブーツの釘も見つかった。そしてそれらがビルの残したすべてだった。おそらくビルは貨物庫に転落し、頭を打って死んだところへ生石灰が積み込まれ、覆い隠されちまったに違いない。そういうことだから、もし旦那がその〝おしゃれなお靴〟を大事にしているなら、生石灰には寄りつかないことだ」

バンディは心配そうに靴を見下ろし、最後にもう一拭きしてから、石灰のちらばる危険地帯から離れ、城壁遺跡を見に向かった。

「あの爺さんの話は眉唾ものでしたね」バンディが言った。「生石灰には、本当に、爺さんの話にあったような腐食効果があるのでしょうか？」

「よくは知らないが、俗に、金属以外のあらゆるものを溶かす力があると信じられている。それが本当かどうかは、なんとも言えないな。前に、クリッペン事件の裁判で、ある法医学者が――ペッパー教授だと思う――もし遺体が生石灰に埋められたなら、骨以外のすべてが消失しただろうと証言していた。とはいえ、たった三週間かそこらで人体が消滅するとは信じ難いな。それにしても、この古い城壁と、カノコソウらの植物が生い茂った感じは、おもむきがあるね！　かつては城壁が街をぐるりと取り囲んでいたんだろう？」

「ええ。もっと残しておけないのが残念です。せめて、城門がひとつか二つ、残っていれば。城門の装飾には素晴らしいものがありますからね。カンタベリーやライ、サンドウィッチにある城門を思い浮かべてみてください。サンドウィッチでは実際に外塁《がいるい》を通って市内に入れるんですよ。城門がすべて取り壊される前のロチェスターはどんなふうだったのでしょう。でも、この話題はジャップさんから話を聞くべきかな。建築分野に関して、ジャップさんは根っからの悲観論者なんです。ところで、フルード夫人の印象はどうでしたか？　昨日、お会いになったのでしょう？」

「ええ。すっかり魅了されました。やさしくて、愛想がよくて、気取りがない。おまけに美人だ。ずばぬけて、きれいな方だと思う」

「不細工ではないと思いますよ。でもあの声はいただけない。神経にさわります。甲高くて我慢ならない」

「そこまで酷くはなかろう」私は擁護した。「たしかに高めで、よく響く声ではあるが。容姿と物腰にいささか不似合いな気はするかな」

「でしょう」と、バンディ。「まさにそれを言おうとしたんです。声に比べて図体がでかすぎる」

私はその妙な難癖に思わず吹き出した。「人の声ってのは、蒸気機関車の警笛みたいに、重量で高さが決まるわけじゃないよ。それに、そこまで大柄でもあるまい」

「なかなかの大女ですよ。少なくとも私よりは背が高い。亡きベイツ夫人と比べなければ、あなたも彼女が大女だと認めるかもしれませんね」

「男女の間で背の高さを比べるのは、適正を欠くんじゃないかな」私は慎重な口調で意見を述べ、話題を変えた。とはいえ、バンディは自分の背が低いことに、それほど引け目を感じていないようだった。彼が靴から石灰をぬぐい落としていたとき気づいたのだが、滅多にないほど踵の低い靴を履いているのだ。あえて長身に見せる必要がないのかもしれない。小柄とはいえ、紳士の風格は十分にそなわっているのだから。

「妙だと思いませんか」ややあって、バンディが再び口を開いた。「フルードがこんなに早くこの地を去るなんて。昨日、着いたばかりなら、まだろくに奥さんを探す暇もなかったでしょうに」

「妙と言えば、なぜよりによって昨日やって来たかってことだ。フルードは毎月十五日に銀行で仕送りを受け取っているらしい。それを目当てに、慌てて戻ったのだと思う。それなら、なぜ金を受け取るまで出発を延ばせなかったのか」

「奥さんを探し出し、本人から金をせびろうと思っていたのかも。そもそも、なんでこの街にいるとわかったのかな」

「確実な情報は持っていなかったんだよ。絶対この街にいるという確証はなかった。だから消息に関する情報が何ひとつ得られなかったことで、意気消沈したんだな。仕送りを受け取ったら、もっと正確な情報を入手して、舞い戻ってくる恐れはある」

「それはありえますね。これで奴の姿は見納めとはいかない気がします」

「その怖れは大だろう。もしフルードが妻の居場所を確信し、旅費を工面して再びこの街に舞い戻り、一週間も滞在してごらん。きっと妻の居所を突き止めてしまうに決まってる。夫人の立場は危険極まりない。法的保護を申請し、どこかへ避難すべきだ」

「そいつは無理でしょう。そんな申し立て、フルードが猛反発するに決まってる。それに、どんな理由を挙げられるというんです。たしかに奴は不潔だし、仕事もなく、喫煙と飲酒にふけり、ドクターの話では麻薬も常習している。でも暴力をふるうわけでも、脅迫するわけでもない。他の女性との不貞行為もない。少なくともその手の問題は耳にしていません。ドクターはいかがです？」

「いいや」彼にもジャップにも、まだロンドンでの出来事は打ち明けていなかった。「フルードは自分の面倒を見てくれる、この世でただ一人の女性と結ばれたようだね」

バンディはにやりとした。「非情な運命ってやつですね、ドクター。おっしゃる通りだと思います。さて、僕は事務所に戻るとします。一緒に来ますか？」

私は誘いを断り、弾むような足取りで遠ざかるバンディに背を向けて、家路についた。

第五章　ジョン・ソーンダイク博士

男女間の好みや相性は、私にとって常に謎であり、不可解極まりないものだ。ここで述べているのは異性に対して抱く一般的な性的関心ではなく、人それぞれの嗜好による選択のことである。なぜ、これほど大勢いる中で、特定の男女同士が惹かれ合うのだろう。なぜ、ある男性にとって、ある特定の女性のみが恋愛対象となり、他の女性には目もくれないのだろう。外見の美しさや内面的な長所は関係ないはずだ。というのも、仮にそうだとしたら、男女は単純に魅力的か否かに分類できてしまうだろうが、一方、現実では、大多数の男性に関心を持たれない側の女性が、ある一人の男性からは熱烈に愛される、またはその逆の事態が起きている。あるいは、愛には対象の価値に対する幻惑が避け難く伴うのだろうか。だからこそ、あからさまな欠点にすら目をつぶり、良識や理性との葛藤を意識しながらも、執着し続けるのだろうか。

ほかの深刻な考えごとに加え、こうした疑問に頭を悩ませながら、私はロチェスター大聖堂の、坐り心地のよくない小さな会衆席に腰をおろしていた。午後の合唱礼拝に出席すべしという、ミセス・ダンクの命令に従って来たのだ。前述のような疑問にかられたのは、突如――意外なことではなかったが――我が患者であるフルード夫人に強く惹かれている自分を意識したせいだった。なぜそれほど夫人が気にかかるのか、納得のゆく説明が見つからずにいた。夫人の置かれた状況が興味深く、同情を誘うことは事実だ。だからといって、絶えず彼女のことばかり考えてしまう（それは自分でも認識していた）根拠にはならないだろう。夫人は絶世の美女ではない。私には並み外れた美人に見えるが、どうやらバンディはなんの魅力も感じていないらしい。にもかかわらず、一年前の初対面のときを含めて、まだ三度しか顔を合わせていないのに、彼女のことが片時も脳裏から離れず、今夜訪問する約束を、妙な期待感と共に心待ちにしているのを、認めざるを得なかった。

こうして、自らの物思いの真意に関する悩みは、別の思索と混ざり合い、さながらノルマン様式の支柱の上に忽然と近代英国様式のアーチが現れるような、雑然とした状態に陥っていたが、そんな私のとりとめのない物思いの邪魔をしたのは、石製の障壁の向こう側あたりから流れてくる、内容は聞き取れぬが、穏やかで心地良い話し声だった。見知らぬ人々が聖堂内に足を踏み入れ、足音を忍ばせて最寄りの席につくのを、私はぼんやりと目で追った。だが、まもなく話し声は重厚なオルガンの音にとってかわられ、聖堂内に演奏が響き渡るなか、私はひとりの男性に目を奪われた。

ひとかどの人物であることは、目にも明らかだった。わがもの顔に振舞って自らを誇示したり、有力者の友人を後ろ盾にしたりするような連中とは一線を画す、正真正銘の大物らしき風格が備わっている。長身で背筋がピンと張っており、威厳が漂っていた。髪には白いものが混じっているが、見るからに壮健で堂々としており、力がみなぎっている。だが私の目が釘付けになったのは、とくに彼の顔立ちだった。ギリシア彫刻を思わせる彫りの深さと、水平に引かれた眉、直線的な鼻筋、きりりと引き締まった口元、加えて、人を圧倒するような力強さと知性が備わっている。不思議なほど穏やかで、無表情とすら呼べる表情だったが、慎重で張りつめた雰囲気をまとい、何より、強靭な意志を感じさせた。

その男性が足を忍ばせ、少し離れた席に向かうのを、私は好奇の目で見守った。周囲の人々のあいだで、彼は明らかに異彩を放っている。いったい何者だろう。だが、それほど長く思案を巡らす必要はなかった。すぐに別の人物が戸口に現れたからだ。しかも今度は知らない顔ではなかった。古い知人のドクター・ジャーヴィスではないか。私が学生の頃からの知り合いで、一時期、私の叔父の主治医だったこともある。風のたよりに、その後、法廷弁護士の資格を取り、法医学の専門家として、著名な法医学者のジョン・ソーンダイク博士の助手を務めていると聞いていた。

ジャーヴィスは入り口付近でつかのま足を止め、誰かの姿を探し求めるかのように会衆席を見回していた。やがて、例の大物らしき人物に目を留めると、その人の方へまっすぐ歩み寄り、隣に腰を下ろした。その様子から、そして相手が笑顔で挨拶を返したことから、私はその人物こそ他でもない、ソーンダイク博士に違いないと踏んだ。

ジャーヴィスは私の姿を目に留めていないか、目にしたとしても私だと気づいていないようだ。見れば、ちょうど彼の隣が空席である。旧懐をあたため、あわよくば高名な同僚に紹介してもらえるかもしれない。私はいそいそと通路を横切り空席をものにすると、ジャーヴィスに挨拶し、あたたかい握手を交わした。

場所柄、おしゃべりは憚られたが、やがて聖歌が終盤に差し掛かると、ジャーヴィスは腕時計に目を落とし、私にささやきかけてきた。「君の近況をもれなく聞かせてほしいな、ストレンジウェイズ。ソーンダイクも紹介したいし。駅に向かう前に、軽くお茶でもと思っていたんだ。そろそろ出ないか？」

私が同意すると、ジャーヴィスはソーンダイクに耳打ちし、三人揃って席を立つと、足音を忍ばせ出口へと向かい、聖歌の最終部分の余韻に包まれながら退出した。外に出ると、すぐにジャーヴィスは私にソーンダイクを紹介し、近くの店でお茶を飲もうと提案した。私は自宅に誘ってみたが、ジャーヴィスは「あいにく今日は時間がなくてね。ジャスペリン水門小屋のそばに悪くないティーハウスを見かけた。そこでお茶を飲み、良ければそのあと一緒に駅まで歩こう」と言った。

ジャーヴィスの提案を受け入れ、私たちは天井の低い、古風な店内の窓際に席を占めた。茶色い衣装の似合う若いウェイトレスに注文を告げると、ジャーヴィスは私に尋ねた。

「さて、ロチェスターで何をしているんだね、ストレンジウェイズ？」

「表向きは医師として働いていますが、実は、稼ぐ必要のない身分になりましてね。この地で、前任者の逝去により空いたポストを継ぐことになり、昨日の朝、着任したばかりです」

「患者はいるのかね？」

「今のところ二人だけです。一人は私と共にこの街に来た男性で、今朝、無一文で去っていきました。もう一人は彼の妻です」

「なんだね、それは」ジャーヴィスがぼやくように言った。「簡潔だが、曖昧すぎるぞ。詳しい解説が必要だ」

そこで私は詳細を語り始めた。この土地に来たいきさつから、フルード氏を診察したことまで、事細かに話して聞かせた。フルード夫人の事情は職業上の守秘義務から黙っていようとも思ったが、この二人なら専門家としての意見や助言を与えてくれるはずだと気づいて思い直し、知る限りの情報を打ち明けた。だが、リージェンツ・パークの屋敷で起きた出来事だけは、自分には明かす権利が無いように思われ、伏せておいた。

「なるほどね」ジャーヴィスが口を開いた。「もし今後もその状況が続くなら、この近所に対策本部を立ち上げる必要があるな。その手のケースはあらゆる事態に発展する可能性がある。そう思わないか、ソーンダイク？」

「〝あらゆる事態〟と言う気はない」ソーンダイクが口を開いた。「可能性は主としてひとつだけだ。その気の毒な女性にとって、極めて不愉快な事態になるだろう。彼女に与えられた選択肢は二つだけ。夫に関わり続けるか――その選択はまず不可能に思えるが――あるいは残りの人生を、夫から逃げるための絶え間ない奮闘に費やすか。どちらにせよ、若い女性にとって残酷きわまる将来と言えるな」

「たしかに」ジャーヴィスはうなずいて続けた。「悲惨としか言いようがない。だが私には、それ以上に悪い事態になる予感がする。なにせ夫は、アル中でヤク中、精神的に堕落した男だ。その手の男が何をしでかすか、想像もつかんだろう」

「きみは常に、そうした人物が自殺の道を選ぶことを望んでいるんだったな」ソーンダイクが口をはさんだ。「そして、公平に言えば、たしかにその種の人物は、自分に適した身の処し方を認識しているふしが見られる。だが、君の言うように、精神的にも道徳的にも異常をきたした男の行動は計り知れない。自殺を図るかもしれないし、誰かを殺すかもしれない。あるいは、ほかの悪党と組んで、たいした動機もなく、無意味な犯罪に走るかもしれない。我々としては、フルード氏の行為が妻への嫌がらせに留まってくれるのを、祈るばかりだ」

その後、話題はジャーヴィスらの近況に移ったので、私は二人がロチェスターを訪れた目的を訊いてみた。

「顧客の保険会社のために、検死審問に出る予定だったのだが、開廷が二週間延期になってしまってね。だから、また君に会う機会があるかもしれない」

「成り行き任せはやめましょう」私は言った。「もし不都合がなければ、今度は我が家で昼食はいかがですか？　時間はあなた方に合わせますよ」

二人は相談し、おのおの予定を確認した上で、二週間後の午後一時に、我が家を訪れることに決まった。私は手帳に予定を書き留めた。お茶をすませて店を出ると、橋を渡り、ストラッド駅へ向かった。駅の中央改札で、私は二人を見送った。

駅に背を向けると、橋向こうに戻る前に、しばし土手をぶらつくことにした。友人たちと交わした会話を思い返しながら、漠然とした不安をおぼえた。二人とも、我が麗しき患者とその夫の関係が、恐ろしい事態に発展する可能性を示唆していると確信していた。現実に起きた殺人未遂の件には触れてもいないのに。二人のうち、より慎重で寡黙なソーンダイク博士の方が、事態を控えめに評価していたようだが、彼の見解は、事実で裏打ちされた私の内心の恐れを、ほぼ正確に写し取っていた。神経過敏な異常者の扱いには常に危険が伴う。なぜなら、精神的に不安定な人物は、いつなんどき興奮状態に陥るとも知れず、そうなれば何が起こるか見当もつかないからだ。フルード氏がロチェスターを訪れた目的は、妻を説得し、帰宅を促すという平和的なものだったと考えられなくもないが、その可能性はあまりにも低く、夫人が拒絶した場合に何が起きるのか、想像しただけで震えが走る。フルード氏がナイフを携帯しているのも気に入らない。まともな人間なら誰もがそうだろうが、私はあらゆる凶器を忌み嫌っている。前触れもなく自制心を失う人物の手に握られている場合はなおさらだ。たしかにフルードは妻の捜索に失敗し、一見、諦めたように見える。だが実際は、むしろその逆に違いない。フルードはなんらかの方法で妻がこの街にいることを突きとめた。ということは、そのときと同じ情報源から、さらに詳しい情報を聞き出すかもしれない。遅かれ早かれフルード氏は捜索を再開し、最後には探し当ててしまうだろう。そして――だがここまで考えたとき、私はフルード夫人の屋敷の前まで来ていることに気づいた。見れば、ギロー夫人が玄関前の階段に立ち、ポケットを探って鍵を取り出そうとしている。探り当てた鍵を鍵穴に差し込もうとしているところへ、私は通りを渡って姿を見せた。ギロー夫人は弱々しい笑みを浮かべて挨拶し、私が戸口まで階段を上がりきったときにはドアを開け、中へ通してくれた。

「フルード夫人には、昼食のさいに、あなたの伝言のことを話しておきました」彼女は翳りのある口調で言った。「中にいらっしゃるはずですわ」ギロー夫人は玄関のドアを締めると、居間の扉をやさしくノックした。「どうぞ」と、室内からバンディが嫌悪する声が聞こえてきた。ギロー夫人はドアを開け、「マダム、お医者さまがいらっしゃいました」と告げ、その隙に私は室内に足を踏み入れた。

「ノックの音が聞こえませんでしたわ」夫人は立ち上がり、手を差し出してきた。

「ノックはしておりません。ギロー夫人の声に紛れて忍び込んだのです」

「そんな秘密めかした行動をなさって、本当に用心深い方ね。まるで、盗賊の洞穴にこっそり隠れて暮らすチャーリー王子の女性版になった気分ですわ。なんて言うものの、実は外を出歩いて、大胆にもウィンドウ・ショッピングを楽しんでおりますの。もっとも、常に辺りを警戒するのは怠りませんけれど」

「無用な警戒でしたね」私は言った。「包囲網は解かれましたよ」

「まさか、夫が立ち去ったとおっしゃるんじゃありませんわよね？」夫人が驚いて尋ねた。

「そのまさかです」と言って、私は今朝の出来事をかいつまんで報告した。

「では、宿のご婦人が夫の旅費を出して下さったのかしら？」

「いや、違うと思いますよ」私はあわてて否定した。「地元の慈善家に頼んだのでしょう。どうせ数シリング足らずです」

「それでも、その数シリングはお返しする必要がありますわ。私のために立て替えてくださったのですから」

「いや、やめた方がいい」私は強い口調で言った。「そのためには身元を明かす必要がありますし、手続きのために慈善家が訪ねてきますよ。当面のあいだは表立った行動を控えた方がいい」

「当面のあいだですって！」夫人が声を張り上げた。「まるで一生、逃げ隠れしなくてはならない気がいたしますわ。犯罪者みたいに、いつまでも人目を避けて暮らし、誰とも親しくなれないなんて、ひどすぎます」

「ロチェスターに知り合いはいらっしゃらないのですか？」

「ええひとりも。もちろんジャップさんは別です、親戚ですから。私の叔母の兄なのです。あとは彼の同僚の方と、ギロー夫人、それにドクター。知り合いはそれだけですわ」

「ギロー夫人も事情をご存知なのですか？」少しばかり意外な気がして尋ねた。

「ええ。打ち明けておいた方が都合がよいかと思ったものですから。固く口止めしましたが。そうすれば、なぜ私が孤独な生活を望むのか納得していただけるでしょう」

「ご友人たちとは完全に縁を切ったわけではないのでしょう？」

「ほとんど連絡を取っていません。もともと親交のある人は少ないのです。ごく少数の、古い友人とはやり取りをしていますが、絶対に他言しないよう口止めしています。それというのも、どうやら誰かが秘密を漏らしたらしいのです。言うまでもなく、みなニコラス――夫とも知り合いなので」

「ではそのご友人たちから、あなたの夫がこの別居状態をどう考えているか、聞くこともできるわけですね？」

「ええ。当然、夫は私から不当な仕打ちを受けていると思い込んでいます。しかも、私がたんに彼の悪癖を嫌って去ったのではなく、何か別の動機があると疑っているらしいのです。よくある、通俗的な動機です」

「サム・ウェラー言うところの〝修道院の附属品〟ですね（サム・ウェラーはディケンズの『ピクウィック・ペーパーズ』の登場人物で、突飛な比喩表現を持ち味とする。〝修道院の附属品〟は内緒の恋人の意味）」

「ええ。夫は根っから嫉妬深く猜疑心が強いのです。こうして破局を迎えるまでも、そのせいで、たびたび衝突しました。他の殿方との付き合いには常に配慮していましたが、それでも駄目でしたわ。でも女性というものは、些細な嫉妬くらい大目に見るものです。男性にありがちな欠点ですもの」

「激昂のあまり、ねじった絹のネクタイを使用する傾向を、男性にありがちな欠点に分類したくはありませんね」私が冷ややかに意見を述べると、夫人は笑い声を上げ、その通りかもしれないわね、と同意した。ややあって、夫人は別の話題に話を向けた。「パートリッジ医師の患者を引き継ぐことになりそうですか？」

「いいえ。引き継ぐとしてもごく少数でしょう。それで思い出しました。まだ、あなたの容態をうかがっていなかった。調子はいかがです？」

　そう尋ねながら、しげしげと夫人の顔立ちをうかがうと、いまだ顔色は冴えず、やつれた感じが残っている。覆いをかぶせたランプの薄暗い照明をたよりに見た限りではあるが、目の下には隈が見受けられた。

「あまり良いお返事はさしあげられません」夫人は弱々しく微笑んだ。「でも、この不安定な状況が続く限り、良くなれと言う方が無理ですわ。もし私の立派な旦那さまを他の女性と駆け落ちするように仕向けてくだされば、たちどころに効果が現れると思いますけど」

「残念ながら、それは私の力の及ばぬことですし、お相手の女性があまりにも気の毒です。でも希望を失ってはいけません。今後も様子を見に、ときおり診察に寄らせていただくのをお許しください」

「ぜひそうなさって。私の愚痴や噂話の相手をするのが嫌でなければ、患者リストに加えてもらえると嬉しいわ。ジャップさんを除いて、おしゃべりできる相手はドクターだけなんですもの。ギロー夫人は親切で善い方ですが、打ち明け話は控えるべきだと私の勘が告げていますの。ギロー夫人もとても孤独な人なのです」

「ええ、人の口に戸は立てられませんからね。私も家政婦や家主と接するときは、とても気をつけています」

夫人はいたずらっぽい視線を私に投げ、「家主がたまたま患者になった場合でも？」と訊いた。

私は自分たちの関係性に気づいて笑い声を上げた。

「たしかに滅多に起こりえないケースですね。家主が患者になり、患者が友人になりかけているなんて事態は」

「ドクターは必ず友人になってくださいますわ、とても親切で頼もしい友人に。本当に、必要以上に良くしてくださっておりますもの、ドクターの視界に迷い込んだ漂流物にすぎない私に」

「あなたがそうお思いになるなら反論はいたしません。自らに称賛される資格などないとき、人は、どんなに小さな称賛のかけらでも、ありがたく拾い上げるものです。過去に受け取っていない称賛を埋め合わせるためにね。しかし私は、未来に行う善行はすべて、それを行うこと事態に素晴らしさがあるのだと、信じたいのです」

夫人はすました顔で笑みを浮かべ、「私たち、どんどん他人行儀になってゆくわね」と言い、その言葉に二人して吹き出した。

「それでも、現実的にあなたには医者が必要であり、たまたま私を利用することができる。私の診療を受けるとおっしゃってくださったからには、喜んで時おり訪問させていただき、お身体の具合や噂話を訊きましょう。都合のよい時間帯は何時頃でしょうか？」

「いつもだいたい七時過ぎには家におりますが、そんな遅い時刻ではドクターにとって不都合かもしれませんわね。何人くらいの患者を診ていらっしゃるのか存じませんけれど」

「実を言いますと、もっかの患者はあなただけです。ですので、あなたの都合に合わせますよ。七時過ぎにうかがいましょう。遠出をなさっているようですね？」

「ええ。かなり頻繁に。チャタムやジリンガム、フリンズベリーも散策しました。ワットリング通りをコブハムまで足を運んだこともあります。顔を覚えられたくないので、ロチェスターの街中は避けておりますけれど、美しい古都ですわ、近代化の萌芽が見られるにしても」

彼女の孤独な散策話に耳を傾けているうちに、ふと、いつかその孤独を解消してあげられるかもしれないという思いが胸をよぎった。だが、すぐにその思いつきをかき消した。夫人の立場はきわめて微妙なものだ。夫と別居中の妙齢の女性。彼女の名誉をおとしめるようなことになれば、友情にひびが入るどころの話ではなく、私の医師としての評判も地に落ちるだろう。なにせ、医師の評判は女性のそれと同じくらい脆く壊れやすいのだから。

我々の会話は四十五分近くも続いた。もっと長居したいのは山々だったが、許される限度としてはこれくらいだろう。そう思った私は腰を上げ、医師としてありきたりな助言を口にすると、彼女と握手を交わし、立ち去った。

第六章　忍び寄る不吉な影

やがて起きる事件は、ロチェスターへ赴任して以来、気づかぬうちに我が身に不吉な影を落としていたが、それが現実となる日が、刻一刻と近づいていた。あるいは、日増しに陰影を深めるその影は、漠然と正体を現しつつあったのかもしれない。私の胸には名状しがたい不安の念が、ひそやかに忍び寄っていたのだから。だが、当時を振り返ってみると、あの恐ろしい事件が起きたとき、私はまったくの無防備で、何の心構えもできていなかった。

友人と大聖堂で遭遇してから二週間が経とうとしており、私は彼らの再訪に心をはやらせていた。そのあいだは、とくに何事もなく過ぎていったが、些細な日常の出来事が、徐々に重要性を増しつつあることは、我ながら認めないわけにはいかなかった。フルード夫人との約束は遺憾なく実行され、少なくとも一日おきの夜分、医師として職務を果たすという名目のもと、私は、赤いシェードに覆われたランプがほのかな灯りを落とす、小テーブルの脇に腰を下ろすことになった。

それは間違いなく無分別な行為だった。フルード夫人への好意が、またたく間に芽生えた時点で、これは例の不可解な「親近感」であり、幸福か破滅に通じる無数の可能性と無縁でいられなくなると、警戒すべきだったのだ。初めて顔を合わせた瞬間に、この女性のそばで長時間過ごすのは危険だと察知すべきだった。だが皮肉にも、彼女に関わるなと警戒を発すべきだった事情が、逆に私を彼女のそばへ引き寄せる力を発揮したのである。

ひとつ慰めがあるとすれば、かりに私が無分別だったとしても、その帰結の責任を負うべきは私ひとりだという点だ。私たちの関係にやましさは微塵もなく、そもそもフルード夫人は、男性がつけ入る隙を見せるような女性ではなかった。私自身は夫人への恋心を隠しきれたふりをする気はないが、同時に、彼女の私への想いに関しては幻想を抱く余地もなかった。夫人は私を率直に歓迎してくれたが、その態度は友人には喜ばしくとも、恋心を抱く者には望みを絶つものだった。彼女の胸に、潔く誠実な友情以外の感情が浮かぶ可能性がないことは明白だった。だがその純粋無垢な応対が、叱咤と安心材料になる反面、私の心を釘づけにしたのである。

そのようにして、私たちの友情は（私の側に秘密の自粛があるにせよ）すみやかに進展した。じっさい、初対面の段階ですでに始まっていたといえる。二人のあいだには、互いに好意を持ち、理解し合っている者同士に特有の、心地良い気兼ねの無さがあった。彼女の気分を損ねる不安を覚えたことなど一度もない。ふたりで長いこと話し込み、意見を交わし合ったものだが、そのさい言葉や表現を選んだり、偏見だと思われぬよう断りを入れたりする必要など一切なかった。誤解も立腹もされまいという完璧な自信のもとに、我々は自分の意見を腹蔵なく口にすることができた。言い換えれば、私の彼女に対する想いが、彼女の私に対する想いと同等であれば、友情は完璧なものだった。

長きに渡り、楽しいおしゃべりに通うあいだに、私は夫人を間近に観察し、個人的な好意は別として、ますます魅了されていった。彼女は聡明で、機転が利き、きわめて博識な女性だった。優美で愛想がよく、つねに穏やかで、気弱な面や意気地のなさは露ほども感じられない。おそらく、より幸福な状況であれば、もっと元気で快活な女性だろうと思われた。というのも、終始、物思いに沈み、憂鬱そうではあったが、ときおり見せる機知のひらめきは、生来の明るい気質を感じさせたからだ。

　外見については、前述した描写をさらに詳細に語ると、背は高めで、姿勢が非常に良く、物腰に威厳が備わっている。加えて、人目を引くほどの美人だ（この点に関し、私の判断力はいささか当てにならないかもしれない）。顔立ちは端正ではあるが、決して派手ではない。表情は憂いを帯び、口元をかたく引き締めているせいか、口角がさがり気味だ。黒い眉は直線にくっきりと引かれ、眉根同士がほぼ接している。豊かな髪は漆黒、もしくは黒に近い色で、前髪がごく低い位置で分かたれ、無造作に後ろに掻きあげられて耳とこめかみを覆い、頭頂あたりで大きな団子状にまとめられている。そのフォーマルで既婚女性らしい髪型が、深刻そうな表情をますます強調していた。

　これが、あの決して忘れられない日々に、夜ごと共に過ごしたアンジェリーナ・フルードの人物像である。こうして描写するあいだにも、彼女の姿は私の記憶にまざまざとよみがえってくる。この先、生きている限り、彼女は私の思い出の中に生き続けることだろう。

　その二週間のあいだに一度だけ、胸をつぶす出来事に遭遇した。ソーンダイク博士らとの遭遇から一週間ほど過ぎたある日のこと、ロンドン通りをギャズヒルまで散歩に行った帰り道、私はロチェスター橋の上で立ち止まり、眼下を通過した荷船が、降ろしたマストをふたたび張る様子を眺めていた。欄干にもたれていると、背後を男が通り過ぎたので、何気なく振り返り、その人物に目をやった。次の瞬間、愕然とした。痩せ衰えた男の後ろ姿に間違いなく見覚えがあったからだ。衣服は薄汚れ、大きな布製の帽子から、ネズミ色の髪の毛が乱雑に飛び出している。歩きながら、手にした細い樫のつえを振り回していた。芽生えた疑問をうやむやにする気はなかった。用心深く来た道を引き返し、私は男のあとをつけた。見失わないよう、だが追いつかないよう気をつけながら尾行を続けていると、男は西側の橋のたもとで足を止め、ふいに後ろを振り返った。私の疑いは確信に変わった。まさしくニコラス・フルード本人である。私に気づいたどうかは定かでないが、フルードはそのまま正面に向き直ると、歩き続けた。私も尾行を続行し、フルードの行き先を確かめることにした。

私の望みと期待に添うように、フルードは道を右折して、河岸と駅の方角へ歩いて行く。その後を追いながら、私はフルードの足取りがすこぶる軽快で、体調がすっかり回復しているのに気づいていた。あのときの容体が完全に仮病だったなら話は別だが。桟橋の反対側につくと、フルードは駅へ向かう道に曲がり、構内へ姿を消した。おそらくロンドンへ戻るのだろうと思い、追跡はそこで打ち切った。

それにしても、フルードは何日くらいロチェスターに滞在していたのだろう？　ここで何をして、どんな成果をあげたのか？　そう自問しながら私は橋を渡り、来た道を戻りはじめた。おそらくフルードは今日ロンドンから出てきたに違いない。そして日帰りで戻るということは、捜索は実を結ばなかったと見るのが妥当だ。街中へ戻り、通りの向かいにある穀物取引所の建物から吊り下がる、寝床用あんかのような形の巨大な時計を見上げると、八時近くになっていた。フルード夫人を訪問する時刻を大幅に過ぎていたが、なにせ想定外のことが起きたのだ。夫人が困った事態に陥っていないか確かめる必要がある。どうすべきか決めかねているうちに、目指す屋敷の向かい側まで来ていた。ちょうどギロー夫人が戸口から現れたので、私は通りを横切り、彼女に声をかけた。

「今夜は、フルード夫人とお会いになりましたか？」いつもの挨拶を済ませてから、訊いてみた。

「ええ。ほんの数分前にお会いしたばかりです。ジャップさんに頼まれた製図をなさっていました。今夜は体調がおよろしいようで、顔色が良くて、お元気そうです。ドクターの訪問のおかげでしょう。

長い夜に誰も話し相手がいないなんて、若い女性にはさびしすぎますもの。私、いつもドクターのノックの音を心待ちにしておりますの。きっと夫人も同じ気持ちですわ」

「そうおっしゃっていただき何よりです、ギロー夫人。ですが、今夜は少しばかり遅くなりました、フルード夫人にも用事がおありでしょう。今日はこのまま失礼させていただきます」

そう言い残すと私はその場を離れ、いくぶん気を良くして家路についた。今のところ何も起きていないようだ。かといって安心はできない。フルード氏との再会は不安をあおる出来事だった。彼が妻の捜索を諦めていないのは明らかだ。ロチェスターがロンドンから三十マイル程度という好立地にあるため、定期的に足を運び、捜索を再開するのが苦にならないのだろう。フルード夫人の立場が深刻な危険にさらされているのは確かだが、身の安全を確保する手立てを何ひとつ思いつかない。唯一とりうる方策は、たとえ一時的にせよロチェスターを離れることで、私はそれを勧める立場にいたが、そうしようとはしなかった。

あるいは唯一の手段がそれであることを知っていたがために、夫人には夫の再訪を告げずにいようと決めたのかもしれない。本来なら打ち明けて、警戒を促すところだ。だが、話したところで夫人を無用に心配させるだけだ、と、私は自分に言い聞かせた。彼女には夫の訪問を止めることも、これ以上身を隠すための方策も取りえないのだから。それに、夫が二度とやって来ない可能性もゼロではない。

そして私の知る限り、夫は二度と現れなかった。その週は何時間も街中を歩きまわり、店先をのぞいたり、通りを往来する人の顔に目を走らせたり、ロンドンから汽車が到着する時刻に駅に出向きすらした。だが、あの陰気な男を見かけることは、ついぞなかったのである。

だがそのあいだも、不吉な影は着実に暗さを増し、その正体は間近に迫りつつあった。

ニコラス・フルードを見かけてから一週間近く経ったある日のこと、その事件は起きた。そのときは気にも留めなかったが、結果として、それこそ新たな展開の幕開けだったのだ。その日は土曜日であった。日付を特定できるのは、ある些細な、だが重大な分岐点となる出来事が起きたためだ。友人の訪問を翌週の月曜日に控えていた私は、ワインの在庫を増やしておこうと思い立った。そこで、この土地に長く暮らすジャップなら顔が広いだろうから、どのワイン業者から買うべきか、彼の助言を仰ごうと思い立った。

ジャップの事務所に着いたのは、正午を少し回った頃だった。中に入ると、なにかの話し合いがおこなわれている最中らしい。見れば、先日訪れた遺跡の工事現場で監督を務めていた男が、やけに気まずそうな顔でたたずみ、両のこぶしを机上にのせている。バンディはスツールの上で体を揺らしつつ、巨大なレンズの奥から厳めしい目つきで睨みをきかせ、ジャップの方は、硬直気味に背筋を立てて坐っていたが、額に無数の皺を寄せ、現場監督をきびしく見据えていた。

「つまり」バンディが口を開く。「門に差したまま忘れたということですか?」

「忘れたのはエヴァンズです」現場監督が答えた。「つまり、私は事務所に寄らなきゃならなかったもので、エヴァンズに鍵を渡し、他の連中と先に行って中に入るよう言いつけたんです。私が着いたとき門は開けっ放しで、みんな仕事に取りかかっていたものだから、鍵のことなどすっかり忘れちまった。引き上げる段になって、鍵を閉めようと、エヴァンズに声をかけると、門に差しっぱなしだという。だが行ってみると、鍵はなかった。おそらく誰かが持って行ってしまったとしか思えない」

「それはちょっと、ありえないと思います」バンディが言う。「おそらく見つかるでしょうけどね、社名を記した木製ラベルがついていますから。予備の鍵を渡して、施錠してきてもらいましょうか?」

「そうするしかないようだな」ジャップが答える。「だが、閉めたらまっすぐ戻ってきて、返却してもらいたい。わかったかね、スミス。即刻、私かバンディに鍵を渡すように。それにだ、私はこの鍵に十シリングの懸賞金をかけるつもりだから、もし見つかったら、支払額は君たちで工面してもらう。わかったかね?」

スミスは渋い顔で承知しましたと応じ、バンディから予備の鍵を受け取ると、いらだたしげに事務所を出て行った。

彼が去ると、私はさっそく自分の用件を告げた。バンディが「ワインですって?」と応じながら、眼鏡をはずし、代わりに片眼鏡を当てた。「それならタッカーが適任ですよ。ねえ、ジャップさん?タッカーは目利きのワイン商人でしてね。年代物で枯れたタイプも、やわらかく丸みのあるタイプも、希少で興味深いワインも、何でも揃います。私も一緒に行って紹介してあげましょうか? 試飲もしたいでしょう、ドクター?」

「そんなに大量に買い込む気はないよ」バンディがあんまり熱心なので、私は笑って答えた。「クラレットを一ダースかそこらと、ポートワインが一、二本あれば十分だ」

「だとしても、品質は確かめたいでしょう? だめですよ、吟味せずに買ったりしては。試飲くらいしなくちゃ。私もお供します。一人より二人の方が、的確に判断できますからね。おすすめはタッカーの酒屋っておっしゃいましたか、ジャップさん?」

「何をかくそう」ジャップが皺くちゃの顔に愉快気な笑みを浮かべて答えた。「私は何も言っておらんよ。だがタッカーが良かろう。ただし、やっこさんは、お買い上げするまで試飲させてはくれんよ」

「なんですって！」と、バンディ。「まあ、行けばわかることです。さあ、ドクター、向かいましょう」

バンディに急かされるように事務所の外に出て、階段を下り、橋の方へ歩き出した。だが二百ヤードも進まぬうちに、バンディはいきなり細い脇道に入り込み、何やら意味深な顔つきで、私に手招きするではないか。仕方なく私もあとに続き、細い小道を進んでいった。バンディが足を止めたので、私は「ここに何があるんだね？」と訊いた。

「見ていただきたいものがあるんです」勿体ぶった口調でバンディが答える。「この壁です」

私は目を皿のようにして壁を眺め渡したが、特段変わった点は見当たらない。とうとうあきらめて言った。「とくに何も見つからないが」

「私もです」バンディは答え、小道の先に探るような視線を向けた。

「それじゃ、どういうつもりで――」と言いかけた私に、バンディは、「もう、いいんです」と、さえぎった。「行っちゃいましたので。ピンクの帽子をかぶった女性ですよ。ただ彼女をやり過ごしたかっただけですから」そう説明しながら、バンディはおそるおそる大通りに戻り、勝利のダンスを踊るインディアンのような格好で、左右を見渡した。

「あの手の女性たちは疫病神でしかありません。泣き落としで迫ってきたり、バザーやガーデン・パーティといった、くだらない催しに誘ってきたり。さっきのピンクの帽子の女性は、まるで探偵きどりで、私の後をつけまわすんです」

私たちは狭い舗道を急ぎ足で進んだが、そのあいだもバンディは警戒するように辺りをうかがっていた。ワイン商人の店に着くと、バンディはわざとらしいほど陽気な挨拶とともに敷居をまたぎ、その調子を保ったまま店主に私を紹介すると、こちらの希望を伝えた。店主のタッカーは小柄で頑固そうな老人だった。言葉づかいはアモンティラード酒のように辛辣だったが、バンディのおだて文句にすっかり気を良くして、私が遠慮の言葉を口にする間もなく、気がつくと店の奥の薄暗い酒蔵に連れこまれ、彼が年季の入った樽から二つのグラスにワインを注ぐのを眺めていた。

「それでは！」バンディは気難しげな顔つきでワインを一口すすり、「なるほど。悪くないですね。かすかにコルク臭があるようですが」と、感想を述べた。

「コルク臭だと！」タッカーがぎょっとしたようにバンディを凝視した。「樽から注いだばかりなのに、コルク臭がするわけなかろう」

「じゃあ、樽の栓の臭いかな？」バンディが意見を変えた。

「樽栓臭いワインなんぞ、聞いたことがない」タッカーが否定した。「そんなもの、ありゃせん」

「ありませんかね？　なら、そうなのでしょう。私の気のせいかも。いかがですか、ドクター？」

「とても味わい深いクラレットだと思います」私は答えたが、軽はずみなバンディに内心腹を立てていた。機嫌をそこねた店主の腹立ちを鎮めるには、購入数を予定の倍に増やさなくてはなるまい。注文を済ませ、店内に戻ると、入り口にふたりの女性客が立っており、その姿を見たバンディが抑え気味にため息をついた。私は脇にのいて、女性たちに道をゆずった。礼儀正しいご婦人たちで、ある程度の年を重ねた中年女性と見受けられる。バンディが必死で私の後ろに隠れようとしているのに気づいたが、しょせんは無駄な努力だった。片方の女性がたちまちバンディに気づき、甲高い声で叫んだ。

「まあ、バンディさんじゃないの。そうでしょ！　まったく、こんなに長いあいだ、どこで何をしていらしたの？　最後に会いにいらしてから相当経っているじゃない。そうよね、マーサ？　ええと、あれはいつだったかしら？」

女性が記憶をさぐるようにバンディの顔をじっと覗き込むと、バンディはげんなりしたように笑みを浮かべ、開いた戸口の方に力なく視線を走らせた。

「思い出した」女性が勝ち誇ったように宣言した。「精神薄弱の子供たちをお茶に招いた日だわ。あのときはブロートさんが金魚を出す手品を見せてくれて――見せようとしてくれたけど、コートに隠したバッグの中で金魚鉢が引っかかって取り出せなくなって、無理やり引っ張り出したら壊れちゃって――」

「そうじゃないでしょ、マリアン」もうひとりが割って入った。「あのお茶会のときじゃないわ。そのあとで、ジューベリー・ブラウンの店がでたらめ市を開く準備を手伝ったときよ」

「がらくた市、と言いたいのね」相手がすかさず訂正する。

「つまり、不要品を売った市のことよ」マリアンと呼ばれた女性は、平然と言い直した。「ちゃんと思い出そうとしてみれば、わかるはずよ、あの市を開いたのは後日で――」

「後日じゃないったら」相手が否定する。「それより前、いまいち記憶が曖昧だけど、何日か前だったはずよ。よおく記憶を探ってみなさいよ、マーサ」

「ものすごくはっきり覚えているわよ」マーサなる女性は相手を見下すような口ぶりで言い張った。「お茶会は火曜日――あるいは木曜日――いえ、火曜だったかしら。まあともかく、あれはがらくた市の数日前で――」

「違うったら」もう一人が力強く否定にかかる。

ここで私はマリアンなる女性の目をとらえつつ、戸口の外に出ると、バンディに急かすような視線を向けた。このいくぶん大胆なほのめかしは、たちまち功を奏し、マリアンがもうひとりにこう告げた。「いけない、マーサ。バンディさんとご友人を引き止めているみたいよ。ごきげんよう、バンディさん。来週の金曜日の夜、お会いできます？　私たち、孤児の子供たちのために、ちょっとした催しを計画しているの。子供たちにハーモニカ持参で集まってもらい、ささやかなコンサートを開く予定なのよ。是非いらして。あなたが来てくださったら本当にうれしいわ。それじゃ、さようなら」

バンディはふたりの女性と大仰な握手を交わすと、私の後から店を飛び出し、こっちの肘をつかむと、小走りに舗道を歩き始めた。

「あなたがいてくれて助かりましたよ、ドクター。私ひとりなら三十分は抜け出せなかったでしょうし、間違いなく地獄のようなコンサートに行く約束をさせられていたでしょう。あれ！　ジャップさんだ。何をしているんだろう？　ああそうか。紛失した鍵の件で張り紙をしているんだ。しまった、私が引き受けるべきだった。賞金額が多すぎるんじゃないかな。支払い可能な額か、確認しなくちゃ」

事務所に近づきながら、ジャップが窓に貼った広告を見やると、いまいち読みにくい文字で「賞金十シリング」と書かれていた。それ以外の内容に興味はなかったので、私はその場でバンディに別れを告げ、帰途についた。バンディは広告内容の検討に没頭しており、少し歩いたあと振り返ると、いまだ熱心に貼り紙を見つめているので、通りの反対側からピンクの帽子をかぶった女性が、魅力的な笑みを浮かべて軽やかな足取りで近づいてくるのに、まったく気づいていなかった。

細い舗道にあふれる通行人の波をかきわけて進みながら、さまざまな思いが取り留めなく頭をよぎるにまかせた。翌週の月曜日に訪ねてくるふたりの友人のことや、警戒すべき地元の女性たちのことなど考えていたが、最後に行き着くのは、いつものことながら我が患者、フルード夫人のことだった。前の晩に会ったばかりだったが、かなり不安な兆候が現れていた。いつにも増して顔色が悪く、目元がむくみ、やつれた感じで、明らかに元気がなかった。絶え間なく続く不安定で気の休まらない日常や、下劣な夫から恐ろしい目に遭わされることへの恐怖が、耐えられる限界を超えかけているのではないか。たとえいっときにせよ、このえんえんと続く悲惨な状況から逃れられる場所へ移るよう、医師として、また友人として助言することが自分の責務ではないかと、私は不本意ながら、理解し始めていた。

問題はいつその話を切り出すか、ということだ。それはまた、別の問題をはらんでいる。つまり、次の訪問をいつにすべきかという問題だ。今夜にでも伝えに行きたい気持ちだったが、節度を守り、適度な間隔を空けて訪問すべきという気もして、迷っているうちに、そのまま一日が過ぎてしまった。結局は節度が勝利をおさめ、訪問と提案は翌晩に持ち越すことにした。

せっかく決心がついたのだから、すぐにでも実行に移すべきだったのだ。訪問の機会を逸した私は、たちまち自分の決断を後悔し始め、理由のつかない不安に襲われた。いてもたってもいられず、部屋から部屋へ歩き回り、書物を手にして開いては、また閉じるような行為を繰り返し、全体的には急激な焦燥感に襲われた人に起きる典型的な症状を示していたところへ、ダンク夫人が有無を言わせぬ態度で夕食の準備を整え、無視しがたい圧力で私をそれに向かわせた。

タッカーの店で購入したクラレットのコルクを抜くのとほぼ同時に、ドアのベルが鳴った。訪問客などかつてないことだ。私はそっとコルクを閉め直しながら、耳をすませた。おそらく患者だろう。玄関の戸が閉まり、診察室へ足音が向かってゆく。一分後、ダンク夫人が食堂のドアを開けて告げた。

「フルード夫人がお見えです、ドクター」

不意の訪問にかすかな不安を感じつつ、私は大股で食堂を出ると、玄関ホールを横切り、ほの暗く、薄汚れた診察室に入って行った。フルード夫人は診察椅子に腰掛けていたが、私を見るなり立ち上がって、手を差し出した。その手を取りながら、外出着姿の夫人はますます長身に見えるなと思った。だが同時に、前回会ったときから、いっそう顔色が悪く、やつれていることにも気づいていた。

「何かありましたか？」私は尋ねた。

「いいえ。体調は変わりありません。でも今日はお願いがあって参りましたの」

私が問うような視線を向けると、夫人は「ご存知のとおり、不眠が続いておりまして。昨晩は一睡もできず、その前もほとんど眠れませんでした。また眠れないかと思うと、不安で仕方ありません。少しでも眠れるようなお薬の処方をお願いするのは、支障がありますでしょうか？」

「いいえ、ちっとも」と答えながらも、気は進まなかった。睡眠薬の摂取は慎重であるべきというのが私の考えだった。「ずっと眠らないわけにはいきませんからね。錠剤をお渡ししますので、就寝前に一、二錠呑んでください。それでぐっすり眠れるはずです。きっと気分もよくなるでしょう」

「だといいのですが」と言って、夫人は疲労感のにじむため息をついた。

夫人の顔をのぞきこむと、前述のように顔色が悪くやつれていたが、それだけではなく、目が血走り、恐怖の色が浮かんでいる。

「今日はいつものあなたらしくないように見受けられます。どうかなさいましたか？」

「わかりません。たぶん、いつも悩みごとですわ。でも、なんだか絶望的な気分ですの。おそらく我慢も限界なのね。将来のことを考えると、まったく先が見えず、怖くてたまらないのです。じっさい――馬鹿みたいと思われるでしょうけど――悪いことが起きるような胸騒ぎがするのです。もちろん、ただの思い込みです。でも、そんな気がしてなりません」

「何か理由があるのですか?」私は心配になって尋ねた。とたんに、橋の上で遭遇したフルード氏のことが頭によみがえってきた。「悪い予感がするのは、何か起きたせいですか?」

「いいえ、とくに何も」と、否定しつつも、夫人は私から目をそらした。まったく彼女らしからぬ素振りである。答えも曖昧で、何かをごまかしているようだ。私が彼女の夫を追跡した日、彼女も夫を目撃したのだろうか? あるいは再びこの街に現れたとか――それが今日だとしたら? あるいは、もっと深刻で恐ろしい目にあったのだろうか? 夫人の意気消沈ぶりと胸騒ぎの兆候は、私に強い疑念を抱かせるに十分だった。だがその原因がなんであれ、彼女に話す気がないのは明らかだった。

推測をめぐらしながらも、私は夫人にじっと視線を注ぎ、そのときは意識していなかったが、細かな特徴や持ち物にまで、自分でも不思議なほど克明に観察していた。夫人の膝に置かれたイニシャル入りの小さなハンドバッグ、黒ずんだ青銅の、楕円形をした留め金付きの華奢なハイヒール、胸元に留めた大きなオパールを小粒の真珠で囲んだブローチ。そのブローチの真珠のひとつが欠けており、ちょうど時計の三時にあたる場所がぽっかり空洞になっていることにすら目に留めていた。そして、ふたたび顔に目をやると、夫人はうつむいて口元をかたく結び、物思いに沈んでいる。

私は心底不安になって、この街を離れなさいという言葉が、今にも口から出かかった。それから思い直し、明日の朝になったら屋敷を訪ね、詳しく相談にのることにしようと心に決めた。治療室で小さな箱に睡眠薬を数錠入れると、パートリッジ医師のラベルを貼りつけて使用法を書き込み、紙で包んでから封をした。

「どうぞ」私は夫人に包みを手渡しながら、「二錠呑んでから、早めに床に就いてください。そして明日の朝、元気な姿を見せてください」と言った。

夫人はそれを受け取るとバッグにしまった。「心から感謝いたしますわ」感情のこもった声で礼を言う。「ドクターの本意でないのはわかっていますので、なおさらです。言いつけに従いますわ。これからチャタムへ行く用事があるのですが、戻ったら、早々に休むことにします」

私は夫人を戸口まで見送った。ドアを開けると彼女は立ち止まり、手を差し出してきた。「おやすみなさい。そして、本当にどうもありがとう。明日にはすっかり元気になってお目にかかれると思います」そう言って私の手を軽くにぎり、軽く会釈をして笑みを浮かべると、背中を向けて立ち去った。そのとき気づいたのだが、昼過ぎから街にたちこめていたもやが深まり、今や本格的な霧になっていた。私は戸口から出て、夫人が足早に立ち去るのを見送っていた。姿勢のよい堂々たる後ろ姿を、切なく目で追った。やがて彼女の姿はますます闇に紛れ、判別できなくなり、しまいには霧の中へ消えていった。私は常ならぬ物さびしさを感じつつ、ひとりきりの夕食に戻った。そして長い夜の間ずっと、夫人と交わした不穏な会話を何度も思い返し、彼女の胸騒ぎは不眠が引き起こした産物なのか、精神疲労のせいなのか、それとも裏に何か恐ろしい現実が隠されているのだろうかと、新たな疑問を反芻していた。

第七章　ギロー夫人の悪い知らせ

明朝九時、私は朝食を取りながら、コーヒーポットに立てかけた新聞を前に腰を下ろしていた。四月末日の、晴れて気持ちのいい朝だった。屋敷の裏手では木立に集う鳥たちが楽しそうにさえずり、窓辺では皿の蓋の下にもぐりこむ試みに失敗した早咲きの矢車草《やぐるまそう》が、ゆらゆら頭を揺らしている。そして街のどこかでは、能天気なセールスマンが、不用心な暇人を薄暗い避難所から陽光の下へ引っ張り出してやろうと、屋敷のベルを鳴らしている。

何もかもが穏やかで、心を和ませた。鳥たちは喜びあふれる歌声を響かせ、矢車草すら夏の到来を告げている。ただ、遠くからかすかに流れてくる、滑らかで一方的なセールスマンの語り口だけは、聞き手の警戒心を刺激し、外敵から身を守る免疫を覚醒させてしまったようだ。陽光の差し込む室内で、平和な外の物音に耳を傾けながらぼんやり考え事をするのは実に心地が良く、それに比べたら、しょせん新聞に勝ち目はない。出版社の誤植に関する支離滅裂なコラムにおざなりに目を通しながら、私の思索は蜂のように、ひとつの話題から別の話題へと飛び移っていった。医師としての不透明な先行きから、明日訪れる友人のこと、それから昨晩の気がかりな出来事について。だが、そこで私の思考は停滞し、たんに漠然とした不安を解消する目的で、こんな朝早くからフルード夫人の元を訪れるのは非礼に当たるだろうかと悩んでいたところへ、玄関のベルが鳴った。こんな時間に滅多に鳴らない音がしたことで、私ははっと姿勢を正し、一抹の不安をおぼえつつ耳をそばだてた。ほどなくダンク夫人がドアを開け、「ギロー夫人です」と事務的な声で簡潔に告げると、戸口をわずかに開けたまま退いた。何か良からぬ事態が起きたのではと危惧しながら診察室に駆けつけると、ギロー夫人が椅子の横に立っていた。いつもの悲しげな顔に、深い憂慮の念が刻まれている。

「何かあったのですか、ギローさん」

「ええ、大変なことが。日曜日の朝からお騒がせして悪いとは思いましたが、あなたは奥様の主治医でご友人でもあるし、構わないのではと――」

「いったい、何が起きたのですか?」私はしびれを切らし、夫人の言葉をさえぎった。

「実は、奥様が昨晩出かけたきり、戻ってこないのです」

「それは確かですか?」

「間違いありません。昨晩お出かけになる直前にお見かけしたとき、奥様はドクターに不眠のお薬を処方してもらったあとチャタムへ行く用事があるけれど、早々に床に就きたいので、すぐ戻るとおっしゃっていました。私は遅くまで起きて奥様の帰りをお待ちし、寝る前にも階下へ降りて、両方の部屋をノックしてみましたが返事はなく、夕食も居間のテーブルに手つかずで残っていました。心配で一睡もできぬまま、夜明けとともに階下へ降り、玄関が施錠されていないのを確認してから奥様の部屋に入りました。でも奥様の姿はありませんでした。相変わらず夕食はそのままの状態で、ベッドに眠った形跡はありません」

「地下は調べましたか?」

「ええ。奥様はいつも地下へ降りる階段のドアに鍵をかけておりますが、今朝は開いていましたので、降りて部屋中、探しました。でも、そこにもおりませんでした」

「これは一大事です、ギローさん。しかも事態は急を要する。たしかに夫人は、チャタムへ行ったあとすぐ帰宅すると話していました。ところで、彼女がなんの用事でチャタムへ行ったかご存知ですか?」

「存じません。買い物かもしれませんが、時間が遅すぎます。いくら土曜の夜とはいえ」

「では、持ち物はどうです? いや、荷物が多かったはずはないな。ここに来たときは、小さなハンドバッグしか持っていなかった」

「身の回りの品は何も持って行きませんでした」ギロー夫人も答える。「奥様の化粧台を見回してみましたが、櫛や化粧道具はすべて残っていました。それに、あんな小さなハンドバッグに大したものは入りませんわ。私たち、どうすればよいのでしょう?」

「そうですね。まず手始めに、ジャップさんに会いに行きます。血縁なので、夫人のことは我々より詳しいし、必要な対応を取る責任も、もちろん彼にある。とにかく会って、彼の意見を聞いてみます」

「警察に知らせるべきでしょうか?」

「いや、ギローさん、焦りは禁物です。フルード夫人は人目を避けて暮らしている身だ。確実に行方不明とわかるまで、事を荒立てない方がいい。今日のうちに戻ってくる可能性だってある」

「だと良いのですが」ギロー夫人は悄然とつぶやく。「でも、その望みはないと思います。奥様の身に何か恐ろしいことが起きたような、嫌な予感がするのです」

「なぜそんなことをおっしゃるんですか? 何か根拠でも?」

「特別な理由はありません。でも、夫人がご主人と会うのを恐れる裏には、何か別の事情があるように思えてならないのです」

憶測で議論する気は毛頭なかったので、私はなんの意見も述べなかった。ギロー夫人も思いつきを口にしただけらしい。私は一刻も早くジャップと会って、事件解決の手がかりを得たかったので、ギロー夫人との会話はそこで打ち切り、なだめるように彼女を玄関へと後押しした。「またあとで会いましょう。何かわかりましたら連絡します。それと、当面のあいだ、この件は他言しない方がいい」

夫人を送り出すと、私は大急ぎで身支度を整え、二分後には急ぎ足で通りを歩き出していた。緊急事態だからというより、動揺のあまり速足になっていた。ギロー夫人と話している最中は、努めて冷静で実務的な態度を崩さなかったが、夫人が行方不明と聞いた瞬間、全身に雷に打たれたようなショックが走った。大股で先を急ぐ今ですら、突然の出来事に、思考が完全に麻痺している。何かとてつもなく恐ろしいことが、夫人の身に起きたに違いない。その思いはギロー夫人と共通していたが、私が怖れるのには根拠があった。夫人と最後に交わした会話と、説明のつかない失踪を照らし合わせると、恐ろしい暗示ばかりが浮かんでくる。夫人は見るからに怯えていたし、不吉な予感がすると自認していた。いったい、彼女は何に怯えていたのだろう?

そして不吉な予感とはどういう意味なのか。普段、人はむやみにそんな感覚に襲われたりはしないものだ。そういえば、何か理由があるのか尋ねたとき、夫人は言葉を濁していた。今なら断言できる。夫人には思い当たるふしがあったのだ。自分の身に危険が差し迫っていることを、気づいていたに違いない。

ジャップの事務所の玄関に近づきながら、ふと、ジャップはここに住んでいるのだろうかと心配になった。ノックの音を大きく二度響かせたが返答がなく、懸念はさらに強まった。三度目のノックをすべく片手を挙げたとき、事務所の窓のカーテン越しに、バンディの頭がのぞいた。私はかなり焦っていたが、それでもバンディのひどくだらしない姿に目をみはった。普段は生え際から丁寧に後ろに撫でつけられ、頭頂をふんわり覆っている髪の毛が、まるで束になったネズミの尻尾みたいに顔の前にボサボサに垂れ下がっている。眼鏡も片眼鏡もしていないせいで、余計に別人に見えた。だがその姿をとらえたのは一瞬だった。私と目が合うと、すぐにバンディは待つよう合図して、姿を消したからだ。

一分ほど待っただろうか、ドアが開いたので、足を踏み入れると、脇にパジャマとガウン姿のバンディが立っていた。髪型は整えられ、つつがなく片眼鏡を装着している。

「お待たせしてすみません、ドクター。実はあなたのノックで目が覚めたのです。早起き鳥はパジャマ姿の虫をつかまえる、ってところですかね」

「君の睡眠を妨げてしまってすまないが、ジャップさんに会えるかな?」

「ジャップさんはここに住んでいません」バンディはついてくるよう手振りで示しながら、階段を上がり始めた。「以前は住んでいましたが、部屋が仕事関係の道具に占領され始めたのに加え、製図室や倉庫も必要になったので、ボーリー・ヒルに引っ越したんです。この家には私ひとりで、ロビンソー・クルーソーのように孤独に暮らしていますよ」

「自分で家事全般をこなしているのかい?」

「まさか。食事はほとんどジャップさんの家でいただいています。朝食くらいは、たまに作りますけどね。ちょうど今から作るところです。お茶も入れますよ。台所に小さなガス・ストーブがあるんです。洗濯と掃除は、毎日、家政婦が来てやってくれます。お急ぎでなければ、一緒にジャップさんの家まで行きましょうか」

「それが、少し急いでいるんだ。いや少しというか――自分でも不思議なくらい、かなり動揺していてね。実は大変なことが起きた。私もつい先ほど、ギロー夫人から聞いたばかりなのだが。フルード夫人が昨晩外出したきり戻ってこないんだよ」

バンディが口笛を吹き鳴らした。「失踪ですか。なぜだろう。街中で旦那と出くわしたのでしょうか？」

「現時点では、自発的に去ったとは考えにくい。夫人は昨晩、私の診療所へ来て、眠れないからと睡眠薬を所望した。そして、チャタムで用事を済ませたらすぐに帰宅し、薬を飲んで早々に床につくと言っていたんだ」

「どこかで倒れているのかも」バンディが思いつきを口にした。「あるいは、チャタムで旦那とでくわしたとか」

私は苛立ちもあらわに首を振った。「ふざけないでくれ、バンディ。あの女性《ひと》は、自分勝手に立ち去ったりしない。私にはわかる、きっと何か起きたんだ。それが悪い事態でないことを祈るしかない。状況が指し示す可能性を深読みするのは得策ではないだろう」

「ええ」バンディは答えた。「そうですよ。想像をたくましくしても、ろくなことになりません。心配しないで、ドクター。夫人は無事に戻ってきますよ。さもなきゃ、ジャップさんに手紙で転居先を知らせてくるでしょう」

「適当なことを言うな、バンディ」私はカッとなって声を張り上げた。「夫人をまるで迷子の猫みたいに言わないでくれ。君は心配じゃないようだが、私は違う。不安で気が変になりそうだ。いつ出発できる？」

「急いで準備してきます」ジャップは態度をがらりと変えて言った。「どうかお許しください。あなたがそんなに心配なさっているとは思わなかったもので。二、三分で戻りますから、一緒にでかけましょう。朝食はジャップさんのところで出してもらえるかもしれない」

バンディは――音から察するに――隣室へかけこみ、私は苛立ちを紛らわせるために、窓の外を見つめながら、家具の少ない居間の中を落ち着きなく行ったり来たりしていた。焦りで気が動転してはいたが、バンディの素早い変身ぶりには驚かされた。十分もたたないうちに、一部の隙もない恰好で現れ、仕上げに帽子、手袋、ステッキを身に着けると準備完了ですと告げたからだ。

「いつもはこんなにだらしなくないんですよ」急ぎ足で通りを歩きながらバンディは言った。「昨晩、小説を読んだせいです。やめとけば良かった。読み始めると、たいがい最後まで一気に読んでしまうんです。昨日もそうでした。九時に読み始めて、読み終えたのが夜中の二時。今だって、フクロウなみに眠くてたまりません」

その言い訳を裏付けるように、バンディは大げさにあくびをしてみせ、坂道を少し登った場所に位置する、こぢんまりとした古風な屋敷の呼び鈴を鳴らした。ドアを開けた中年の使用人から、ジャップが在宅であることを聞き出してから、バンディは朝食をいただきたいのですがと頼みを入れた。ジャップは居間の窓辺に置かれた椅子に座り、大きなパイプをくゆらせながら新聞を読んでいた。バンディは私を同行したことを告げ、訪問した理由を短く的確に伝えた。

知らせを聞いたジャップの反応は、相棒とは正反対のものだった。椅子から飛び上がるように立ち上がり、くわえたパイプを手に取ると、無言のまま困惑に満ちた目で私を見つめた。

「つまり」と、ようやく口を開く。「間違いないのですね。フルード夫人は本当に昨晩、帰ってこなかったのですね？」

「残念ながら疑いの余地はありません」私はそう答え、ギロー夫人から聞いた話を詳細に語った。

「まったく、なんてことだ！」ジャップが叫んだ。「こんな事態はなんとしても避けたかったのに。いったい、夫人の身に何が起きたのだろう」

そこでバンディが、私に話したのと同じ説を披露した。だがジャップはかぶりを振って、「あの女性《ひと》は、私とドクターに何も言わずにいなくなったりしない。そんなことするものか。我々は友人だぞ。信頼してくれていたはずだ。そもそも、ありえんだろう。中流階級の女性が、浮浪者さながら、手荷物も身の回り品も持たずに、いなくなるなんて。考えられる可能性はひとつだ」ジャップはしばし口をつぐんだあと、こう続けた。「街をうろつくニコラスを目撃し、そのまま駅へ逃げ込んで、ロンドン行の汽車に乗り込んだのかもしれない。そして昨晩は友人に泊めてもらったとか」

「さもなきゃ」バンディが言葉を引き取る。「ニコラスに脅され、ロンドンへ連れて行かれたか」

「そうだな」ジャップは納得しかねる様子で言った。「その可能性は否定できないが、きわめて低いだろう。それを言うなら、どんな可能性も低いと言わざるを得んが。状況が不可解すぎる。心配でたまらん、実に気がかりだ」

「問題は」私は口を開いた。「どう対処すべきかです。警察に通報しますか？」

「いや、それはいけない」と、ジャップ。「まだ駄目だ。たしかに、明日になっても夫人から連絡がなければ、そうせざるを得んだろう。だが、勇み足は禁物だ。警察に行けば、一切を打ち明けなくてはならない。夫人が急な出奔を余儀なくされた事情が生じた場合を考慮して、連絡待ちの猶予を設けるべきだ。そうだな、四十八時間、週末のあいだは待機しよう。でもそのあいだ、我々だけで慎重に捜索を進めるべきだ。まずは病院へ行ってみよう。先生方と懇意にしているので、詳しく事情を話さなくても、何か事故があったら内密に教えてもらえる。一緒に来るかね、バンディ？」

「ええ」バンディは軽い朝食を出してもらうと、猛然と平らげ始めた。「あなたがブーツを履き終える頃には、こっちも出発準備は整っていますよ」

数分後、我々三人は屋敷を出て、まっすぐ病院へ向かった。ジャップが中で探りを入れているあいだ、私とバンディは外で待機していた。あたりを行ったり来たりしながら、私は総合病院の救急病棟の喧騒が示唆する、身の毛のよだつ可能性をあれこれ想像せずにいられなかった。まもなくジャップが戻ってきて首を横に振った。

「夫人はいなかった。昨晩から救急患者はひとりも運び込まれていないそうだ」

「他に病院は？」私は尋ねた。

「あとは軍事病院しかない」とジャップ。「この界隈の怪我人は、全員ここへ搬送されることになっている。というわけで、我々の打つ手は尽きてしまった。あとは警察に行くしかないが、それが賢明な手だとしても、無駄足になるかもしれん。もし何かが起きたとしたら――その何かとは、我々にとって決して起きてほしくないことだが、ギロー夫人に知らせが入るだろう。ギロー夫人ならアンジェリーナの身元を確認できる品物を持っているだろうから」

「フルード夫人は、ご自身の名前と私の住所が書かれた小さな箱を持っているはずです」

「ならば、我々にできることはもはや何もないようだ。明日の夜か火曜日の朝まで待って、何の情報もつかめなければ、警察に知らせることにしよう」ジャップはそう結論を述べた。

私は渋々ながら彼の意見に同意し、三人でジャップの屋敷へと戻った。そこで二人と別れると、今度はギロー夫人のところへ報告に向かった。こうしているあいだにも、フルード夫人の安否に関する知らせが届いていないか、確かめる目的もあった。

希望よりは怖れを感じつつ、見慣れたノッカーを打ち鳴らすと、扉が開いて、待ちかねたように期待に満ちた顔が出迎えた。最悪の事態をまぬがれて安堵する一方、希望も打ち消された。ギロー夫人の元には何の知らせも届いておらず、私が不首尾に終わった捜索のことを報告すると、嘆き声を上げ、かぶりを振った。

しばらく黙ったあと、私は尋ねた。「フルード夫人がチャタムから戻っていないのは確かなのですね？」

「戻っていないはずですわ」ギロー夫人は答え、さらに続けて「つまり、こういうことですの。私はフリンズベリーに住む妹を訪ねるため玄関に降りて行くと、奥様が自室のドアを開けて、話しかけてきたのです。帽子をかぶりながら、これからドクターのところへ出かけ、そのあとチャタムへ寄ったらすぐに帰宅し、早目に寝室へ引き上げるつもりだ、と。私はその場で奥様と別れ、市街電車でフリンズベリーへ行きました。戻ったのは十時十五分前頃です。寝室の扉が開いていたので、夫人がベッドにいないのがわかりました。照明がつけっぱなしで、夕食のトレイも手つかずのままテーブル上に残されておりました。ドアをノックしてみましたが返事がなかったので、私は自室に引き上げ、耳をすませて夫人が戻るのを待ちました。寝る前にもう一度、確かめに行ったのは、すでにお話ししたとおりです」

「外出されたのは何時頃ですか？」

「八時十五分過ぎです。奥様には、これからフリンズベリーへ出かけますが、十時前には戻る予定だと伝え、私より前に帰宅したら、ドアの錠は下ろさないでくださいと頼みました」

「では、あなたが出かけたあと、夫人もすぐに家を出たに違いない。私の元に到着したのは八時半を少し回ったくらいだったから。そして、その後まっすぐチャタムへ向かったと考えられます。夫人がそこを訪れた目的さえ知ることができたら、足取りをたどれるかもしれないのですが。チャタムに夫人の知り合いはいませんか？」

「私の知る限り、この土地で知り合いといえば、ドクターとジャップさんだけです。チャタムになんの用事ででかけたのか、想像もつきませんわ」

その後しばらく話を続けたのち、私は惨憺たる気持ちで帰途についた。絶え間ない不安に苛まれ、何もせずに過ごすなど耐えられない。かといって、できることは何もなかった。朝になれば何か良い知らせが届くのではという儚《はかな》い望みと、届いたところで悪い知らせに違いないという不吉な思いを抱いて待つよりほかなかった。だが、家でじっと待機するなど我慢がならず、私はたびたび外出し、通りを歩き回ったり、決して認めたくはない胸騒ぎに突き動かされて、ロチェスターとチャタムのあいだを流れる川の湾曲部分にあたる埠頭や浜辺へと、何度も足を運んだりした。

一夜が明け、私は礼儀に反しない時刻になるまで待ってから、ジャップとバンディの事務所に顔を出したが、第一便の配送物の中にフルード夫人からの手紙はなかった。時間をおいて出直してみたが、やはり郵便も電報も届いておらず、ギロー夫人からの知らせもなかった。ひと目を忍ぶように警察署を訪れ、掲示板の張り紙をおそるおそる確認したのち、川沿いの通りを捜索しているうちに、駅まで友人を出迎える時刻となり、予定通り二人との再会を果たした。

駅から私の屋敷へ向かって歩きながら、ジャーヴィスが時おり探るような眼差しで私を見ていたが、そのうち「私の思い過ごしかもしれないが、ストレンジウェイズ、仕事のことで相当悩んでいるんじゃないかね。やけに不安げな顔をしているぞ」と話しかけてきた。

「ええ、実は心配事がありまして」私は答えた。「先日お話しした問題が、厄介な事態に発展したのです」

「麻薬中毒の男の件かね?」

「その妻の方です。彼女が行方不明なのです。土曜の夜に外出したきり、行方が知れません」

「そいつは気がかりだな。三人で内密に検討できると思う――君が事情を知っていればだが」

「今夜中に夫人が戻らなければ、すべて公にしなくてはならないでしょう。その前にあなた方と話し合うことができて本当に幸いでした」私は夫人の失踪にまつわる出来事を、どんな些細な点も省かず、詳しく話して聞かせた。今や、パンフリー医師の元で働いていたときに遭遇した出来事について打ち明けるのもやむなしと思った。話は屋敷にたどり着いた時点でいったん中断したが、食卓につくと再開し、友人たちは熱心に耳を傾けてくれた。

「なるほど」話が終わるとジャーヴィスは口を開いた。「物騒な展開だな。ロンドンの一件と照らし合わせると、なおさら事態は深刻に思えてくる。だが、そのバンディとかいう君の知人の推測にも一理あるな。そう思わないか、ソーンダイク?」

「一理あるだろうが、夫人が自発的に避難した見込みは薄い。もし今夜も明朝も手紙が届かなければ、その可能性は排除するしかないでしょう。その女性はストレンジウェイズさんとジャップ氏に絶対の信頼を寄せているようだ。もし彼女が急に新たな避難場所へ移る必要に迫られたら、お二人には打ち明けたはずです。しかもその女性は、お二人に無暗に心配をかけたりしない、誠実な人柄のようだし。何より、もし自分が黙って雲隠れしたら、二人が警察に捜索を依頼せざるを得ないことくらい、承知しているはず。それこそ、本人が最も望まないことだろうでしょう」

「具体的に何が起きたと思いますか？」私は尋ねた。

「思いつきを述べても仕方ありません」ソーンダイクは答えた。「自発的な失踪や事故、急病のたぐいを除外できるなら——除外できるのは明らかですが——残された可能性はひとつ、犯罪に巻き込まれたと考えるしかない。だが、犯罪——率直にいうと殺人——が起きたと断定するには、顕著な反証が存在します。我々に示された状況から判断するに、殺人は——それが実際起きたと仮定して——屋外で衝動的に実行されたと考えられる。その種の殺人はたいてい死体の発見によって明るみに出るものです。だがこうして、すでに三十六時間が経過しましたが、死体は発見されていません。一方で、干潮河川がこの街の周囲を流れている事実も無視できない。誤って川に落ちたか、投げ落とされた——生きたままか死後かは問わず——のかもしれない。だが推論をめぐらせても何の役にも立ちません。新たな手がかりが見つかるまで、見解を組み立てることも、行動に移すことも控えるべきだということです」

白状すると、ソーンダイクが落ち着き払った口調で恐ろしい可能性を並べ立てるのを聞きながら、私は心臓の凍るような思いを味わっていた。だが同時に、根本的な証拠について冷徹に考察する彼のやり方は、素人がやみくもに探り回るより、よほど要領を得ていることも理解していた。そう実感するうちに、私の胸にソーンダイクに専門家としての助力を仰ごうという大胆な決意が芽生え、少々繊細な依頼をどう切り出すか思案し始めた。が、悩んでいるうちに機会を逃し、少なくとも当面は切り出せなくなった。というのも、昼食はそろそろ終わりだと言わんばかりに、むっつり顔のダンク夫人がテーブル上に無言でポートワインとコーヒーを並べて出て行ったからだ。そんな彼女を興味深そうに眺めていたジャーヴィスが、こう尋ねた。「あの謎めいた婆さんが料理も作っているのかい、ストレンジウェイズ？」

「家事全般やってくれていますよ。手伝いを雇ったらどうかと提案してみたのですが、却下されました」

「いや、それも許されるよ。デルモニコ・レストランも顔負けの昼食だったもの。ところで、我々と一緒に審問に来るかい？　あと数分で出なくてはならない」

「ぜひ、ご一緒させていただきます」私は答えた。「それで審問が終わったら、戻ってお茶にしましょう。実は、ある提案があるのですが、それは歩きながら話します。フルード夫人に関することです」

ジャーヴィスたちは物問いたげに私を見たが、何も言わなかった。私はコーヒーをつぎながら続けた。「ご存知のとおり、フルード夫人は私の患者ですが、友人でもあります。実際、この土地で彼女の友人と呼べるのは、ジャップ氏のほか、私だけでしてね。ですから、私には彼女の身に何が起きたか解明する義務があると思うのです。そしてもし彼女が被害をこうむったなら、加害者が処罰されるのを見届けなくてはならないと。むろん私自身には、事件を捜査する能力はありません。ですが、捜査にかかる費用を捻出することはできます」

「なるほどね」とジャーヴィス。「で、提案というのは？」

「どうでしょう」私はいくぶん緊張気味に切り出した。「この事件の捜査を引き受けてもらえませんか?」

ジャーヴィスが友人をちらりと見やると、ソーンダイクは口を開いた。「これを〝事件〟と呼ぶのはいささか早計ではないかね。その行方不明の女性は戻って来るかもしれないし、連絡を寄越すかもしれない。どちらもなければ、捜査の主導権はおのずと警察の手に渡ります。警察の捜査能力を完全に否定する根拠は何もない。彼らの方が我々より手段も設備も恵まれている。だがもし、捜査が必要となり、警察の手に負えないときは、私もジャーヴィス君も、可能な限り力になりましょう」

「依頼料についてですが」話を詰めようとする私を、ソーンダイクは笑ってさえぎった。

「金銭的な話は引き受けると決まったときに検討すればいい。さて、そろそろ出かける時間です」

検死審問が開かれる建物まで歩きながら、我々は事件の話を続け、ソーンダイクがこの件における私の立場を指摘した。

「お気づきかと思いますが、ストレンジウェイズさん、あなたは事件の最重要参考人です。失踪前のフルード夫人と最後に会い、彼女の行先を直接聞いた人物だ。夫人の置かれた状況を知っているし、彼女の夫と面識があり、診察までしている。そしてあなただけが、失踪時の夫人の外見を正確に描写できる。あなたは検死審問に興味はないでしょうから、そのあいだを利用して、夫人と最後に交わした会話の可能な限り正確な内容と、服装や装飾品を含めた、失踪時の外見の詳細な描写と、診察室での出来事すべてを書き留めてもらいたい。警察もその情報を欲しがるでしょうし、もし私が捜査に乗り出すとしたら、やはり必要になります」

彼の提案に従い、私は、検死官と陪審が席を占める長いテーブルの端に腰をかけるが早いか、審問の内容をなるべく耳に入れないようにしながら、さっそく記述に取り掛かった。おかげで審議が終わり判決が下される頃には、書類一式の下書きを終え、警察とソーンダイクに渡す分の二組を清書し終えていた。

裁判所を出ると、私はすぐに一部をソーンダイクに手渡し、相手はざっと目を通した。

「素晴らしい出来です、ストレンジウェイズさん」ソーンダイクは、それを書類ケースにしまいながら言った。「あなたの観察眼には感服いたしました。夫人の描写が非常に明確で、必要な情報が網羅されている。さて、次は、戻る途中でジャップ氏の事務所に寄り、手紙が届いていないか確認していただきたい。もし、まだ夫人と音信不通のままであれば、そのときは事件性を疑わざるを得ず、捜査開始となります」

ソーンダイクが事件への興味を示していることを、内心ひそかに喜びながら、私は目抜き通りを進んで二人を事務所に案内した。二人を外に待たせ、私だけ事務所に入ると、ジャップが書きかけの手紙から顔を上げ、ずっとカーテン上から外をのぞき見していたバンディも椅子をくるりと回して私と向き合った。

「何か情報は？」私は尋ねた。

ジャップは陰鬱な顔でかぶりを振った。「何も。明朝一番で届く郵便を待ち、それでも夫人の安否が不明のままなら、警察に届けます。ドクターも一緒に来ていただけると都合がいい。あなたなら警察に必要な情報を提供できますから」

「かまいません」私は答え、「明日九時半にうかがいます」と告げて背を向けたところへ、バンディが質問を投げかけてきた。「外の二人はドクターのご友人ですか？」私がそうだと答えると、「ジャップさんの貼り紙に興味を示しているようですね。二人に伝えてください、もし鍵を見つけたら、お礼は確約しますと。ジャップさんがきちんと支払いますので」

　私はそう伝えると約束し、バンディがふたたび首を伸ばして外の二人をジロジロ観察しているあいだに外へ出て、友人たちを伴い、その場を後にした。

「今のところ何の知らせも届いていません」私は報告した。「だが、ジャップさんは警察に届ける前に、最後の望みをかけて明朝まで待つと言っていました」

「ジャップというのは、妙ちくりんな眼鏡で我々をジロジロ見つめていた男のことかい？」ジャーヴィスが尋ねた。

「いいえ、あれはバンディさんです。彼は、あなた方が鍵を見つけたのに、確実に賞金をもらえるとわかるまで、引き渡しを拒んでいるのではないかと疑っていたようです」

「鍵とは何だね？　金庫の鍵とか？　そんなにうろたえているようには見えなかったが」

「いや、たんなる作業現場の門の鍵ですよ。そこで昔の城壁の修復作業を行っているんです。そういえば、そこで面白い話を聞きましてね。作業員の愉快な爺さんが話してくれた、ぞっとするほど悲劇的なエピソードなのですが、法医学者のあなたがたなら興味を持つかもしれない」そう前置きし、私はモルタルを混ぜていた老人がバンディと私に話してくれた、身の毛のよだつ逸話を二人に披露した。

　事の顚末に、二人は楽しそうに笑い声を上げ、ジャーヴィスが感想を述べた。「そのビルとかいう爺さんは、よほどの冗談好きとみえる。その与太話を聞いて、『荒涼館』に出てくるクルック氏の悲劇的末路を思い出したよ。ただしクルック氏の方が、石灰なしで一、二時間焼かれた分だけマシかもしれないが」

そんな話をしているうちに自宅に着き、玄関に足を踏み入れたとたん、ダンク夫人が待ち構えていたようにお茶を持って現れた。私たちはお茶を口にしながら、ソーンダイクが行方不明の我が患者の事件について、見解を語るのに耳を傾けた。

「この事件を引き受けるからには、推移を見守り続ける必要があります。むろん実際の捜査は――それが必要となったときは――現場で行わねばならないでしょうが、私には無理です。そこであなたに頼みたい。事件についてわかったことは、すべて逐一、手紙で報告してもらいたい。情報を精査する必要はありません。少しでも事件に関連することは残らず書き留め、関係者、つまり、夫人および夫人と関わりを持つ人々全員について、判明した事実をすべて知らせてください。こうした事柄は書面にして私に送付するとともに、写しを取っておいてください。新たな証拠が浮上したら、私と共有し、あなた自身のためにも書き留めておいてもらいたい。つまり、あなたがこの土地で情報を集め、それを私が利用させてもらうわけです。それからもうひとつ、重要な点があります。私に捜査を依頼したことや、私がこの事件に興味を抱いていることは、誰にも明かさないように。ジャップ氏にも警察にも、誰であろうとです。そして、あなた自身の事件への関与も、なるべく他言しないよう忠告します」

「なぜ秘密にしておく必要があるんですか？」私は少々驚いて尋ねた。

「つまるところ」ソーンダイクは説明を続けた。「犯罪捜査をするということは、犯人を敵に回すことを意味します。そして犯人が未知の人物である場合、あなたは見えない敵を相手にすることになる。もし敵からあなたが丸見えなら、あなたの動きに応じて、反撃してくるでしょう。ゆえに、あなたが守るべき鉄則は、なるべく敵から姿を隠し、挙動をさとられぬようにすることです。留意すべきは、犯人が誰かわからぬうちは、誰が犯人でないかも不明ということです。誰もが犯人たりうるし、意図せず犯人の助手や補佐を務めている人がいるかもしれない。もしあなたが秘密を打ち明ければ、相手はそうとは知らず、犯人側に情報提供してしまう場合もあるのです。ですから、この忠告は守っていただきたい。もしこれが犯罪事件なら、その犯罪はこの街と密接なつながりがあり、おそらく根源もここにあります。よって、謎の解決策も、おそらくこの地で見出せるでしょう。そしてもし、あなたが解決に乗り出す決意をしたときは、単独で行動していただきたい。そして、あなたの行動や見聞きしたことは、すべて私に知らせるように。こちらも、助力を惜しまぬつもりです」

お茶と打ち合わせを終えるころには、友人たちの出発の時刻が迫っていた。私は二人を駅まで見送り、別れ際に、今度はぜひテンプルの住まいに遊びにきてほしいと温かい誘いを受け、私は機会を逃さずお言葉に甘えようと心に決めていた。

第八章　コブルディック巡査部長の捜査開始

翌朝九時半きっかりに、私はジャップの事務所に出向いた。もし朗報を期待していたなら――実際はその逆だったが――、ジャップの渋面を見て、一気に打ち消されたことだろう。

「なんの知らせも届いていないのですね？」ジャップと簡単に挨拶を交わしながら尋ねた。

ジャップは沈鬱な表情でかぶりをふりながら、戸棚を開けて帽子を手に取った。

「ええ。おそらくもう知らせが届くことはなさそうだ」彼は重々しいため息をつくと、帽子をかぶり、のろのろと戸口へ向かった。「こんな恐ろしい事態になろうとは」私と外へ出ながら、ジャップは話し続けた。「可哀想なアンジェリーナ。こんな展開になるのを彼女がどれほど怖れていたことか。隠していた事情がすべて公にされてしまう。チラシが張り出され、新聞には興味本位に書き立てられ、彼女の人相書きや境遇が衆目に曝される。最後にどんな恐ろしい真相が明るみに出るのか、想像するのも耐えられん」

私の隣を歩くジャップは、深くうなだれて目を伏せ、足取りも重かった。残りの短い道のりを、二人とも黙って歩いた。警察署に到着し、手狭でひっそりとした署内に入ると、いかにも善人そうな面立ちをした禿頭の巡査部長が高い机に向かっていた。無謀の警官につきものの、頭の部分に何か物足りないような、奇妙な印象をかもしている。私たちが姿を見せると、巡査部長はペンを置き、邪気のない笑みを浮かべてこちらを見た。

「どうかされましたか、ジャップさん？」

「おはようございます、巡査部長、申し訳ありませんが、非常に嫌な話をお聞かせせねばなりません」ジャップはそう前置きしてから、手短に事の次第を話し始め、巡査部長はそれを真剣な面持ちで聞いていた。ジャップが話し終えると、相手は青いフールス紙を一枚取り出し、余白を大きく折りたたんでからペン先をインクにひたすと、取り調べを開始した。

「まずドクターからうかがいます。女性の氏名はアンジェリーナ・フルード、既婚だが夫とは別居中――のちほど住所も教えてください――、最後に彼女と会った方は――」

「ジョン・ストレンジウェイズ、医師です」私はまず名乗ってから「ロチェスターのメイドストーン通りで医業に携わっています」と続けた。

巡査部長はそれを書き留めると、「最後にその女性の姿を見たのは、四月二十六日の午後八時半。そのとき彼女はなんらかの用事でチャタムへ向かおうとしていた、と。女性の特徴を挙げてもらえますか？」と質問した。

私はジャップに助けてもらいながらフルード夫人について描写し、巡査部長はそれを書き取ると、声に出して復唱した。「年齢二十八歳、慎重五フィート七インチ、体格は並、栗色の瞳、豊かなダークブラウンの髪、黒く太い眉は眉間でほぼ接している。目立った傷跡などはありますか？」

「ありません」

「ではドクター、次に服装について教えてください」

「夫人は焦げ茶色のコートとスカートを身に着けていました。同色の麦わら帽子には、くすんだ緑色をした幅広の帯が巻かれています。コートにはボタンが六つ、直径がほんの半インチ程度のごく小さなボタンで、それぞれにチューダーの薔薇が浮き彫りされています。茶色い手袋はスウェード製で、ボタンではなくファスナーで留めるタイプです。足元は茶色いシルク・ストッキングと、小さな楕円形のブロンズ製留め金のついたスウェード製の茶色い靴。くすんだ緑色の細身のスカーフを巻き、その両端には紫色の飾り紐が三つ——ひとつは幅が広く、二つは細めです——あり、末端に縫ったふさ飾りがあしらわれています。胸元には小さな円形のブローチを留めていました。中央にやや大きめのオパールを配し、その周囲を極小サイズの真珠が取り囲んでいますが、そのうちひとつが欠けています。時計の三時の位置にあたる箇所でした。持ち物はA・Fとイニシャルの入った小さなモロッコ革のハンドバッグで、中にボール紙製の小箱が入っており、その中身は六つの白い錠剤です。箱にはパートリッジ医師のラベルが貼られ、外側を白い紙で包んで、蠟で封印されています。確実に言えるのはそれくらいですね。もうひとつ付け加えるなら、結婚指輪を常にはめているほかに、たまにアフリカのゾディアック・リングもしています。ただし後者は小さな小物入れにしまってある可能性が高い。小物入れは常に携帯しているはずです」

私が説明するのを、巡査部長は猛然と書き取り続けたが、ときおり驚愕のまなざしを向けてきた。一方のジャップは口をぽかんと開けたまま私を見つめている。

「いやはや、ドクター」私の供述を書き終え、声に出して読み上げたあと、巡査部長は感心したように言った。「次に具合が悪くなったら、必ずあなたに診てもらいますよ。まったく、何ひとつ見逃さないようですね。ところで、そのアフリカの指輪というのは、どのようなものですか?」

もちろん私はその指輪についても克明に描写することができた。内側に刻まれたA・Cというイニシャルから、浮き彫り模様のおおまかな特徴まで。巡査部長は感心したように笑い声を漏らし、うなずきながらメモに取ると、それをノートの余白にクリップで留めた。そのあと私の供述は、夫人と最後に交わした会話と、ニコラス・フルードのロチェスター訪問にまつわる出来事に移り、巡査部長は熱心に耳を傾けながら、書き取りに専念した。

最後に、あの邪悪な——今やいっそう邪悪に思える——出来事、リージェンツ・パーク近くの屋敷で起きた殺人未遂のことを話し出すと、巡査部長は並々ならぬ深刻な顔つきになり、私の言葉を一言一句もらさず書き留めていった。

「ジャップさんもこの件はご存知でしたか?」

「何か嫌な目にあったのだろうとは薄々気づいておりましたが、まさかそこまで酷いことがあったとは存じませんでした」

「こうなると、断然、現在の状況が剣呑《けんのん》さを増してきますな。まずミスター・フルードを取り調べる必要があります」

私から情報を搾り取ると、巡査部長はジャップに目を移し、細々《こまごま》とした情報の聴取に取り掛かった。ニコラス・フルードへの支払いを担当していた銀行員の住所や、ミセス・フルードの女優仲間の女性の話も出た。その女性とは今も連絡を取り合っているはずだとジャップは付け加えた。

「ミセス・フルードの写真をお持ちですか?」巡査部長が尋ねた。

ジャップはあからさまに嫌そうな顔でポケットから封筒を取り出し、中から写真を抜き取ると、数秒のあいだ悲しげに見つめてから私に差し出した。

「これを持参したのは、提出を求められると思っていたからです。しかし、できることなら、公表しないでいただきたい」

「なぜそんなことをおっしゃるんです?」巡査部長がやさしく、説き伏せるように言った。「ご親戚の方を見つけたいのでしょう。結果はともかく、まずは捜索を望んでいらっしゃる。写真を公表する以外、何かいい方法を思いつけますか?」

「おっしゃるとおりだとは思います。だが、アンジェリーナの顔が張り紙や新聞紙面に出回るのかと思うと、ぞっとします」

「お気持ちはわかります」巡査部長は理解を示しながらも、「でも、いいですか、もし彼女が生きていれば、写真の公表は本人の役に立ちますし、亡くなっていれば、そもそも傷つけることもありません」と続けた。

二人が話しているあいだ、私はフルード夫人の愛らしい顔立ちをじっと見つめていた。なんだかもう二度と、彼女に会えないような気がした。写真には私の記憶にあるままの美しい顔が写っていた。ただしそこには、ここしばらく表情を曇らせていた苦悩は見当たらない。巡査部長が手を差し出してきたので、私は写真を裏返し、そこに記された写真館の名前と住所、登録番号を記憶に刻みながら、ため息とともに手渡した。

ジャップと私にできることは、それでほぼすべてだった。二人で供述書に目を通し、おのおの署名した。巡査部長はそれを承認した上で日付を記入し、書類を引き出しにしまうと、腰を上げた。

「ご協力に感謝いたします」そう言いながら、巡査部長は私たちを戸口の方へ導いた。「何かわかりましたら、すぐに連絡いたします。お尋ねしたいことができたら、訪問させていただくかもしれません」

「さて」来た道を引き返しながら、ジャップが口を開いた。「これでもう、後には引けない」そう言ってから、すぐに早口で「ようするに」と言葉を継いだ。「取り返しのつかない行動に出てしまった。早まった決断でなければいいのだが。もしアンジェリーナが無事戻り、我々が大騒ぎをしたせいで街中の関心の的になったと知ったら、彼女は激怒するに違いない」

「残念ながら、その望みは薄いと思います」私は応じた。「とにかく、事件のことでは、我々になんの選択肢も決定権もありません。犯罪捜査は警察の仕事ですから」

ジャップもそれに同意し、ちょうど事務所に着いたので、そこで我々は別れ、彼が玄関に向かうのを見届けながら、私はチャタムへ向かった。これといった目的があったわけでなく、思いつきで足を向けたにすぎない。

大通りを歩きながら、時おり狭い路地に入り込んでは、埠頭や河岸付近を捜索しているうちに、先ほど警察署で行った供述のことが思い出され、はたしてあれが捜査の役に立つのだろうかと疑問に思った。おそらくあの巡査部長は、不可解な事件の扱いに慣れているのだろう。だが、たとえ捜査に着手したところで、ニコラス・フルードの足取りを探り、夫人の同僚から話を聞くほか、写真を公表する以外に何ができよう。そこまで考えたとき、私はふと思い出して足を止め、忘れないうちに同僚の女性――ミス・カンバース――の名前と住所、それに写真館の情報や写真の番号を書き留めておくことにした。写真の焼き増しを入手するつもりだった。ソーンダイクに送る分も注文しておくべきだろう。ソーンダイクと言えば、彼のために供述内容をまとめなくてはならない。記憶が新鮮なうちに、さっさと取りかかった方がよかろう。かくして私は、サン桟橋のデッキを行ったり来たりしながら、小船や漁船、タグボートや貨物船が引っ切りなしに行き交うせわしない眺めを横目に、もしかしたら今この瞬間にも、この波立った川面から我が愛しの女性の死体が浮かび上がるのではないかという、恐ろしい考えを打ち消そうと無駄な努力をしつつ、記憶に残るジャップの供述内容をおおまかに書き出そうとした。隣で聞いていたうえ、供述書に目も通したので、さほどの困難は感じなかったが、川辺では気が散ることに気づき、その場を離れて家路についた。途中、文房具屋に立ち寄り、報告書用にと紅色の用紙を一束、買い求めた。

最初にソーンダイクの指示を受けたときは、いささか杓子定規なやり方に思えた。関連する出来事を取捨選択せずに逐一報告し、関係者全員の略歴を送るなど、形式的すぎやしないかと。だが、いざ報告書を記述する段になってみると、ソーンダイクの方式が、二つの点ですぐれていることが判明した。第一に、時系列的に書き進めることで出来事を適切な順序に配置することができ、出来事同士のつながりが明確になる。第二に、事件に関連することとすべてを記載することで、とりわけ人物に関して言えることだが、自分の知る事実がどれほど限られているかを実感することができた。事件に多少なりとも関与している人物は五人しかいない。フルード夫人本人と、夫のフルード氏、ギロー夫人、ジャップ、そしてバンディ。最初の二人に関しては、自分で観察したこととフルード夫人から聞いたこと以外、何も知らないし、あとの三人にいたっては、知っていることは皆無に等しい。そんな情報は取るに足らないように思えたが、こうして指示を受けたからには、少なくとも二、三の特徴を説明できる程度には、彼らについて内密に調査すべきであろう。その後、数日のあいだに私はそれを実行し、微々たる情報しか得られなかったものの、一応は報告書にまとめ、補足文書としてソーンダイクに送付することができた。

まずギロー夫人について。彼女の夫は二等航海士で、豪米間の定期連絡船の乗組員として、もう四カ月近く家を空けているが、まもなく帰港予定らしい。地元ロチェスターの出身で、ジャップとは数年来の付き合いがある。屋敷の二階で借家住まいをしており、使用人をおかず、夫の不在中は独りで暮らしている。子供はいない。フルード夫人との付き合いは、彼女が一階に越してきてからなので、日は浅い。フルード夫人の事情に関しては、夫と別居中であることを除いて、何も知らない。

同じくロチェスター出身のジャップは、生まれてこの方、ずっとこの街で暮らしている。かつての共同経営者ホーデン氏から商売を引き継いだ。独身で、フルード夫人とは、故人である彼の兄が夫人の叔母と結婚したことで親戚関係となった。

バンディに関しては、この事件とほぼ無関係とみてよい。そう言い切れるのは、彼が夫人と顔を合わせたのはわずか一、二度にすぎず、言葉を交わしたのも数える程度にすぎないからだ。加えて、バンディは六週間前にロチェスターへ越してきたばかりでもある。なんでも、ジャップの助手を募集する広告を見て応募してきたのだそうだ。ジャップは、いずれは共同経営者に迎えられる人材と見込んで雇ったらしく、その契約はまだ結ばれていないが、二人の仲はきわめて良好に見える。

以上がソーンダイクに書き送った情報であり、ロンドンの一件を除けば、利用価値は何もない。それでも、見方を変えれば、仮に夫人の失踪に何者かが関与しているとしても、その人物はロチェスターではなく、他の場所で探すべきだという事実がはっきりしたと言えよう。

ソーンダイクに報告書を送ったあと、手元の写しに何度も目を通しているうちに、彼の見解がいかに妥当であるかを実感し始めた。彼の言うとおり、基本的に事件の捜査は、経験と設備を備えた警察の仕事であった。私がどれほど夫人を捜索する方策に頭を振り絞ったところで、結局は、何をすればよいのか、どこから手をつけていいのか、皆目見当もつかないという事実に阻まれてしまうからだ。

さらにソーンダイクにとっては、私が提供する情報以外、なんの手がかりもないわけで、捜査の土台を築くには情報が完全に不足しているはずだ。そして気がつけば私自身、この不可解でおぞましい事件に光明を投げかけてくれる新たな証拠を発見してくれないかと、警察に期待をかけているのだった。

長く待つことはなかった。警察を訪ねた次の金曜日、昼食を終えた私は、食堂で本を片手に坐りながら、魅力的な友人とおしゃべりを楽しんだ忘れ難い夜のことに思いを馳せ、彼女とはもう二度と会えないのだと沈鬱な気持ちに浸っていた。そこへ玄関のベルが鳴り、ダンク夫人が「コブルディック巡査部長がお見えになりました」と告げた。

「こちらに通してください、ダンク夫人」私は本を脇に置き、客人を迎えるために腰を上げた。予想通り、私たちの供述を取った警官だった。ヘルメットを手に入ってきたコブルディック巡査部長は、善意の塊のような笑みを浮かべて挨拶した。

「どうぞ、お坐りください、巡査部長」彼に安楽椅子を勧めながら私は言った。「何か良い知らせを聞かせていただけると嬉しいのですが」

「ええ」巡査部長は輝くような笑みを浮かべた。「捜査は順調に進展していると言えるでしょう。滑り出しは上々です」

報告するのが嬉しくてたまらぬ様子で答えると、巡査部長はテーブルにそっとヘルメットを置き、ポケットから小さな紙包みを取り出した。きわめて慎重な手つきで包みを開け、中から小さな品物を取り出す。

「さあ、ドクター、これが何かわかりますか?」

その品物を見たとたん、心臓が止まりそうになった。フルード夫人のブローチではないか。私は狼狽し、しばしのあいだ言葉を失くして、それを見つめていた。ようやく、かすれた声で尋ねる。「どこで見つけたんですか?」

「見つけたのは」ブローチに熱っぽい視線を注ぎながら巡査部長は答える。「まさかと思うような場所でしてね——実はチャタムの質屋なのです」

「質入れした人物は特定できましたか?」

「ある意味では」巡査部長の顔に穏やかな笑みが浮かんだ。

「どういう意味です、それは?」私は問いを重ねた。

「つまり、こういうことです。その人物の名はジョン・スミス。ただし、もちろん偽名です。住まいはチャタムのスウォファー通り二十六番地ですが、実際には住んでおらず、架空の住所でした。つまりはドクター、ジョン・スミスは身元を隠すために誰もが使う偽名ということです。近所だったので、スウォファー通りにも行ってみましたが、そんな番地は存在しませんでした」

「つまり、その人物の身元はまったくの不明ということですか?」

「そうとも言えません。質屋の奥さんからかなり詳細に人相を聞き出しておりますので。奥さんがその男に質札を渡したのです。会えば、見分けがつくと断言しています。船員風の服装をしていたので、船乗りではないかとのことです。ハンチング帽とピーコートを身につけた、浅黒い肌の小柄な男です。黒髪で、同じく黒いチョビ髭を生やし、鼻の左横、先端近くにホクロかイボがあったとか。ブローチの出所を尋ねると、別れた恋人のものだと答えたそうです。おそらく盗んだに違いありません」

「そう思う根拠は?」

「もし男が、つまりその、何か別の手段でブローチを奪ったのだとしたら、犯行後——と言いますか、紛失後、四十八時間も経ってからチャタムで質に入れたりしないはずです。すでに質屋に通報されている恐れがある。男が質入れしたのは月曜日ですから」

「だとしたら、その人物にさほどの重要性はないわけですね。どのみち、不明なわけですが」

「いや、それでも重要な鍵を握っているのはたしかです。おそらくブローチは盗品だと思いますが、それは憶測に過ぎません。別の方法で手に入れた可能性もある。手段はどうあれ、入手したからには、その経緯を説明してもらう必要があります。要はこういうことです。夫人の失踪とブローチの発見は、高い確率で犯罪が発生したことを示している。もしブローチが奪われた場所を特定できれば、事件現場の手がかりが得られるでしょう。だからその男はなんとしても捕らえたい。そのために全力を尽くすつもりです」

「でも、どうやって？　手がかりは皆無に近いわけでしょう？」

「鼻の特徴がわかっていますから」

「しかし、鼻にホクロのある男など、ごまんといますよ」

「目立つ特徴ですからね。該当する男を見つけたら、しょっぴいて、質屋の奥さんに面通しをしてもらいます。もちろん彼女が否定すれば、釈放することになりますが」

「しかし、たとえ鼻にホクロがあったとしても、質屋の奥さんが確実に言い当てられるとは思いません」

巡査部長は鷹揚に笑みを浮かべた。「たしかに一理あります。人相を見分けることにかけて、女性の能力はあまり当てにできませんからね。しかし、ホクロ以外にも確認できる特徴はあります。もし男が特定できれば、ブローチの入手経路を包み隠さず釈明してもらいます。まあ、まだ見つかっていないわけですが」

しばしのあいだ、私たちは黙ってそれぞれの考えにふけった。私にとって、このブローチの発見は、心にわだかまる漠然とした不安に形を与えてくれはしたが、衝撃以外の何物でもなかった。というのも、不安を抱きながらも、私は心のどこかで、夫人が無事に戻ることで遠からず事件は解決するだろうと、望みを抱いていたからだ。だが、その望みは、突如、完全に断たれた。彼女は私の人生から永遠に去ってしまったのだ。夫人は死んだ。私たちの元に流れ着いた小さな手がかりは、残酷でおぞましい悲劇を示唆するとともに、彼女の死という揺るぎないメッセージを伝えている。そう思うと、体に震えが走った。同時に、私の胸を満たす悲しみと恐れを押しのけるように、犯人に対する憎悪と復讐への渇望が新たに生まれてきた。

「もうひとつ、奇妙な事実が明らかになりました」コブルディックが口を開いた。「なんの意味も無いことかもしれませんが、今ひとつ腑に落ちないのです。彼女の夫、ニコラス・フルードのことです」

「彼がどうかしたんですか?」私は勢い込んで尋ねた。

「それが、どうやら彼も姿を消してしまったようなのです。これから話すことはもちろん他言無用に願います。まだ公表していない情報で、現時点では報道関係者も知らぬことです」

「ご安心ください。私は自分の考えも、あなたから聞いた情報も、決して他へ洩らしません」

「ええ、わかっています。フルードの話に戻りますが、先週金曜日に二、三日の予定で宿泊所を出たきり帰らず、誰も彼の行方を知らないのです。出かけた先はブライトンらしい。そこに時折援助してくれる親戚がいるからなのですが、彼らはフルードと会っておらず、消息も知らないとのことでした。

不可解だと思いませんか？　ドクターは、日曜日にフルードを見かけたと話していましたよね？」

「ええ。それ以来、ずっと探してはいましたが、姿を見ておりません。しかし、この街のどこかにいるのかもしれませんね。たしかに奇妙だ」

「まったくです。しかし、フルードがこの界隈にいる証拠は何もありません」

「他に何か捜査を進めていますか？」

「ミス・カンバースを訪ねました。しかし、特段、情報は得られませんでした。彼女はフルード夫人から二十四日に手紙を受け取っています。他愛のない内容で、ロチェスターを去ることを匂わせるくだりはありませんでした。つまり、こういうことです。この事件の現場は完全にこの地域に限定されているようだ。ですから、地元で解決を図るしか無いと思います」

最後の台詞にドキリとした。事件に対するコブルディックの見解は、ソーンダイクのそれと一致し、しかも表現すらほぼ同じだったからだ。

「実際に何が起きたのか、仮説をお持ちですか？」

コブルディックは例によって人の良さそうな笑みを浮かべ、こう答えた。「いくら仮説を立てても、なんの役にも立ちませんよ。成果を出す前に、まずは証拠集めが肝心です。とはいえ、これまでの経緯から、いくつか言えることがあります。殺人の疑いが濃厚であり、遺体が発見されていないこと、そして、この街には感潮河川《かんちょうかせん》が流れていることです。土曜日の夜十一時半には満潮を迎えたので、川辺の大半が水面下にあったはずです。つまり、九時半には、どこの桟橋も、土手道も、水浸しだったということになります」

「つまり、夫人は殺害されたあとに、川に投げ込まれたとお考えなのですか？」

「状況から判断できる可能性としては、それが最も高いでしょう。川があり、陸に遺体が見つからないのですから。しかし、申し上げたとおり、推測しても無意味です。アリントン水門からシーアネスまで捜査員を配備し、見張らせていますが、その線で我々にできるのは、それくらいです。遺体は遅かれ早かれ、確実に上がるでしょう。当然ながら、それまで、厳密には殺人事件とは言えません。それに、遺体が見つかったとしても、犯人逮捕に劇的に近づくとも言えないかもしれない。夫のフルード氏以外、彼女を手にかける動機を持っていそうな人物は見当たりませんし、これがたんなる強盗殺人なら、そもそも犯人を突き止めるのは至難の業です」

そんな、かなり悲観的な見解を表明し終えると、コブルディックは立ち上がり、ヘルメットを取って、何か進展があればお話ししますと約束したのち、帰っていった。

コブルディックが立ち去ると、私はすぐに彼から聞いた内容を書き留め、ソーンダイクへ送る報告書に盛り込んだ。そのあいだに、午後の郵便配達があり、ロンドンのカメラマンからの小包が届いた。中には、ジャップがコブルディックに渡した、フルード夫人の写真のコピーが二枚入っていた。そのうち一枚を、もしかしたら何かの役に立つかもしれないと、わずかな望みを抱きながら、報告書と共に大判封筒に入れて封を閉じ、切手を貼ると、ポストに投函するため家を出た。

第九章　漂流物の捜索

メドウェー川に隣接するチャタムの大通り界隈には、河畔の下町ならではの情景が広がっている。道路と河岸をつなぐ無数の連絡路が走り、波止場へ出られる通路もあるにはあるが、なかには袋小路や、桟橋へと続く小ぢんまりとした住宅街も含まれている。それ以外にも、細い抜け道や川辺へ降りる階段があるが、その手の道は狭い隙間としか見えず、大通りを普通に歩いている限り、まず目につかない。

巡査の訪問に続く数日間のあいだに、私はチャタムの道という道を、片端から歩き尽くした。あるときは石畳の小道を抜けて波止場まで行き、ぬかるんだ川辺を見渡したり、満潮時に荷船の合間や杭の周囲で渦を巻いて流れる濁った川面に目を走らせたりした。またあるときは、狭苦しい地下道に足を踏み入れ、慎重な足取りでぬるぬるとした階段を降り、曲がりくねった通路を進んで、ゴミ溜めのような場所を抜けた末に、新鮮な海藻の臭いに入り交じり、何とも言えない悪臭漂う川辺にたどり着いたこともあった。そんな私の姿は、裏通りに連なる廃屋まがいの木造小屋の住人にとって、好奇の的――そして恐らくは猜疑の的にも――なり始めていた。ゴミ山の周りや、ぬかるみを蹴散らかして走り回る子供たちから、露骨にじろじろ眺められたものだ。しかし、どれだけ視線をさまよわせようと、恐れつつも探し求めているものを、見出すことはできなかった。

巡査部長の訪問から一週間ほど経ったある午後のこと、そうした捜索から帰宅してみると、玄関にひとりの男がたたずんでいるのが見えた。私の目はたちまちその男の身なりに引きつけられた。河岸付近の住人が好む防水用の服を着ていたからだ。手に何かを持っており、それにちらちら目をやっている。私が玄関にたどりつく前に扉が開いて、男は中へ入って行き、私が後から敷居をまたぐと、男は玄関ホールでダンク夫人に向かって、緊張気味に用件を告げているところだった。

「ちょうどドクターがお帰りになりましたので」ダンク夫人が言った。「直接、お話しになっていただけますか」

男はこちらを振り返るなり、思わずたじろいでしまうほど、汚らしいこぶしを突き出した。「こいつを届けにあがったんです。おたくの物かと思って」そう言って手を開くと、小さな紙箱が現れた。パートリッジ医師のラベルがついている。泥や汚れにまみれていたが、すぐに見分けがついた。震える指先で男の手の平から箱をつまみあげ、じっと目を凝らすと、汚れの下に〝ミセス・フルード〟の文字が読み取れた。

「どこで見つけたんですか?」

「川べりで拾ったんですよ」男は答えた。「ちょうどサン桟橋とシップ小路の入り口の真ん中あたりでした。満潮時の水際ぎりぎりの辺りです。お役に立ちますかね?」

「ええ。とても重要な意味を持つものです。これから警察署まで同行していただけますか?」

「なんのために?」男がいぶかるように言った。「警察なんてごめんですよ。もし役に立つものなら、それなりの見返りをもらって、帰らせてもらう」

私は男の警戒を解くために半クラウンを手渡してから、「どうしても、一緒に警察署へ行ってもらう必要があるんです。警察はあなたに、箱を見つけた正確な場所の説明と、そこへの案内を頼むことになると思います。面倒をかけたぶんのお礼は、ちゃんとお支払いしますから」と説得した。

「だが、いったい、どういうことだね？」男はなおも不服そうに、「警察はその箱をどうするつもりなんだ？」と訊いた。

私がおおまかに事情を説明すると、男はたちまち顔を輝かせ、興奮気味に言った。「それなら知ってるよ。屋敷の玄関に張り紙がしてあるのを見かけたから。つまり何かね、その箱は行方不明の女性の持ち物ってことかい？　それなら、半クラウン以上の価値があるんじゃないかね？」

「かもしれません」私は答えた。「警察の考えをうかがいに行きましょうか」そう言いながら私は扉を開けて外に出た。男は今やすっかり乗り気になって後に続き、道中、折を見ては、私が口にしたお礼のことに触れ、自分の報酬の見積もりを要求してくるのだった。

大通りを歩く我々の姿は、否応なく目立った。よほど不釣り合いな組み合わせに見えたに違いなく、すれ違う通行人の大半が、好奇の目で振り返り、ジャップの事務所の向かいを通り過ぎたときには、好奇心をむき出しにしたバンディの顔がカーテン越しにのぞいていた。

警察署に着くと、私はコブルディック巡査部長との面会を申し入れた。幸い署内にいたコブルディックは、一瞬、私の連れに警官としての興味を向け、それから愛想の良い笑みをたたえて挨拶した。私の口から用件を伝える必要はほぼなかった。コブルディックは、連れをひと目見ただけで、大体の予想をつけていた。私はただ箱を取り出し、発見者を指差すだけで事足りた。

「有力な手がかりになりそうですね」コブルディックは壁に掛けられたヘルメットに手を伸ばしてから、男に向かって「君の名前を教えてくれないかね、住まいは？」と、尋ねた。

相手は嫌々質問に応じ、名前はサミュエル・フーパー、住所はフォール・アンカー通りだと答えた。コブルディックはそれを書き留めると、ヘルメットをかぶり、〝我々〟に同行するよう、フーパーに告げた。つまりは、私も一緒に行くということを意味した。

ふたたびジャップの事務所の方へ歩いて行くと、今度はかなり手前にいるうちから、カーテン越しに覗くバンディの顔が認められたが、事務所の前を通りかかる頃には、そこにジャップの顔も加わっていた。つま先立ちになって、カーテンから顔を出しているに違いない。二人とも好奇心を抑えきれぬ様子でこちらを見つめていたが、我々が通り過ぎようとするとき、バンディの頭がいきなり引っ込み、その数秒後には戸口に姿を現したかと思うと、道を横切り駆け寄ってきた。

「何があったんですか、ドクター」そばに来るなり尋ねた。「ジャップさんは震え上がっていますよ。死体が見つかったんですか」

「いや」私は答えた。「夫人のハンドバッグに入っていた小箱が見つかっただけですよ。発見現場を確かめに行くところです」

「バッグもそこに落ちているか、探しにいくんですか？ きっと見つかりますよ、まだ拾われていなければね。もし支障がなければ、僕も同行したいな そうしたら、あとでジャップさんにすべて報告できますので」

私に異論はなかったし、コブルディックも反対はしなかった――ただし、口には出さなかったが、その表情には、できれば部外者は遠慮してほしいという本音が浮かんでいた。それでも、人当たりよく如才ない彼らしく、歓迎せざるメンバーをそれなりに受け入れ、小箱まで見せてやった。

「すごく汚れてますねえ」バンディは慎重に箱をつまみあげ、じっくりと観察した。「夫人に渡したときは、紙に包まれていたんじゃありませんでしたっけ、ドクター？」

「見つけたときは包んであったよ」フーパーが口を出した。「中身を確かめるために、剝がしちまったんだ。ついでに言うと、ご覧のとおり、おれの手もそんなにきれいじゃなかった。泥の中に突っ込んだものでね」その証拠を示すように、フーパーは両手をこちらに向けて見せてから、ズボンでおざなりに拭き取った。

「気になるのは、水の中に落ちていたようには見えないってことですね」バンディが意見を述べた。

「もともとは汚れてなかったんですよ」ふたたびフーパーが口をはさむ。「おれが拾ったとき、外側の紙はきれいなもんでした」

「思うに」最後にコブルディックが自説を述べた。「犯人はバッグの中身をぶちまけ、不要なものだけ投げ捨ててから、最後にバッグを捨て去ったのではないでしょうか。バッグが見つかる可能性は十に一つもありませんが、見つかるとしたら満潮時の水際周辺でしょう。目下の潮の具合はいかがですか、フーパーさん？」

「干潮を過ぎたところかな」フーパーは答え、さらに数秒おいて、「この下だ」と宣言し、地下へ通じる入り口のようなところへ足を踏み入れていった。私たちはひとりずつ後に続き、ひどく汚れた石段をおそるおそる降りて行ったが、頭上に張り出した古い木造家屋の梁に頭をぶつけないよう、身をかがめねばならなかった。下まで降りてからも、依然として一列のまま、狭く曲がりくねった道を先へ進んだ。汚れのこびりついた壁と崩れかけのタール塗装の塀に挟まれて、いくつもの曲がり道を経た末に、黄土とぬるぬるした海藻が分厚くこびりついた、簡素な木造の階段にたどりつき、そこを降りきったところで川辺に出た。

「さあて」ズボンの裾を折り返しながら、コブルディックが言った。「箱を拾った正確な場所を教えてもらいましょうか」

「あの帆船のちょっと先のあたりです」と言って、フーパーは、満ち潮と引き潮の時に打ち上げられた漂流物が織りなす二本線のあいだの泥道を進み始めた。「あの船と桟橋の真ん中くらいでした」

私たちは慎重に足場を選びながらフーパーの後を追い、彼が示した辺りをざっと見渡してから、船底に溜まった汚水と杭のあいだに入り込み、岸辺に打ち寄せられたゴミをかき分け、捜索を開始した。

「とくに探しているものがあるのかね？」フーパーが訊く。

「革製の小さなハンドバッグです」巡査部長が答えた。「あとは関連のあるものなら何でも」

「ハンドバッグなんか、いつまでも残ってやしないって」フーパーが返した。「たちまち誰かの目に留まっちまうよ、何か大きいものの影に隠れていない限り」そう言って身体を起こし、川辺全体を見渡していたが、ふいに、何かに向かってまっしぐらに進み始めた。彼の向かう先に目をやると、埠頭から突き出した辺りに、大きな籠でごっそり寄せ集めたゴミを積み上げた堆積物がある。見込みがありそうだったので、我々も一斉にそこを目指したが、フーパーほど素早くは動けず、足の踏み場を見極めながら、小幅に足を運んだ。我々をかなり引き離して到着したハーパーは、ゴミの中に分け入って、そこら中を大籠で掘り返す作業に没頭し始めた。我々がフーパーまで十二ヤードほどの距離に迫り、異様にぬるぬるとした泥の上を慎重に進んでいたとき、フーパーが勝ち誇ったような雄叫びとともに身を起こしたので、我々は歩みを止めて彼の方を見た。フーパーは片腕を頭上に掲げており、その手には小さなモロッコ革のバッグの紐がにぎられていた。

「あなたに確認していただくまでもなさそうですよ、ドクター」フーパーに褒美を渡しながら、巡査部長が言った。「あなたの描写した特徴と一致します」

それでも巡査部長はバッグをこちらに差し出し、表面に刻まれたA・Fのイニシャルに私の目を向けさせた。私は陰鬱な気分でバッグをひっくり返し、水につかっていた――それほど長期ではなさそうだったが――痕跡と、内ポケットに押し込まれたハンカチをのぞいて空《から》であることを確認してから、無言で巡査部長に返した。

「さて、いいですか、フーパーさん。あなたにはここに残って、私の部下が到着するまで川辺一帯を見張っていてもらいたい。そのあと、その気があれば、捜索に協力していただいても構いません。見つけたものは、どんなものでも、私か部下に渡してください。それに対しても、価値に見合ったお礼は支払います。ご理解いただけましたか？」

「了解した。フェアな取引だ。あとはおれに任せてくれ。あんたの部下が来るまで、ちゃんと見張っとくよ」

私たちはフーパーをその場に残し、シップ桟橋の方へ戻っていった。そのあいだも、ゴミというゴミに視線を這わせながら、桟橋脇の簡素な木の踏み段までたどりついた。

「あの男に金を支払う権限はありませんが」シップ小路を歩きながら、巡査部長が口を開いた。「でも上司からこの事件は一任されていますし、たかが数シリングのために解決のチャンスを見逃す気はありません。近隣住人とつながりを保っておくのは、何かと都合が良いですからね」

「川で発見されそうな品物のリストは公開されていますか？」バンディが尋ねた。

「夫人の服装や持ち物をすべて列挙した捜索願のチラシを張り出しています」巡査部長はそう答えてから、続けて「しかし、川辺に打ち上げられそうな所持品のリストを張り出しておくと、役立つかもしれませんね。間抜けな連中が多いですから。ええ、たしかにいいアイディアです。川を漂流してお り、拾い上げられる可能性がある全所持品リストを印刷して、波止場や河畔の住宅街に張り出しましょう。住民があれこれ想像しなくてもすむように」

シップ小路の突き当たりに着くと、巡査部長は足を止め、私の迅速かつ折良い情報提供に対する感謝を述べてからチャタムの市内へと向かい、私とバンディは帰途についた。

「じつに幸運でしたね、バッグが見つかるとは」バンディが話し始めた。「でも、巡査部長の手柄じゃありませんよ。最初から、あの河岸一帯を捜索しておくべきだったんです。でもまあ、あのフーパーという男と取引したのは賢明でしたね。きっと、岸辺にはりついて、水死体や、値打ちのないガラクタが流れてこないか見張ってくれるでしょう。たしか、死体の発見には二ポンドの賞金がかけられているはずです」

「それじゃ、君もチラシを見たのかい？」

「ええ。うちの事務所の窓にも貼ってありますよ。ぞっとしませんか？」

「恐ろしいね」私は答え、しばらくは二人とも無言で歩いた。やがてバンディが大声で言った。「そうだ！　忘れるところだった。あなたにジャップさんから伝言があるんです。今度、アメリカの著名な考古学者の先生を、市内の遺跡巡りに案内する予定があるのですが、ドクターも一緒にいかがですか、とのことです」

「それはどうもご親切に。とても面白そうですね」

「ええ、きっと。ジャップさんは建築や昔の建物に情熱を持ってますからね。それにこの街の遺跡についても相当お詳しいです。ぜひ参加してください。そのアメリカ人——ウィラード教授は、カメラマンを同行させて、興味を持った遺跡を片端から撮影するそうで、我々も気に入った写真があれば焼き増ししてくれるそうですよ。いかがです？」

「いつですか？」

「あさってです。午前中に大聖堂を鑑賞して、午後は城と街中を見る予定です。あなたもいらっしゃるとジャップさんに伝えていいですか？」

「ええ、ぜひ。お誘いのお礼を伝えておいてください」

「わかりました」とバンディは答え、ちょうど事務所の前に着いたので、「それとも、事務所に寄って、ご自分でジャップさんに伝えますか？」と、続けた。

「いや。今はやめておきます。家に戻って、靴を履き替えないと」

「ああ、そうですね！」バンディは自分の華奢なブーツにしょんぼりと目を落とし、「泥の中を歩くなら、それなりの格好をすべきでしたね。僕は自分で靴を洗わなくちゃ。でもミセス・ダンクに見られるくらいなら、自分で洗う方がましかな」

そう言い残して、バンディは階段を上がっていった。私は家に向かいながら、バンディの忠言を無駄にせず、ミセス・ダンクに文句を言われないよう、ドアマットで靴の汚れを落としてから中に入ろうと決意していた。

第十章　古代の遺跡とブルー・ボア小道

帰宅するとソーンダイクから手紙が届いていた。しばらく前に、とくに日を定めず自宅へ招待したのだが、次の土曜日にうかがっても構わないかと書かれてあった。むろん私は、その願ってもない申し出を快諾し、著名な客人を招くことに有頂天になった。こうなってみると、ジャップの遺跡案内に参加すると約束したのが悔やまれるが、博士の到着は昼なので、必要に応じて予定を変更すればよかろう。

だが結果的には、午前中の聖堂見学を見逃さなくて幸いだった。驚くほど有意義な機会となり、とりわけ愉快だったのは、ジャップの隠れた一面を垣間見られたことだ。普段はそっけなく寡黙な彼が、愛好する対象を前にして、まさに豹変した。興奮で頰を紅く染め、中世ロマンの精神について熱弁を振るい、奇妙で深遠な知識の数々を次から次へと披露した。ジャップに請われるように、中世の聖堂は大昔の物語を生き生きと語り出し、素朴で純粋な当時の姿をまざまざと現すと共に、過ぎ去りし世紀を特徴づける変容を示し、それぞれの時代に栄華を極めた故人をよみがえらせた。そこは我々の祖先が永遠の眠りについた場所であり、あたかも彼らの出生と繁栄を現実に目撃したような錯覚に陥った私たちは、その栄枯盛衰と時代の変遷をたどり、輝かしい時代へと遡っていった。ジャップに導かれ、私たちは彼方まで広がる過去の遠景を見渡した。素朴な石工たちがノルマン様式の柱頭に波形の模様をつけていた時代から、傑出した腕をもつ熟練職人が西側の見事な扉を作り出した時代を経て、変革により粗悪な模造品を一掃し、古来の建材を利用することで素朴な美しさを回復するに至った近代まで。

建築的な特徴は、この物語の展開に多少は影響しているとはいえ、直接には関連していない。ゆえに、聖堂内部の詳細については省くとしよう。私たちは撮影という重要任務を負ったカメラマンにともなわれ、身廊と側廊を通り、聖歌隊席から翼廊、塔から地下墓所まで見て回った。充実した午前中の見学を終え、私は新たな知識をたっぷり仕入れた満足感に浸りながら、もしソーンダイクが考古学に興味があれば、午後の見学に誘ってみようと思いつつ、家路についた。

到着したソーンダイクに早速持ちかけてみたところ、どうやら彼も興味があったとみえて、迷わず誘いに応じた。

「有益な情報をじかに得られる機会は逃さぬたちでしてね。ご友人のジャップ氏は、相当熱烈な愛好家のようだ。専門知識に長けている上、個人的な研究調査で足りない部分を補っていらっしゃる。そういう人物は、ガイドブックが一生のあいだに与えてくれるより多くのことを、一時間のうちに教えてくれるものです。参加するなら大縮尺の地図を持って行くほうがよさそうですね。もしあなたがお持ちなら」

「持っていませんが、途中で買えるでしょう。ところで、私の報告書は届きましたか？」

「ええ。昨日、受け取りました。実は、それで来る気になったのです。河岸で発見されたバッグは、手がかりの曖昧な部分をある程度、補完してくれる。ブローチの発見は大した足しにはならないでしょう。落ちていたのを通行人が拾っただけかもしれません。状況的に考えると、その可能性が高い。

つまり、ブローチを奪い取った犯人が、犯罪現場から目と鼻の先にある質屋で、あえて事件が騒がれ出すまで待ってから盗品を質入れするなど、とうてい考えられない。ホクロの男は事件と無関係だという巡査部長の読みは、おそらく正しいと思います。ですが、バッグの発見は違う。夫人の失踪を川と結びつけ、犯罪の可能性を強く示唆するものです」

「夫人があやまって川に転落したとは考えられませんか?」

「考えられなくはありません。しかし、そこで初めてブローチが重要な意味を持ってきます。仮に夫人がどこかの桟橋や埠頭から転落したと考えると、ブローチが外れて地面に落ちた理由が見つからない。しかし、現実にそれが起きている。川に投げ込まれたバッグが岸で見つかり、ブローチが路上で見つかったということは、川に落ちる前に、陸上で争いが起きたことを示唆します。ひょっとして、バッグの中身をご存知ではありませんか?」

「知りません。私が渡した錠剤の小箱以外は。バッグが見つかったとき、小さなハンカチを除いて、ほかにには何も入っていませんでした。報告書に書いたとおりです」

「そうでした」ソーンダイクは考え込むように言った。「ところで、報告書には感謝を申し上げなくては。文句のつけどころのない出来でした。内容について二、三、気になる点があります。まず、錠剤の箱について。外側の包み紙は破かれておらず、きれいなままだったと書いておられましたね。それゆえ、最初から水に浸かっていなかったのではないかと。何者かの比較的きれいな手によってバッグから取り出され、川に投げ込まれたが、満潮時の水位より上方の土手に落ちてしまったに違いない、と。ちなみに、夫人の失踪が四月二十六日の夜だとして、小箱が見つかったのが五月七日だということは、十日間も、その場に放置されていたことになります。それ自体に、さほど驚くべき点はないかもしれない。だが、問題は、何らかの争いが起きたと仮定すると、そのはずみでフルード夫人は手にしたバッグを落としたに違いない。そのさい、バッグはいかにして川に落ちたのか？　そして、なぜバッグに入っていた小箱が、水に浸かることなく川辺で見つかったのか？」

「考えつく唯一の可能性としては」内心ぞっとしながら切り出す。残虐な事件の詳細を語るのは、恐ろしくてたまらなかった。「殺人犯は死体を川に投げ込む前にバッグを取りあげ、貴重品が入っていればそれを奪ってから、バッグを土手に投げ捨てた、ということでしょうか」

「ええ」博士はどこか煮え切らない口ぶりで答えた。「そのような事態が起きたと思われます。そしてその場合、小箱が見つかった場所こそ、犯罪現場だと推定すべきです。なぜなら箱は浸水していなかったので、潮に運ばれたとは考えにくいし、別の媒介によって移動したとも思えない。汚れがなく、未開封の状態であることから人の手には渡っていない。その流れでお尋ねしますが、箱の発見場所、あるいはその周辺は、殺人現場に適していますか？　あなたの考えをお聞かせください」

私はしばしのあいだ、川辺に至るまでの複雑でわかりにくい道のりを思い返した。公道と呼べるような道など皆無だった。

「私に言えるのは」ようやく口を開く。「よほどの用事がない限り、たとえば、なんらかの手段でおびき出されでもしない限り、フルード夫人があの場所へ出向くことはあり得ないということです。河岸付近の住人以外、誰も知らないような場所です」

「その場所は調査に行く必要があります」ソーンダイクは言った。「もしそこが、あなたのおっしゃるように、たまたま迷い込むことなど考えられない場所だとしたら、それこそ証拠として重要な意味を持つ」

「小箱が別の場所から運ばれて投棄された可能性は、少しもないでしょうか？」

「もちろん可能性はゼロではありません。しかし、それが起きたと仮定すべき合理的な理屈を、何ひとつ思い描けないのです。たとえば犯人が箱をポケットに入れて持ち去り、後日捨て去ったと仮定します。考慮した上での慎重な行為です。でもそうなると、箱を開けて中身を確かめなかったなどありえないし、川の近くまで来ながら水の中に投げ込まなかったのもおかしい。バッグもすぐ近くに捨てられ、同じく水に浸かっていなかったことを思い出してください」

「では、河岸が犯罪現場だと仮定した場合、何がわかりますか？」

「まず、事故死の線は完全に断たれます。それから、ある程度、計画的な犯行だったことがわかる。あなたのおっしゃるとおり、被害者は辺鄙な場所におびき寄せられたわけですから。そして、そうなると、犯人は地元の人間という線が有力になってきます」

「沿岸地帯の住人でしょうか。いかがわしい連中であることは確かです。でも、動機が見当たりません」

「動機なら考えられなくもない。夫人はチャタムで買い物をしていたかもしれず、そのさい大金の入った財布を誰かに見られたのかもしれない。だがこれはたんなる推測です。現時点で私たちにはなんの手がかりもありません。フルード夫人について確かなことは何もわかっていないのです。彼女に隠れた敵がいたかどうかも、彼女の死によって利益を得る者が存在するかどうかも、彼女を葬り去る動機を持つ人物がいるかどうかさえも」

「夫人の旦那のことなら、多少はわかっています。そして彼は謎の失踪を遂げた。彼が姿を消した時期は夫人の失踪時期と重なります」

「ええ。それは無視できない事実です。ですが、法的な位置づけを見失うべきではありません。遺体が発見されるまで、殺人の証拠はない。夫人の死が判明するまで、殺人は立証できないということです。遺体が見つかれば、殺害方法等、いくつかの手がかりが得られるでしょう。しかるべき時期内に発見できればの話ですが。正直な話、まだ発見されていないのは意外でしかない。推定ではあれ、事件が起きたのは二週間も前です。この川へ出入りする人の多さを考えると、まだ遺体が見つからない説明がつきません。それはそうと、そろそろ約束の時刻ではありませんか?」

私は時計に目を落としてその通りだと認め、集合場所である事務所へと二人で向かった。途中、文房具屋に立ち寄り、おのおの地図を購入した。選んだのは都市部全体を網羅した六インチの市街地図で、都市部全体と川の下流域が網羅されており、それを見れば、ロチェスターが半島の河口に位置する街だということが一目瞭然だった。

「この河川の輪状の広がりは実に興味深い」歩きながら地図を見ていたソーンダイクが口を開いた。「アイル・オブ・ドッグス(ロンドン東部の地区)のテムズ川に似ています。低地の両岸に無数の入り江がある。そこを捜索すべきです。水死体というのは、比較的、支流の浅瀬に運ばれて、打ち上げられる傾向が高いのです。しかし賞金がかけられているなら、港湾労働者が目を光らせていることでしょう。今日、遺跡巡りを終えたら、河岸付近を見に行けるかもしれませんね」

「いいですね、そうしましょう」私は同意したが、本音を言うと、まったく気乗りがしなかった。博士にとって、この捜索は、冷静な関心と方法論をもって追究すべき、単なる調査活動にすぎない。だが私にとっては一生を左右するほどの悲劇なのだ。彼にしてみれば、アンジェリーナ・フルードは、粘り強い調査で失踪の謎を解決すべき行方不明の女性にすぎないが、私にとってはかけがえのない友人であり、彼女を失う心の痛みは生涯続くに相違ない。むろん、博士は私の気持ちに気づいていない。詳細な手がかりを、冷静かつ私情をまじえず検討してゆく彼のやり方が、私に身震いするような恐怖を与えていることなど、みじんも気づいていないのだ。私の方でも、博士に自分の気持ちを悟られまいとしていた。おのれの感情は内に秘めたまま、彼にできる限りの助力を与えることが、自分の責務であり、特権だと考えていたからだ。

「それから、これは忘れないでいただきたいのですが」事務所の近くまできたとき、ソーンダイクが言った。「私がフルード夫人の事件に関わっていることは、伏せておくように願います。あなたの家に一両日滞在中の友人ということにしておいてください」

「忘れてはいませんが、なぜ黙っている必要があるのでしょうか」

「打ち明けたところで支障はないとは思いますが、確実にそうとは言い切れませんので。それに、職務で証拠集めをしている者として、事件に無関係と思われる方々の前で、不用心に口を滑らすことは、差し控えるべきことに思えます。とにかく、できる限り、身を潜めているのが流儀でしてね」

そんなやり取りをしているうちに事務所に到着すると、そこにはジャップたちのほか、留守番にかり出された若者の姿があった。友人たちにソーンダイクを引き合わせ、自己紹介を済ますと、ジャップは帽子をかぶり、まず留守番の若者に向かって、「我々の行き先はわかっているね、スティーブンス。緊急の用が生じたら、そのときは呼びにきてくれ。もっとも、極力そんな事態は避けてほしいが」と告げ、それから私たちに「では参りましょうか。まず橋から出発し、大通りを歩いてイースト・ゲート・ハウスまで行き、レストレーション・ハウスを見学します。そのあと、城壁の南西側に沿って道をたどり、城を見ましょう。そこで休憩を入れてお茶にします。休憩の後は、城壁の北東側から門まで行き、壁の内側を見てみましょう。そこが最後の見学地となります」と、予定を説明した。

ジャップと考古学者が先頭に立って歩き出すと、ソーンダイクとバンディと私が後に続き、カメラマンがしんがりをつとめた。

「ええと、たしか、あなたは」ジャップがおずおずとソーンダイクに目を向けた。「一、二週間前にも、こちらにいらしてませんでしたか？」

「ええ」ソーンダイクはうなずき、「私が紛失した鍵に関する張り紙を読んでいるところを、あなたは事務所の中から観察してらっしゃいましたね？」と訊いた。

「ええまあ。実は、てっきり、賞金がちゃんと支払われるか、疑われているのかと思って。あなたが鍵を探しに行くつもりかと思ったのです」

「なんですって、たった十シリングのためにですか？」ソーンダイクが、あきれたように言う。

「あなたが強硬に主張すれば、賞金を値上げすることも、やぶさかではありません」バンディは片眼鏡をはずし、ハンカチで磨き始めた。「とても大事な鍵なのです。城壁の一角を囲む門の鍵でして」

「そうでしたか！」ソーンダイクは応じた。「ご懸念はもっともです。信用ならない人間が多いですからね。ああ、橋に着きましたよ。ジャップさんの解説を拝聴しましょうか」

ジャップはその橋にほとんど目もくれなかった。無骨な構造を憎々しげに一瞥しただけで、たちまち背を向け、冷ややかに言い捨てた。

「最近架けられた橋です。ご覧の通り鉄の桁橋で、歴史ある建造物ではないし、そうなってほしくもない。さっさと存在を忘れて、市庁舎《ギルドホール》へ向かいましょう」ジャップがなんの未練もなく歩き去ると、バンディは私たちに顔を向け、にやりと笑った。

「かわいそうに」バンディは同情するように言った。「ジャップさんはあの橋が大嫌いなんです。彼の部屋に、かつての石橋の模型が飾ってあるんですが、その前に立ち尽くし、悲嘆に暮れている姿を見かけたことがありますよ。じっさい無理もありません。こんな俗悪な橋に取って代わられるとはね。ちょっと想像してみてください。石橋が健在だった当時、川の向こうから眺めた街の景観がどんなふうだったかを」

市庁舎の向かい側で私たちは足を止め、碑文を読み、ロドニー号を模したと言われる船の形をした風見鶏を眺め、建築的特徴に関するジャップの解説に耳を傾けた。カメラマンが外観の撮影を指示されているあいだに、私たちは館内の判事室を見学し、肖像画を鑑賞した。市庁舎をあとにして、穀物取引所に差しかかると、例の風変わりな掛け時計が、たちまちウィラード教授の関心を引いた。

「まさしく天才職人の為せる技ですな。街路全体の印象を担っている。しかし、あなた方の市長は、何を考えて、こんな魅力的な建物を映画館なんぞに改築することを是認したのでしょう」

それを聞いたジャップは、かぶりを振って溜め息をもらした。「よくぞ、言ってくれました」そして、悪趣味なポスターと映画館ふうに装飾された入り口を、敵意もあらわに睨みつけ、「時計を街に寄贈したサー・クラウデズリー・ショベルが墓からよみがえり、この惨状を見たらと思うと――まったく情けない！　今の時代に切実に求められているのは、街のお偉方から歴史的建造物をいかに保護するか、その方策立てに他なりません。連中にとって歴史ある建物は、たんに古臭くて時代遅れの遺物にすぎず、さっさと打ち壊して、見栄えよく、鉄製で波型模様を施された、モダンな建物に建て替えるべきものにすぎんのです」と、鼻息も荒くまくしたて、カメラマンが機材をしまい始めたのをよそ目に、建物に背を向けると、先へ行ってしまった。私はしばしその場に留まり、カメラマンの片付けを手伝っていたが、そのあいだにソーンダイクとバンディは連れ立って歩き出した。二人が仲良く談笑している姿は、まるで、人なつこいマスチフ犬が、育ちのいいフォックステリアにじゃれついているように見えた。

「週末はいつも患者を自宅に帰しているんですか?」バンディが質問しているのが耳に届いた。

「診療はしていないのです。私の医療活動は、ほぼ法廷内に限られておりますので」

「へえ!」バンディが驚いたように言った。「それじゃ、瀕死の陪審員を蘇生させるとか、殺人犯を絞首刑にそなえて太らせるとか、そんな感じの仕事ですか?」

「とんでもない」ソーンダイクが否定した。「そんな他愛のない仕事ではありません。いわゆる医療アドバイザーというやつです。裁判に関わる医学的疑問への見解を述べる仕事です」

「つまり、法律家みたいなものですか?」

「ええ。医者と法律家の合いの子みたいな存在です。ケンタウルスや人魚といった感じで、頭部は医者、身体は法律家、というわけです」

「なるほど。変わった職業があるものですね。そういえば、家具業界で働いていた男で、〝虫食い男〟を自称する知人がおりましたよ。アンティーク家具の模造品にドリルで穴を開けるのが仕事だったからなのですが」

「それはなんの例えですか?」ソーンダイクが訊く。「まさか、私と虫の食習慣に関連があるとお思いではないでしょうね?」

「もちろん、違いますよ。ただ、あなたのお仕事は、掘り起こすことと無縁ではない気もしますが。それはさておき、さぞかし犯罪にお詳しいのでしょうね」

「私の扱う裁判の大半は刑事事件ですからね」ソーンダイクは認めた。

「では、我が地元の謎めいた事件にも興味をもたれるのでは？　ドクター・ストレンジウェイズから聞いていますか？」

「行方不明の女性の事件ですね！　しかし、私になんの関係が？　その女性とは知り合いではありませんよ」

「つまり、職業的な興味のことですよ。でも、あなたは休暇に仕事を持ち込むタイプじゃなさそうですね。関わりのない事件のことで煩わせるのは気が進みませんが、ぜひとも専門家の立場からご意見をうかがいたいな」

「私の職務を誤解していらっしゃるようだ」ソーンダイクは言った。「通常の証人は知り得た事実にもとづいて証言を行いますが、専門家の場合は、他の証人から提供された事実を解釈するのが仕事です。お持ちの証拠を提示してくだされば、解釈をこころみますよ」

「ところが、証拠が何ひとつないんです。だからこそ謎というわけで」

「それでは解釈の仕様がありませんね。警察に任せるべき問題で、科学者の出番はなさそうだ」

例の宿泊施設、〈六人の貧しき旅人〉の前まで来ると、私たちは会話を中断し、〝プロクター《弁護士》〟という言葉の意味合いについて、博識なジャップの解説に耳を傾けた。彼によると、中世には〝プロクター〟を、〝たかり〟とか〝詐欺師〟といった意味で使っていたらしい。次いで見学したイースト・ゲート・ハウスでは、ジャップが本領発揮とばかりに、天井について印象深く解説した。制作当時の姿を留め、その制作年は一五九〇年にさかのぼるという。

「この天井の作り手が、相当な時間を費やしたことは想像にかたくない。だが彼の仕事は三百五十年ものあいだ保たれている。これこそ時間の節約というものです。昨今の職人は天井など片手間に仕上げてしまうが、駄目になるのもあっという間です。そしてまた同じ作業の繰り返し。鑑賞にたえる天井など一向にできません」

ウィラード教授が深々とうなずいて同意を示す。「まさしく、そのとおり。こうした過去の作品を見て、もっとも感銘を受けるのは、骨を折り、最上の材料を使うことで、いかに時を稼げるかということです。仕上がりの美しさは言うまでもありません」

「もし教授がこの調子で続けたら」バンディがささやき声で話しかけてきた。「ジャップさんは彼にキスしかねません。なんとか止めさせなくちゃ」

そんな目を覆うような事態が実際に迫っていたかどうかは定かではないが、幸い、天井をめぐる談義はそれで終了した。私たちはイースト・ゲート・ハウスをあとにし、ふたたびメイドストーン通りへと戻った。レストレーション・ハウスの見学を済ませたあとは、城壁沿いを散策した。ソーンダイクは地図の城壁にあたる部分に丹念に印を書き込み、ジャップを大いに喜ばせた。やがて城にたどり着いたが、そこはすでにウィラード教授が調査済みだったこともあり、ごく簡単な見学に留まった。その後、事務所に戻り、バンディが自室で上手に入れてくれたお茶を飲み、そのあいだにジャップは、ソーンダイクの地図上に、まだ散策していない辺りを含め、城壁の全体像を赤の点線で書き入れた。その結果、地図上の浮かび上がった中世の街の規模は、現在の都市部に比べて、笑いを禁じ得ぬほど、ちっぽけなものだった。

お茶を済ませたあとは遺跡巡りを再開し、イースト・ゲートまで足を運んだ。通りの先で巨大な城壁の一部を見たあと、壁の跡をたどって大通りを横切り、さらにフリー・スクール通りを進んで、通りの北隅にある稜堡《りょうほ》の角まで行ってみた。そこから、まばらな標識をたどってノース・ゲートへ至り、雑然とした界隈を抜けて湿地の外れに出ると、年季の入ったタール塗装のフェンスに囲まれた細い小道に突き当たった。さらに少し進むと、施錠された門があった。どこか見覚えがあると思ったら、前にバンディと訪れ、船員ビルの悲劇的な逸話を聞かされた場所である。ジャップが鍵を開け、私たちを内部の空き地へと案内した。バンディがソーンダイクに「この門ですよ、鍵が紛失したのは。ご覧のとおり、とくに荒らされてはいません。城壁も異常なしです」と説明した。

「そのようですね」ソーンダイクは答えた。「それに、修復工事は見栄えの改善に大して役立たなかったようだ。経験の浅い見習い歯医者の初仕事なみの出来です」

「ひどいものです」ジャップが口を開く。「雇用の創出が目的とはいえ、その結果がこれだ。おそらく、あまり良い撮影対象にはならないでしょう」

カメラマンが撮影の準備をしているあいだ、ジャップは目の前の城壁遺跡とノース・ゲート、および、橋に面した城門との関連について語り、ソーンダイクの地図でその場所に印をつけた。

「さて、これにて本日の遺跡巡りを締めくくらせていただきます」ジャップは告げた。「こちらのカメラマンの方は、ウィラード教授のお連れですが、欲しい写真があれば焼き増しをいただけると伺っています。そうでしたね、教授？」

「もちろんですとも」ウィラード教授は鷹揚に答えた。「ただし、写真は私からの贈り物として受け取っていただきたい。そしてそのお返しとして、ひとつ皆様にお願いがあります。もし乾板に余分があればですが、記念に皆で写真を撮りましょう。そうすれば今日のこの良き日を思い出すたびに、ご一緒した素晴らしい友を思い出すことができます」

私たちはみな、教授の思いやりあふれる申し出に感謝を込めて一礼し、余分なありますよとカメラマンに声をかけられると、修復された壁を背に並んで帽子を取り、ウィラード教授を中央にして、気取らぬポーズを取った。撮影が済み、カメラマンが機材をしまい始めると、ソーンダイクはジャップとウィラード教授の心遣いに、手厚く礼を述べた。

「これほど膨大な研究調査の成果を分け与えていただき、光栄の至りです。言葉では言い尽くせぬほど感謝しております。この先ロチェスターを訪れるたびに――すぐにでも戻ってきたいと思いますが――あなたと、寛大なご友人のウィラードさんのことを思い出すでしょう」

対する二人も相応の挨拶を返し、そのやり取りが続いているあいだに、私はバンディに向き直り、こう尋ねた。

「ここから河岸の方へ行けるかな？　ソーンダイクが川を見たがっているんだ。行けるなら、帰りがてら寄り道していこうと思うのだが」

「簡単に行けますよ」バンディは答えた。「橋の上から見るような、ふつうの眺めでよければ、ブルー・ボア桟橋が一番行きやすいと思います。そんなに遠くないし、帰り道からそう外れていないし。よろしければ案内します。ジャップさんはウィラード教授と夕食を取るので、僕は用なしなのです」

私は喜んで彼の申し出を受け、ソーンダイクたちの挨拶も終わったようなので、皆で門まで戻って行った。私は今日の礼を述べたのち、これから三人で川へ行ってみますと言って、ジャップたちに別れを告げた。私たちは門の前で別れ、ジャップとウィラード教授は街へ引き返し、ソーンダイクとバンディと私は、湿地帯の方へ戻り始めた。

通りの先までくると、バンディは立ち止まり、地形について説明した。「こちらの道はガス・ハウス通りと、ノース海岸沿いの湿地帯へ続いています。そちらに行っても、大して見どころはありません。他方の別の道を行くと、ブルー・ボア小道に突き当たり、そこを通って桟橋に出られます。そこから、川の流れ全体が見下ろせ、向かい側にチャタムの街が見渡せます」

ソーンダイクは地図をたよりにバンディの説明を丹念にたどり、鉛筆で現在地を書き込んだ。その後、運転の荒っぽい荷馬車とすれ違い、左手に広大な湿地帯を見ながら進むうちに、まもなくブルー・ボア小道の河口に近い側に着き、川が見えてきた。いくらも歩かぬうちに、見覚えのある男性がこちらへ向かって歩いてくるのが見えた。バンディも彼に気がつき、「あれはコブルディック巡査部長じゃありませんか！　しかも私服だ。規則違反じゃありませんか。叱ってやらなくちゃ。ここで何をしているんだろう。河岸をうろついて、手がかりを探しているのかもしれない。こっちも同じ目的で来ていると、誤解されるんじゃないかな」と言った。

バンディの憶測は当たっていたようだ。というのも、コブルディックは、そばまで来て、私たちに気づくと、厳しく問いつめるような表情を見せたからだ。しかし、意外なことに、コブルディックの興味は主としてソーンダイクに向けられ、彼に尋常ならぬ視線を注いでいた。そんな状況の中、私はすれ違いざまに、愛想よく挨拶をしたが、一方のコブルディックは足を止め、「こんばんは」と挨拶をしたあと、「少しだけ、話ができませんか、ドクター？」と続けた。そのため私は立ち止まったが、ソーンダイクとバンディは足を止めず、ゆっくりと歩き続けた。巡査部長は二人の方をちらと見やり、そちらに背を向けるようにすると、ポケットから薄汚れた小さな茶色い包みをこっそり取り出して、私に差し出した。

「あなたに確認していただきたいのです」

包みをほどくさなかにも、すでに見当はついていたが、広げてみて、はっきりした。フルード夫人のスカーフである。

「そうじゃないかと思っていたんです」巡査部長は嬉しそうに言った。「あなたの描写はとても克明で的確でしたからね。このスカーフを発見できるとは、きわめて幸先がいい。見てのとおり水に浸かっていたようです。しかも、ある程度、長いあいだ。おかげで、遺体を捜索すべき場所が特定できました。解せないのは、いまだに死体が未発見であることです。とっくの昔に見つかっていておかしくありません。河岸付近で働く人々が何マイルにも渡って捜索してくれているというのに。防波堤に沿って歩いたり、ボートで浅瀬を捜索する彼らの姿を、あなたも見かけるはずです。その全員が見逃すとはとても思えない。事態は深刻さを増すばかりです」

「深刻ですって?」

「そりゃ、まあ」巡査部長は説明を続けた。「医師であるあなたに指摘する必要があるとも思えませんが、死体は永久にはもちません。ことに、こんな陽気が続くようでは。それに川岸にはネズミやカニが数多く生息しています。日増しに死体の判別は難しくなることでしょう」

巡査部長の説明からおぞましいイメージが喚起され、私は気分が悪くなった。身震いしつつも、なんとか気を取り直し、かすれ声で質問を投げかけた。「服装も助けになるのでは?」

「ええ、たしかに」巡査部長は同意したが、「通常の事件、たとえば事故で水死した場合であれば、身元確認にきわめて有効だと思いますよ。でも今回は殺人事件ですからね。服装に頼るのはどうかと思います」と続けた。

「スカーフは川を流れていたのですか?」話題を多少なりとも無難な方向へ持ってゆけるか不安に思

いつつ、私は尋ねた。

「いいえ。ブルー・ボア桟橋から少し下流にくだった、小さな入り江の岸辺に落ちていました。魚籠の下敷きになっていたのを、見張り小屋の番人が見つけたのです。岸辺を歩いていたところ、魚籠が打ち捨てられているのが目に留まり、中身を調べてみようと近寄った。中は空っぽだったが、ひっくり返したところ、このスカーフが見つかった、とのことです。すぐに夫人の持ち物だとわかったそうです。見張り小屋にも夫人の所持品リストが張り出してありますので。彼は警察に届けようと持ち帰ったが、たまたま、私がこちらに来ていた——毎日のことですがね——というわけです。おっと、こんなところで足止めしてはいけませんな。私にとっては、お目にかかれて幸いでしたが。おかげでスカーフを確認してもらえました」

コブルディック巡査部長は人の好い笑みを浮かべ、帽子の縁に軽く手をやった。私は「それでは、また」と挨拶を返すと、安堵の吐息をもらしつつ、その場を離れた。巡査部長は陽気で気持ちのいい男だが、私の心の平安を蝕むこの悲劇を、あまで事務的な調子で扱われるのは、私にとって酷なことだった。だがもちろん、彼はこの事件における私の立場を知らないのだ。

「それで」私が追いつくと、待ち構えたようにバンディが話しかけてきた。「何があったんですか？コブルディックのやつ、やけに秘密めかしていましたが。僕たちに訊きたいことでもあるのかな？なんでまだこっちを気にしているんだろう？　虫に刺されたのかな？　というのは、僕が刺されたからなんですが。クモか何かかな」

「掻いてはいけません」バンディが頬に手をやると、ソーンダイクが注意した。「そのままにしておきなさい。すぐにアンモニアかヨードを塗ってあげますから」

「おおせのままに」バンディは顔をしかめ、あきらめたように言った。「医師団の手中にあっては、身を任せるしかありませんね。ところで、巡査部長はどんな魚を釣り上げたんですか？　それとも内緒ですか？」

「隠すようなことではありません。税関吏の男がフルード夫人のスカーフを見つけたのです」と言って、私は巡査部長から訊いた話を繰り返した。

「おぞましい話だなあ」聞き終えるとバンディは言った。「死人の持ち物を捜索するなんて。見てくださいよ、あんなに大勢が浜辺に群がって。おそらくあれが、その魚籠じゃないですか？」

そう話すバンディと共に、私たちは川辺へ出て、桟橋の右手で立ち止まり、その不快な光景を見渡した。低めの防波堤の外側に、灰緑色の平坦な芝生の帯が高潮時の水標あたりまで伸び、その向こうには、滑らかな泥の板――いまは乾いて無数のヒビに覆われている――が、日々の潮流に洗われた、ぬかるみの方まで広がっている。乾いた土壌の上には打ち捨てられた魚籠が転がっており、その周囲には裸足の子供たちが群がっている。そして川辺じゅうに、色あせた芝生上でも、乾いた土やぬかるんだ水辺でも、地元の人々が捜索に精を出していた。漂流物をひっくり返し、座礁したボートの下をのぞきこみ、柔らかな泥の中に手をつっこんでいる。その程近く、防波堤のそばの芝生上には、古い帆船積載の大型ボートが満潮時の水位標識を超えた辺りに引き上げられ、そこを永続的な停泊地と定めて、内部に小さな家屋を建てることで、住まいとして使われていた。小さなはしごで出入りできるようになっており、防波堤に至る石道まで敷いてある。

「ミスター・ノアはご在宅のようだ」その水陸両用の家屋に近づいていくと、バンディが指摘し、鉄製の煙突から立ちのぼる、細い煙の筋を指差した。そう言い終わらないうちにドアが開き、湯気の立つブリキの小鍋を片手に持った老人が、船尾に出てきた。その身なりは住まいと実にしっくり合った。というのは、住まいはどうやら流木や難破物を主な材料に造られているらしく、服装も見たところ、防水性の生地でできた船舶用衣類の古着を組み合わせたようだったからだ。

〝ミスター・ノア〟は、敵意もあらわに川辺にむらがる人々をにらみつけ、それから身を守るように小鍋を引き寄せると、薄いブルーの瞳を私たちに向けた。

「こんばんは」ソーンダイクが挨拶をした。「ずいぶん盛んな活動が行われているようですね」と言って、魚籠と捜索に没頭する人々を指し示した。

老人は軽蔑したようにふんと唸ると、「馬鹿なやつらだ、関わりないことに夢中になりおって。あんな的外れの場所を探しまくっても、どうしようもない」

「しかし、この場所で発見された物があるんですよ」バンディが言った。

「そのとおり。たしかに見つかった。だからこそ、もう何も見つからんと言っておるんだ」老人は、おそらく紅茶らしきもので喉をうるおしてから、「遺留品が見つかり出しているなら、そろそろ遺体も出てくるだろう。かといって、この場所ではなかろうが」と続けた。

「遺体はどこで見つかると思いますか?」バンディが尋ねた。

老人は狡猾そうな目つきをバンディに向け、「遺体がどこで見つかろうと、あんたの知ったこっちゃなかろう。なんの関係もないんだから」

「でもあなたに死体が上がる場所がどうしてわかるんですか?」バンディがくいさがった。

「なぜわかるかというと」老人が断定するように告げた。「わかるからだ。わしは生涯この河畔で暮らしてきた。ここで起きている事態を把握しておくのが、わしの生業だ」そう宣言すると、老人は探るような目つきで銅のコップをのぞきこみ、中身を一気に飲み干すと、すばやく背を向けて家に引っ込み、身体の弱り具合を示すように、そろそろと戸を閉めた。

「あの老人はほんとに死体の場所がわかるのかな」税関吏の見張り小屋の前を通り過ぎながら、バンディがつぶやいた。

「わかるはずがありません」ソーンダイクが言った。「それは人知を超えた事柄ですからね。しかし、あの老人には、遺体や漂流物が流れ着きやすい岸辺の見当はついているのでしょう。そして、暇つぶしの延長で、そうした場所の探索に精を出すかもしれない。あの老人と話をするよう、コブルディック巡査部長に伝えておいても損はないと思います」

「巡査部長も、おそらくあの老人をご存知でしょうが、念のため、今度会ったら話しておきます」私は言った。

ブルー・ボア小道の先まで来ると、バンディは立ち止まり、ソーンダイクに手を差し出した。「僕はここでお別れします」

「いや、それはだめです」ソーンダイクが答えた。「クモに噛まれた傷を手当てしなくては。虫による損傷を甘く見てはいけません、ことに、顔の場合は」

「そうとも」私も口を合わせた。「うちに寄って、夕食を共にしてくれ。こんなところで解散するわけにはいかないよ」

「ご親切に感謝します」バンディははにかむように礼を述べた。私とソーンダイクの邪魔をするのを、憚《はばか》っているようだ。しかし私は、彼の断りの言葉をさえぎり、がっちりと腕を組んで、彼を囚われの身にした。バンディの方も、あながち嫌がってはいなかった。それにもし、バンディが同席することで、ソーンダイクと、彼の訪問目的である事件について話し合えないとしても、大して問題ではなかった。我々には明日もあるのだ。じっさい、彼が、食卓の盛り上げ役として、少なからず貢献してくれたのは確かだった。ただ私には、バンディの陽気さの中に、ほんの少し切なさが混ざっているように感じられた。バンディにとって、成人男性二人――うちひとりは、抜きん出た英知の持ち主――と楽しむ食事は、稀にみる喜びだったのだろう。老齢のジャップと陰気な女性との暮らしは、いささか退屈なものに違いない。バンディはソーンダイクにすっかりなついてしまい、尊敬を込めながらも、生意気な言動で接するさまは、大好きな校長先生に対する学生の態度とよく似ていた。それに対してソーンダイクは、バンディの軽々しい陽気さを鷹揚に受け入れ、楚々としたユーモアと遊び心で応対し、私を驚かせた。バンディの虫さされの診断と治療のさいにおこなった茶番劇も、その例だ。ソーンダイクは大真面な顔で、バンディを診察用の椅子に座らせ、顔に大きなタオルをかけると、テーブル上に、物々しい医療機器と薬品の瓶を並べた。そして、バンディを子猫のように緊張しきった状態にさせながら、さも深刻そうにレンズで患部を調べ上げ、上質なクロテンのブラシを用いて、正確な手つきで治療を施していた。

じつに楽しい夜だった。くつろいで、浮かれた気分に満ちあふれ、年長の二人は存分に酔いを満喫し、ダンク夫人すら我々の馬鹿騒ぎを大目に見てくれた。バンディもはしゃぎっぱなしだったが、彼が決してはめを外さなかったことは付け加えておくべきだろう。やがてバンディが帰宅する段となり、彼とあたたかく握手を交わしたときには、私の胸に物悲しさが広がったほどだった。

「◆本当に◆楽しい夜でした！」バンディは実感を込めてそう言い、妙に切なげなまなざしで私を見た。「おかげで記念すべき日となりました」そう言い残すと、すばやく背を向け帰っていった。

ソーンダイクと私は戸口に立って、さっそうと歩き去るバンディの背中を見送った。そのしているうちに、ふと私の心に、別の人物のことがよみがえってきた。同じ戸口から、夕闇の中を去る姿を見送った人のことを。彼女は霧の中にのみ込まれ、私の前から永遠に姿を消してしまったのだ。

ソーンダイクの声で、私は憂鬱な物思いから引き戻された。

「じつに気持ちのいい若者ですね、ストレンジウェイズさん。明るく元気一杯で、そのくせ少しも軽薄ではない。何かにつけて思うのですが、スペンサーの言葉は英知の宝庫ではないでしょうか（ハーバート・スペンサー。1820-1903。イギリスの哲学者・社会学者）。〝幸福な人々は、人類にとって最高の贈り物だ〟とは、本当にそのとおりです。あなたの友人のバンディ君のおかげで、少し若返った気がしますよ。この世にこれ以上の施しがあるでしょうか？」

第十一章　ホクロの男

　ソーンダイクが土曜日の終電で発つのを見送ったあと、私は足取りも重く家路をたどりながら、彼の滞在中に得られた成果について考えてみたが、めぼしい収穫は思い当たらなかった。今朝方、夫人のバッグと錠剤の箱が発見された川辺まで出かけ、そのさい唯一の経路と思われる、狭く曲がりくねった裏道を通り、結果として、二人とも同じ結論に至った。こんな場所が犯罪現場のはずがない、と。

「もし、ここで悲劇が起きたと仮定した場合」ソーンダイクは言った。「外見上、そう思わざるを得ないわけですが、そうなると、我々の知らない、何か特別な事情があったと考えるしかない。まかり間違っても、夫人はこんな場所に迷い込んだりしないでしょう。彼女がここに足を運ぶ理由など思いつかないし、子供でも愚かでもない夫人が、なんの根拠もなく、このような、見るからに物騒な町外れに誘い込まれるはずがない。必ず何か事情があるはずです」

「事情とは、彼女の過去や知人に関係のあることでしょうか？」

「おっしゃるとおりです。私はこの三か月ほどのあいだに、夫人の過去について慎重な調査を重ねており、方々の演劇専門カメラマンにも接触しています。彼らは実に有益な情報源です。自宅の住所のみならず、劇団員の写真を提供してくれる。そこには、かつての夫人の同僚や、それほど親しくなくても知人の方々が写っています」

「もし夫人の写真が手に入ったら、見せていただけますか？」

「いいですとも。とにかく、可能な限り多くの写真を集めるつもりです。遺体を確認するさい役立つかもしれない。おそらく身元確認は困難を伴うでしょうから」

それを聞いて、コブルディックが遺体について語っていたことを思い出し、口にするのもおぞましかったが、ソーンダイクに話してみた。

「巡査部長のおっしゃることは正論です。この事件はきわめて狡猾な殺人犯が関与している。殺人容疑で起訴するには、故人の身元について反論の余地なき証拠を収集することが不可欠です。衣服だけでは足りません。遺体そのものを判別しなくてはならない。巡査部長が懸念なさるのはもっともです。水死体を扱った経験はありますか？」

「ええ。あまり思い出したくはありませんが」答えながら震えが走った。前にポプラー遺体安置所を訪れたときの記憶が蘇ってきたのだ。小さなガラス窓のついた、長方形の黒い棺が脳裏に浮かぶ。ガラス窓から見えたのは、ぶくぶくと膨れ上がり、緑とも紫ともつかぬ色に変色した物体。皺が放射状に幾重にも広がり、中央には鼻とおぼしきボタンのような突起があった。言語を絶するほど、おぞましい光景だったが、私にはわかっていた。もしこの街を流れる川から死体があがるとしたら――。

私は身震いをひとつして、その考えを頭から追い払い、かすれた声で尋ねた。「ニコラス・フルード氏のことですが。彼の失踪は、謎の解明にヒントを与えてはくれませんか？」

「大して与えてはくれません」ソーンダイクは答えた。「まだ何も判明していないからです。二人が同時期に失踪していることで、夫の人格や夫婦関係を考え合わせると、当然、夫への疑いが高まります。彼の居どころは突き止めねばなりませんし、事件当時にどこにいたのか釈明してもらう必要がある。しかし、警察はまだフルードについて何もつかんでおらず、私の調査も今のところ実を結んでおりません。まるで煙のように消え失せてしまったようだ。しかし私はあきらめません。謎の解明があなたの――そして私の目指すところであり、犯罪が起きたのであれば、犯人には正義の鉄槌が下されるべきです」

こうして事態は行き詰まり、謎の解明に近づいている気はまったくしなかった。犯人の素性は、依然として闇に包まれている。ただし、失踪中のフルード氏に対する嫌疑は濃厚だった。そんな具合に、何事も起きぬまま数日が過ぎたが、やがて、ある出来事が起き、暗闇に光が差すのではと期待したが、結局は見込み違いに終わるのであった。

ソーンダイクの滞在から一週間ほど過ぎたある日、私は写真館から届いた写真をソーンダイクに郵送するため、昼食後に外出した。郵便局に着くと、ちょうどバンディが小包を送る手続きをしていた。それぞれ用事を済ませると、二人で郵便局を後にし、ぶらぶら歩きだした。

「これから、どこかへお出かけですか?」バンディが尋ねた。

「ブルー・ボア桟橋へ行くつもりです。新たな発見がないか確かめたいので」

「私もご一緒したらお邪魔ですか? ちょうど暇を持て余していたのです。でも、おひとりで行かれた方が気楽かな。近ごろ、私がつきまとってばかりいるから」

「とんでもない」私は答えた。「君はこの街で唯一の友達だし、お世辞ではなく、何かと感謝しているんだ」

「そう言ってもらえて嬉しいです」バンディが安堵の表情を浮かべた。「なんだかドクターに友情を押し売りしている気がして、心配だったものですから」

「そんな心配は無用だよ。この土地で気兼ねなく付き合える相手が見つかって、幸運だと思っているくらいだ」

バンディはお礼の言葉をもごもごと口にし、私たちはしばらく黙って歩き続けた。ほどなく、ブルー・ボア・イン脇の小道を折れたところで、バンディが言いにくそうに切り出した。「ねえ、ドクター、こんな恐ろしい事件に肩入れしすぎるのは、体に毒だとは思いませんか？　常に事件のことで頭がいっぱいのようですし、以前とは――事件が起きる前とは――まるで別人のようですよ。いつも不安そうで、ふさぎ込んで見えます」

「そりゃ、前と同じではいられないよ」私は認めた。「こんな悲惨な事件が起きたのだから」

「でも」バンディはなおも不服そうに、「忘れるように、努めようとは思いませんか？　結局のところ、フルード夫人はただの知り合いに過ぎないわけですし」と続けた。

「いや、彼女はそれ以上の存在なんだ、バンディ。生前は、彼女に単なる友情以上の感情を抱いていることを、自分に対しても認めまいとしていたが、本当は違う。夫人亡き今となっては、正直に認めても不都合はあるまい。だから、友人の君にも打ち明けておく」

「つまり、ドクター」バンディが声を落とした。「夫人に恋をしていたということですか？」

「そういうことになると思う」私は言った。「夫人は私がこの世でただひとり、好意を抱いた女性だ」

「夫人もあなたの気持ちに気づいていましたか？」

「そんなわけないだろう」私は思わず声を荒げた。「彼女は高潔な淑女だ。私が思いを寄せているなど、夢にも思わなかっただろう。さもなくば、自宅に招き入れたりしなかったはずだ」

続く数秒のあいだ、バンディは私の横を黙って歩いていたが、やがて私の脇から腕を差し入れ、私の腕にそっと手を添えた。そして、小声だが真摯な口ぶりで、「心からお悔やみを申し上げます、ドクター。ひどい災難でしたね。いくら幸福な結末は望めなかったとしても、たとえ――、いえ、これは言っても仕方ないことでした、お詫びします。しかし、それでも、夫人のことは頭から追い払うべきです。彼女だって、あなたが不幸になることは望んでいないはずです」と言った。

「わかっているさ」私は答えた。「だが、この事件の解決は、彼女をいちばん大切に思っている私に委ねられている気がするんだ。彼女の死の謎を解明し、犯人が罰を受けるのを見届けるのが、自分の役目じゃないかって」

バンディは何も答えなかったが、私の腕に手を添えたまま隣を歩きながら、いつになく厳粛なムードを漂わせ、何やら考え込んでいるようだった。

桟橋のたもとに着くと、川辺には船員らしき男がひとりいるだけで、ほかには誰もいなかった。その男はこちらに背を向け、監視所の壁に貼られた張り紙を読みふけっている。男の背後を通り過ぎようとしたさい、張り紙の〝指名手配〟という文字が目に入ったので、男の肩越しに内容を読んでみると、〝鼻の左脇にほくろあり〟とあったので、例の、オパールのブローチを質入れした見知らぬ男のことだと見当がついた。バンディも走り読みしたのだろう、その場から離れながら、「指名手配をかけるのが遅すぎますよ。地元の人間じゃない限り、とっくの昔にどこかへ立ち去ったと思うけどな」と言ったが、それには私もまったく同感だった。

川辺をぐるりと見渡すと、ノア爺さんの小屋が目についた。戸口は閉まっているが、煙突から威勢よく煙が立ち昇っているところを見ると、料理に勤しんでいる最中なのだろう。バンディと私は、入り江が陸側に深く切り込んだ地点を通り過ぎ、工場脇のでこぼこ道に沿って、川の上流の方まで行ってみた。

「あれ、妙だな！」バンディが見張り小屋の方を振り返って、声を上げた。「あの男、まだ張り紙を読んでいるぞ。よほど読むのが遅いか、こっちが見落とした、飛びきり面白い情報が載っているかだな。もしかして、鼻にほくろのある人物に心当たりがあるのかも」

私も振り返り、その微動だにせぬ人影に目をやった。と、そのとき、新たに別の人物が現れた。我々と同じように男の背後に近づき、手配書を読もうとしている。

「あれ、コブルディック巡査部長のようですよ。自分の文学的成果をあがめに来たのかな？　虚栄心というやつですね。あれ！　何が起きたんだ？」

バンディが話しているうちに、張り紙を読んでいた男は立ち去ろうとしたのか、身体の向きを変え、ちょうど真後ろにいたコブルディックと顔を突き合わせた。とっさに両者は戸惑ったような動きを見せたが、次の瞬間、コブルディックが倒れ、もしくは殴り倒され、相手の男はその場から逃げ出した。どうやら、私たちの方へ向かってくるようだ。男の姿がいったん工場の陰に隠れ、見えなくなったところで、私たちはフェンス沿いの道路脇に移動し、干上がった排水溝のへりに立って、男を待ち伏せた。

「来ますよ」バンディの口調にかすかな緊張が走った。男の足音が、曲がりくねった細道をどんどん近づいてくる。男が出し抜けに姿をあらわした。無我夢中で走りながら、私たちの姿を目にするや、大きなナイフを取り出し、鬼気迫る態度でちらつかせながら、まっしぐらにこちらへ向かってくる。私は足を引っかけて転倒させようと機会を狙っていたが、男が間近に迫ったまさにその瞬間、バンディに思い切り引っ張られ、二人してバランスを崩し、用水路の底まで転がり落ちてしまった。どうにか体を起こした時にはすでに男の姿はなく、工場と石炭埠頭と防波堤に挟まれ、倉庫や廃品の山、遺棄されたボイラーや貨車などが雑然と散らばる荒地のどこかに逃げ去っていた。「まったくバンディ、なんてことをしてくれたんだ」ぼやく私の横で、バンディは体のふしぶしをそっと撫でている。「絶対に見失ってはいけなかったのに」

しかしバンディは涼しい顔で、焦った様子もない。ちょうどそのとき、小道の向こうからドタドタと走ってくる足音が次第に大きくなり、やがて、顔を紫色に染め、息をきらしたコブルディックが現れた。

「やつはどっちへ行った?」コブルディックがあえぎながら訊いた。

私は荒れ地を指し示しながら、男に逃げられた経緯を話した。それを聞くなり、コブルディックは足取りも重く走り出し、私たちもあとに続いた。だが、追跡には条件が悪すぎた。あたりには炭塵が積もり、貨車や起重機、不良品の機械類が放置され、低木の茂みも邪魔をした。行方をくらますチャンスにあふれており、じっさい、手がかりひとつ残さず男は姿を消していた。

しばらく走っているうちに波止場に行き着いた。帆船が一艘、停泊している。ほっそりとした小型の船で、白い船体と黒い甲板を備えていた。フォアマストに一枚の大きな帆を張り、船尾の突出部に〝アンナ号〟とある。出航準備は万端で、満潮を待っているらしく、甲板はきれいに片付いており、男がひとり、のんきそうに、目板で補強した船倉の出入り口にロープを巻きつけていた。さらに別の男が、甲板室の戸口から、相棒の作業を眺めている。その和やかな場面をぶち壊すように、コブルディックが「ここに男が走って来なかったか?」と、ロープを巻いている男に向かって、大声でがなり立てた。

船員はロープを手から離し、眠たげな声で「男が来なかったかって？」と反芻した。

「ああ。鼻にホクロ《モール》のある、船乗りの男だ」

すると船員は、目に見えて元気を取り戻した。「なんだって？」と訊き返す。

「鼻にホクロ《モール》のある船乗りだ」

「へえ《アッハ》！」船員が声を上げた。「そいつは、縛りつけてあるのかい？」

「なんだって！」コブルディックが、もどかしげに鼻を鳴らした。「もちろん違う。生まれつきのホクロだ」

そのとき、同僚から何か訊かれたらしく、その船員は相手の方を向き、「そう《ヤー》、マオルヴルフ（ドイツ語でモグラの意味）だとさ」と答えた。それを聞いたバンディが忍び笑いをもらした。

「違う、違う」私はたまらず割って入った。「そっちのモールじゃない（モールにはホクロとモグラの両方の意味がある）。イボみたいなやつだ。ホクロ《ダス・マル》だよ」

そのとき、もうひとりの船員がデッキの扉から出てきて、同僚とともに腹をかかえて笑い始めた。笑いすぎて、苦しそうに身をよじりながら、甲板の上を転がり回り、涙目をこすりつつ、モグラ、モグラ、と途切れ途切れに声を発している。しまいには、気のふれたハイエナのような金切り声でわめき始めた。

「それで」コブルディックが業を煮やして問い詰めた。「見かけたのかね？」

船員が首を振った。「いいや」震える声で答える。「誰も見ていないよ」

「だったら、なぜ最初にそう言わないんだ？」コブルディックが怒鳴りつけた。

「あんまり、びっくりしちまったものだから」船員は答え、同僚にちらりと目をやり、ふたたび、そろって大爆笑をはじめた。

コブルディックは、やれやれとあきれた顔をしながら背後を振り返り、途方にくれたように周囲一帯に視線をさまよわせた。

「この付近を捜索すべきだと思います。すでに逃げ去った恐れが大きいが」

コブルディックの指示で、私たちはそれぞれ散らばって、男が隠れていそうな場所の捜索に当たったが、予想通り、結果はむなしいものだった。一度だけ、かすかな希望が胸をよぎったのは、コブルディックが不意に腰をかがめ、草むらに埋もれた旧いボイラーにそっと忍び寄ったときだ。だが向かい側にニヤけた笑いを浮かべたバンディの顔が現れ、足音を忍ばせてコブルディックに歩み寄るのを見たとき、最後の希望はついえた。

「たしかに茂みの中で誰かが動くのを見た気がしたものだから」コブルディックが落胆したように言った。

「バンディも同じですよ。お互い、相手の姿を見たのでしょう」私が指摘した。

コブルディックはバンディに疑わしげなまなざしを向けたものの、何も言わなかった。それから、おざなりな捜査を再開したが、結局はあきらめ、三人で桟橋付近までのろのろと戻って行った。その頃には潮の流れが変化しており、川辺には、流れに乗って下ってゆく荷船の列を眺めている人々がいた。その中に、気難しげな顔をした、灰色の髪の男がひとり、見張り小屋に寄りかかり、物思いにふけるように煙草をふかしながら、川の方を見つめていた。その哲学者めいた男に、コブルディックは話しかけた。私服だったので「こんにちは、私は警官です」と名乗ってから、「この張り紙の人物を探しているのですが」と言って、壁の人相書きを指差した。

男の顔色がさっと青ざめた。コブルディックを胡散臭そうに見やり、パイプを口からとると、物々しく咳払いしたが、なんの言葉も返さない。

「船乗りです」コブルディックが続けた。「鼻の左脇にホクロがあります」男を探るように見つめると、相手はどうでもよさそうに「ほう」と答えた。

「この特徴を持つ男を見かけませんでしたか？」

「さあて」男はどちらとも取れる返事を返した。

「見たんですか？」コブルディックが詰め寄る。

「ああ」

「ひょっとして、この男がこの波止場に停留する船を持っているか、ご存知ないですか？」

「うむ」

「どの船か、わかりますか？」

「まあな」男は答え、重々しくうなずいた。

「できましたら」コブルディックが辛抱強く問いを重ねた。「どれがその男の船か、今その船がどこにあるか、教えていただけますか？」

老人はパイプを口に戻し、深々と吸い込みながら、瞑想にふけるように、一艘の船に目をやった。その船は補助モーターとでもいうべき潮流の力を借りて、帆を立てながら、颯爽と川を下ってゆくところだった。すでに私はその船を目でとらえ、水面下にのぞく白い船体と黒い上甲板、それにフォアマストの長い帆桁に視線を走らせた。

老人はようやくパイプを口から離すと、咳き込みながら、その帆船に向かっておごそかにうなずいた。

「あれだ」と言っただけでパイプを口に戻したのは、おそらく無駄なおしゃべりを防ぐためだろう。コブルディックは遠ざかる船を茫然と見送りながら、「無念だ」とつぶやいた。「あの男の顔を見ておけばよかった」

「シアネスで足止めできるんじゃありませんか？」私は提案した。

「ええ。ギャリソン・ポイント・フォートに電話で指示を送れます。でも、あれは外国船ですから厄介かもしれません。それに、乗船しているのは我々の追っている人物ではないかもしれない。しょせんはホクロの有無だけのことですから」

「マオルヴルフ」バンディがつぶやいた。

「そうです」コブルディックがかすかにニヤリとした。「あの二人組に完全にしてやられました。ですが、今となっては打つ手はありません」

私たちはしばらくその場に立ったまま、遠ざかる船が次々と帆を広げるのを眺めていたが、やがてバンディが口を開いた。「どうやら、ノア爺さんがあなたの気を引きたがっているようですよ」

彼の住まいの方へ目を向けると、ノア爺さんが船尾床板に腰掛け、錆びた長い鉄の鎖をこすっている。コブルディックと目が合うと、秘密めかして手招きしてきた。私たちはぬかるんだ草むらを横切り、踏み石が並ぶ細い舗道を歩いて、短い階段の下へと向かった。

「やあ、イスラエル」コブルディックは古いボートの舷縁に両手をかけ、内部を見渡した。「家伝の食器でも磨いているのかい？」

「食器じゃと！」老人は頓狂な声を上げ、手にした鎖を持ち上げて見せた。見れば、鎖には、いくつもの両向きフックがついている。

「食器なものか、これは探海鉤《たんかいこう》だ」

「探海鉤ですか」コブルディックは、改めて関心を示したように聞き返し、「なるほど、ふむ、探海鉤とはね。ところで、イスラエル。何か見せたいものでもあるのかね？」

　老人は探海鉤と磨き布――その組み合わせは、川底から何かを引き揚げようという、強い意欲を感じさせた――を下に置くと、箱舟のドアに向かいながら「中へ入ってくれ」と告げた。

　コブルディックがはしごを昇り出し、私についてくるよう合図をしたので従ったが、バンディだけはフラフラとその場を離れ、土手に坐り込んだ。船の中に入り、内部を見回すと、忠実に伝統的な建築様式にのっとった造りであることがわかった。古代の原型と同じく、〝内側も外側もアスファルトで塗られ（ノアの箱船の描写。『創世記』六章十四節より）〟、小窓がひとつと、はめ込み式のドアがあるだけで、室内は密閉されている。

　老人がうさんくさそうな目で私を見ているのに気づき、抜け目のないコブルディックは、あわてて私と老人を引き合わせた。

「こちらはドクター・ストレンジウェイズです、イスラエル。アンジェリーナ・フルード夫人の主治医で、事件のことはすべてご存知です。ドクター、こちらはミスター・イスラエル・バングズ。名の知れた港湾労働者でいらして、先祖代々、ロチェスターの河岸界隈を仕切っており、いわば長老的な立場にあられる方です」

　私がかしこまったお辞儀をすると、長老はその大げさな紹介を苦笑いで受け入れた。それから、油でべとついた保管庫の取っ手を引き上げ、言ってみれば地下へもぐり、再び浮上したときには、手に小さな靴を持っていた。

「これをどう思う?」バングズはコブルディックの鼻先に靴を突きつけた。コブルディックは何も言わず、私に視線を向けた。急速に、すでにおなじみとなった不快な感覚に襲われ、私はうなずくことしかできなかった。泥にまみれ、濡れそぼった、その哀れでちっぽけな遺物は、私が最後にそれを目にしたときに光景をたちまち、そして鮮やかに呼び起こした。あのときは、こざっぱりとした茶色いスカートのすその下から、恥ずかしそうに楚々とした姿をのぞかせていた。

「どこで見つけたんだ、イスラエル?」コブルディックが訊いた。

「そいつは」バングズは狡猾そうにニヤリと笑い、「内緒だ。発見場所は、あんたに関係あるまい。モノがあれば十分だろう」

「ふざけるな、イスラエル」コブルディックが怒鳴った。「見つけた場所がわからなければ、なんの役に立つというんだ! 犯罪の証拠品として扱う必要があるんだぞ」

「どうとでも好きに扱えばいいさ、そっちで面倒を見られる範囲でな」バングズは強情に言い張った。「だが、見つけたところまでは、わしの領分だ」

長々と言い合いが続いたが、コブルディックは粘り強く、礼儀を保ちつつも、態度は強硬だった。しまいにはバングズも折れた。

「わかったよ。サム・フーパーや他の連中に黙っていてくれるなら、教えてやろう。ブルー・ボア桟橋とガスハウス岬のあいだの入り江で、泥に埋まっているのを見つけたんだ」

コブルディックはその場所を書き留め、サム・フーパーを筆頭とする、川で捜索に勤しむ仲間たちには決して明かさないと約束し、バングズがそれ以外の情報を持っていないのを確認すると、腰を上げた。外のはしごへ向かいながら、私は、コブルディックがまるで感謝するようなまなざしを探海鉤に向けたのに気づいた。

「さてさて」我々が戻ると、バンディが話しかけてきた。「ノア爺さんから、どんな話を聞けました？　僕の古い友人、セム、ハム、ヤペテによろしく伝えてくれましたか？（セム、ハム、ヤペテはノアの息子たちの名前）」

「爺さんは、フルード夫人の靴の片方を見つけたんだ」コブルディックはポケットからそれを取り出し、バンディに見せた。彼は関心なさそうに、ちらりと目を向け、「フルード夫人の所持品と特徴が一致しているようですが、僕に言わせれば、こんな捜索を続けても無意味ですよ。すでにわかっていることの証明にしかならない。夫人が川で亡くなったのは間違いありません。問題は、なぜそうなったか、です。事故とは考えにくいし、そうなると、犯罪の可能性が高い。僕たちが知りたいのは、犯人が誰かってことです」

　コブルディックはポケットに靴をしまいながら、じれったそうな素振りを見せた。

「素人はいつだってそう考えます。常に捜査の段取りをひっくり返してしまう。〝誰が犯人か〟などという問いは、殺人が起きたと確定されるまで、提起できないんですよ。そして、遺体が発見されるまでは、殺人と断定することはできません。しかし、一方で、見つかった証拠品は、まだ調査を続けることを正当化してくれます。そして、どこを探せば遺体が見つかるか、ヒントを与えてくれる。じっさい、大きなヒントが得られました。つまり、遺体はさほど遠くにはあらず、下流より、上流にある可能性が高いということです」

「上流に流されるなんて、わけがわかりません」というバンディに対して、コブルディックは、「私にはわかりますし、それだけわかれば十分です」と言い返した。

日頃からあまりムキにならないバンディは、そこで議論を打ち切り、コブルディックが私にだけ何か打ち明けたいのではないかと察し、事務所の近くまで来ると、私たちを残して帰っていった。

「イスラエル爺さんの計画は悪くないかもしれませんね」バンディが去ると、コブルディックは言った。「つまり、探海鉤のことです」

「なんのために?」私は訊いた。

「探海鉤の用途はご存知でしょう。かつて、国税局が、密輸業者の酒樽が沈んでいると見定めた浅瀬を捜索するのに使っていました。密輸業者は、密輸した酒を自由に陸揚げすることはできませんから、闇夜を選び、酒を詰めた小さな樽をいかだ状に束ねて、仲間が別の夜に引き上げられるよう目印をつけた沿岸近辺に沈めていました。ですが、国税局はそうした場所をおおかた把握していましたから、ボートを出して、探海鉤で探っていたのです。当然、樽の沈んでいる場所をボートが通りかかれば、鉤に引っ掛かり、引き上げられるというしくみです」

「しかし、イスラエル氏の計画とは、どんなものでしょう?」

「つまりですな、とっくに見つかっているはずの遺体がまだ出てこないことで、彼は、遺体が沈んでいると考えたのでしょう。ボートで上流に運ばれ、重しをつけて沈められたのかもしれない。あるいは、海に落ちている錨や、係留索具に引っかかってしまった可能性もある。だから遺体は見つからず、様々な事情で遠くに流されてしまった。そこで爺さんは探海鉤の出番だと思いついたわけです。おそらく夜が更けてから、当たりをつけた場所へ出かけているのだと思います。だから、靴を見つけた場所についても、躍起になって秘密にしようとしたのです。遺体もどこかその辺りに沈んでいると踏んでいるのでしょう」

コブルディックの話す恐ろしい可能性に、私はなんの言葉も見いだせなかった。もちろん遺体の捜索は不可欠だ。遺体の発見がなければ、殺人犯の捜索もおぼつかないのだから。だが、それが避けられないと承知の上で、私は耳をふさぎたかった。

市役所まで来ると、足を止め、コブルディックに別れを告げようとした。するとコブルディックは少しばかり口ごもりながら、こう切り出した。「覚えていらっしゃいますか、ドクター、先週の土曜日に会ったとき、あなたはご友人とご一緒でしたね」

「覚えていますとも」

「では、もし失礼でなければ、そのご友人のお名前をうかがってもよろしいでしょうか。お顔に見覚えのある気がするのです」

「もちろん、かまいません。彼の名はソーンダイク、ジョン・ソーンダイク博士といいます」

「やっぱり！　そうではないかと思っていたのです。印象深い顔立ちをしておられますからな。前に一度、中央刑事裁判所《オールド・ベイリー》で、あの方が証言なさるのを聞いたことがあります。それは見事な証言でした。それ以来、ときどき博士の扱う事件記録に目を通しておりましてね。じつに驚嘆すべき方ですな。何もないところから証拠を取り出してみせる手法には、脱帽するしかありません。博士と、今回の事件について意見を交わされましたか？」

「いや、それが」私はやや言葉をにごしながら、「彼が訪れたのは、週末を私の元で過ごすためで――」と答えかけた。

「そうでしょう、そうでしょう」コブルディックは、私が最後まで答えなくても済むよう、それとなくさえぎった。「休息と気分転換のためにいらっしゃったのであれば、お仕事関係の話題で煩わされるのはご免でしょう。しかしそれでも、博士なら、この事件に興味を持つと思いますよ。まさに博士好みの事件です。奇妙な事件ですからね。ある意味、非常に奇妙な事件です」

「どのような意味で、奇妙だとおっしゃるんですか？」

今度はコブルディックが口ごもる番だった。明らかに、舌がすべりすぎたのだ。潮が引くように、撤退の構えを見せる。

「それは、考えてみればわかるでしょう――その――たとえば、夫人のお人柄について。いったい誰が、彼女のような女性を傷つけたがるでしょうか？　それから、犯行手口も犯行現場も謎のままですし――じっさい、不可解なことが山のようにある。おっと、こんな所で立ち話に付き合わせてはいけませんな。もし今度またソーンダイク博士に会う機会があったら、事件のことを話してみると良いかもしれません。きっと、興味を示すはずです。そしてもし博士が興味を持ち、ひょっとして、あなたが話せないような事件の詳細を知りたがったら、そのときは私を訪ねてください。博士に隠しごとをする気は一切ありません。私たちが見過ごしている重要な点にお気づきになるかもしれない」

私は、きっとそうしますと約束し、別れを告げると、家に向かってゆっくり歩き出した。道中、コブルディックと交わした会話について思い巡らせているうちに、二つの結論が見えてきた気がした。ひとつ目は、この事件の謎を解く手がかりの中で、まだ私が知らない証拠があるということ。これまで、この事件の主たる問題は、たんなる情報不足だと思っていた。しかし、コブルディックの話した内容や、何よりその態度から、彼は私より、この事件を深く見通していることが判明した。私より多くの証拠をつかんでいるか、経験で勝るがゆえに、同じ証拠から私より多くのことを読み取っているか、そのどちらかだろう。二つ目は、コブルディックがある程度、窮地に陥っているということだ。

収集した証拠について満足のゆく解釈ができていないことを、彼は自覚している。ソーンダイク博士の助言を得たがっている真剣な様子からも明らかだ。そして、そこから、さらなる疑問がわいてきた。ソーンダイクは、どの程度、事件の真相に近づいているのだろう？　コブルディックと同程度には見当がついているのか？　あるいは彼以上に知っているのか？　私が提供してきた乏しい情報から、何か示唆的な推論が導き出され、そこから私やコブルディックを凌駕する理解に達しているのだろうか？　それも十分ありうることだ。ソーンダイクの高い名声は、曖昧模糊とした手がかりから真実を推察し、建設的な論証を導き出す、たぐいまれなる能力に負っているのだから。私にとって、この事件の手がかりは、うんざりするほど曖昧に思える。だが、彼にとっては違うのかもしれない。そして、ふたたび私は思い出していた。どうやら、コブルディックもソーンダイクも、遺体の発見こそ真相解明への道だと考えているらしいことを。

第十二章　失踪者の手の指紋

これ以上フルード夫人の遺留品を捜索しても無意味だというバンディの意見に、私自身、心が傾いていた。フルード夫人の失踪は紛れもない事実であり、彼女が川に転落した、もしくは遺棄されたのは間違いないようだ。こうした事実に照らし合わせてみると、夫人の所持品や、遺体から離脱したと思われる遺留品をこれ以上回収したところで、謎の解明に役立つとは思えない。新たな手がかりへの希望は、何処《いずこ》に漂流しているにせよ、遺体の回収にかかっているのだ。ただ、誰の目にも明らかなのは、アンジェリーナ・フルードの失踪は確実に犯罪と結びついており、その首謀者と犯罪動機は謎に包まれているという事実だった。そして、いくら遺留品を集めても、その謎を解く助けにはならないのだ。

かくして私は、その後の捜索の様子を、いくぶん冷めた目で見守っていたのだが、逆にコブルディック巡査部長は熱心に注目し続け、ソーンダイクもまた同様だった。五月二十五日の月曜日、もう片方の靴が見つかった。発見者はフォウル・アンカー小路に住むサミュエル・フーパーで（イスラエル・バングズが地団太踏んで悔しがった）、満潮後まもなくガスハウス岬近くの船台の下で見つけ、喜び勇んで警察署に届け出たのだ。

それから長らく、バングズとフーパーのあいだで熾烈な競争が繰り広げられたが、運命の女神は、熟練のバングズに微笑んだ。六月二十日の土曜日、ガスハウス埠頭と橋の中間にある波止場にボートを止めようとしていたバングズは、銀の頭飾りのついたハット・ピンが、二本の杭のあいだに落ちているのを発見した。持ち主は歴然としていた。銀の装飾部分は巷《ちまた》にあふれる凡庸な職人が作った既製品ではなく、確かな腕を持つ金物細工師の手による作品で、製作者を除いて、この世で同じものを作れる者は、おそらく二人とおるまい。

ピンの発見は、人々の捜索意欲に拍車をかけた。ガスハウス岬と橋の間のぬかるんだ一帯は、男も女も、老いも若きも、捜索に押し寄せた人々で、文字通りごった返した。連日、満潮時を除く朝から晩まで、バングズは泥まみれの小さなボートをぬかるみに漕ぎ出し、水際に沿って泥の中を隈なく探り回り、縄張りに侵入する者がいると、殺気立った目で睨みつけて威嚇した。だが、何ひとつ見つからぬまま、一日、また一日と過ぎて行った。悪臭の漂う黒々としたぬかるみは、無数の足跡で引っ掻き回され、石ころという石ころは、無数の汚れた手によって選別された。捨てられた深鍋や、平鍋、箱、缶詰のたぐいは、繰り返し拾い上げられ、底の底まで探りを入れられた。だがその甲斐もなく、いかなるものも、何ひとつとして見つからなかったのである。やがて人々に失望の色が見え始めた。ある者は捜索を断念し、またある者は橋向こうまで場所を移して探し続けた。散歩道やクリケット場、造船所の敷地でも、泥の中を這いずり回る人々の姿を見かけたものだ。それでも、遺体が見つかる気配はみじんもなかった。

そのあいだも、私はプロの捜査官二人の動向に注目していたが、やがて彼らの事件に対する展望や捜査手法に、ある種の共通点を見出した。両者とも発見された遺留品に強い興味を示し、発見現場を独自に調査するほどだったのだ。コブルディックは私を各現場に案内し、妥当ではあれ、ぱっとしない見解を述べながら、発見時刻と場所の正確な記録をつけていた。そしてそれは、今や週末毎に訪れるようになったソーンダイクも同様だった。彼もまた、すべての発見現場に足を運び、その場所を参照番号とともに地図に書き込んだうえ、発見物の詳細な特徴と、発見された際の状態、潮の具合や時刻などを知りたがった。そして得た情報すべてを、適当な参照番号をつけて記録に残していた。

いまだ遺体が発見されないことに関しては、二人とも予想外の事態だと、納得しかねる様子で首をかしげた。コブルディックは困り果てた顔で、まるで不当な仕打ちを受けたかのように、不平まじりに心情を吐露した。

「由々しき事態ですよ、ドクター。三か月近く経ってなお――しかも季節は夏だというのに――遺体が見つからないとは。実に気に入らない展開です。私にとって、この事件は重大な意味を持つのです。千載一遇のチャンスと言っていい。刑事が本領を発揮できる事件だ。うまく片付けたあかつきには、またとない名誉になる。なんとしても有罪判決を勝ち取りたい。それなのに、今もって、検視審問に差し出す遺体すらないとは。私自身、川にもぐって捜索したい気分ですよ」

ソーンダイクも彼とほぼ見解を同じくしていた。七月初めの土曜日の午後、ストルード駅でソーンダイクを出迎え、二人でロチェスターへ向かって歩きながら、事件について意見を交わした。

「この事件の最大の難関は、遺体の身元確認になるはずです。もっとも、遺体が見つかればの話ですが。遺体がなくては、そもそも事件にもなりません。たんなる不測の失踪でしかない。だが、遺体が見つかっても、衣服などの外見的証拠しか判別手段がないとしたら、本人確認は相当厄介です。遺体が殺害時の状況に関する手がかりを提供してくれるのも確かですが」

「おそらく」私も意見を述べた。「警察はニコラス・フルードの行方を追っているはずです」

「それはどうでしょう」ソーンダイクは疑問を呈した。「殺人の証拠も揃わぬうちから、警察が犯人探しに労力を費やすとは思えません。だいいち、フルード氏を見つけたところで、できることは高が知れている。夫人はフルード氏に監禁されてもいないし、同居すらしていなかった。彼が過去に何をしたにせよ、妻死亡の証拠が欠如していることと、なんら関連性がありません」

「あなたは独自の調査を進めておられるのですね？」

「ええ。実は、フルード氏の足取りを追う手だてが皆無ではないのですが、それは後回しにします。いま答えを出すべきは、アンジェリーナ・フルード夫人の身に何が起きたのか、彼女は亡くなっているのか、そして、もし死亡しているなら死因は何か、どのような状況で命を落としたのか、といった疑問です。手元にある証拠は、彼女が死亡しており、しかも不当な手段で死に追いやられたという状況を示している。それが既知の事実から導き出せる推定ですが、我々はその推定を確信に変えなくてはならない。犯人探しに取りかかるのは、それが済んでからで十分です」

「すでに遺体は判別がつかなくなっていると思いますか？」

「これほど長期に渡り水に浸かっていたのですから、通常の意味では、当然、判別は難しくなっているでしょう。しかし、必要なデータが得られれば、科学的にはまだ十分に特定可能です。たとえば、ベルティヨン式人体測定法を利用すれば、確認できるかもしれない。その方法を用いれば、おそらく、顔立ちや身体的特徴が残らず消失したあとでも、判読可能な指紋を採取できるはずです」

「本当ですか？」私は驚いて尋ねた。

「もちろん。たとえ手の皮膚が丸ごと、手袋みたいに剝がれ落ちたとしても——長らく水没していた遺体によく見られる現象ですが——適切に扱えば、例えば希釈したホルマリンなどを使うことで、その手袋状の皮膚から極めて明瞭な指紋が採れます。それに、外皮の剝がれた指からでも、同様の方法で指紋の採取が可能です。真皮には指紋構造を形成する皮膚小稜があることはご存知ですね。外側の皮膚はそれを覆っているにすぎません。しかし残念ながら、そうした問いは単なる学問的関心でしかない。遺体確認に使用可能なフルード夫人本人の指紋がありませんので。よって、私たちに利用できそうな科学的身元確認の手段は、ベルティヨンが採用した人体測定以外にないというわけです」

「しかし」私は疑問を口にした。「ベルティヨン式人体測定法は、同定対象である本人の測定記録が元になるはずです。我々には夫人の測定記録がありません」

「たしかに」ソーンダイクはいったん認めたが、「でも、思い出してください。ベルティヨンは自分の方法を逮捕された容疑者のみならず、警察が入手した持ち主不明の衣服や帽子、手袋や靴などにも適用していました。そうした衣服が計測記録の一覧と比較可能なら、遺体の身元確認の際の比較基準として利用できます。むろん、衣服と遺体の測定は、人体測定に精通している専門家が行使する必要がありますが」

「ええ。それは期待できそうですね。コブルディック巡査部長に話してみます。夫人の所持品と特定された靴もあるし、ギローさんから夫人の衣服も入手できるはずです」

「ええ。それから、ギローさんといえば、もう一点、お尋ねしたいことがありました。フルード夫人が失踪したさい、ギローさんはあなたに、何か恐ろしいことが起こるような不吉な予感がしていたと話したそうですね。それには何か根拠があったに違いありません」

「ギローさんは、ただなんとなく、漠然とそんな気がしただけだと言っていましたが」

「それでも、何かきっかけがあって、そんな気持ちを抱いたに違いない。もう少し突っ込んで話を訊くべきだと思いませんか?」

「そうかもしれません」同意したものの、あまり気は進まなかった。「彼女の家はすぐ近くです。お望みなら、寄って行きますか」

「手がかりは、ことごとく当たっておくべきです」ソーンダイクは弁明するように言った。一、二分後には、ジャップの事務所の向かいまで来ていた。ソーンダイクは二つの屋敷にじっと視線を注ぎながら、「今日は、我らが友人のバンディ君が、窓からのぞいていないようですね」と言った。

「ええ。ヴァインズあたりでテニスをしているはずです。でも、ちょうどギローさんが出てきましたよ。正装しているところを見ると、外出するところのようだ」

私たちは通りを横切って、玄関前にいるギロー夫人に近づいた。我々の姿に気づくと、ギロー夫人は扉を開きかけのまま、足を止めた。私は階段を駆け上がり、「こんにちは」と挨拶を口にしつつ、少しばかり質問に応じてもらう時間はありますか、と尋ねた。

「ええ、かまいません」ギロー夫人は応じた。「でも、あまり長い時間はご容赦ください。フリンズベリーに住む妹のところでお茶をいただく約束がありまして。土曜日の恒例ですの。よろしければ、フルード夫人のお部屋で話しましょうか」

ギロー夫人は居間のドアを開け、三人で中に入ると、腰を下ろした。

「この不可解な事件のことで、友人のソーンダイクに相談しているのですが」私は切り出した。「ソーンダイクは弁護士でして、あなたが事件の解決に何か手がかりを与えてくれるかもしれないと考えています。事件直後、あなたは、何か最悪の事態が起きる予感がしていたとおっしゃっていましたね」

「ええ」ギロー夫人は沈んだ声で答えた。「でもそれは、お気の毒なフルード夫人が、常に不安そうな顔をして、ふさぎ込んでいたからですわ。もちろん、彼女の堕落した夫のことも存じておりましたし。ただ、それだけです。コブルディック巡査部長にも同じ質問をされましたが、何もお答えできませんでした」

「巡査部長はこの部屋を捜索しましたか？」

「ええ。お部屋を見て、書簡机も調べて行かれました。鍵はかかっておりませんでしたので、蓋を開け、中にあった数通の手紙に目を通されましたが、そのまま置いていかれました。持ち出されたのは、くずかごから拾い上げた、反故にされた数通の手紙だけです」

「もし、その手紙がまだ書簡机にあるなら、私たちも調べてみた方がよさそうだ。もしあなたのお許しをいただけるなら」

「反対する理由はありませんわ。私自身は、夫人がいなくなってから、お部屋の物には何ひとつ手を触れておりません．その方が良いと思ったもので。飲み終えたティーカップすら洗っておりません。夫人が去ったときのままにしてあります。でも、もし手紙をお読みになるなら、私は失礼させて頂いてもよろしゅうございますか。妹を待たせておりますので」

「もちろんです、ギローさん。お引き止めはいたしません。ああ、それから」私は彼女を伴って戸口へ向かいながら、付け加えた。「私がここへ友人と訪れたことは内緒にしておきたいのですが」

「結構です」ギロー夫人は答えた。「その方がよろしいと思います。言葉が少なければ、災いも少ないと申しますもの」そんな深遠な文句を言い残して、ギロー夫人は屋敷を後にし、私は玄関の扉を閉めた。

居間に戻ると、ソーンダイクがお茶の食器、とりわけスプーンを熱心に調べている最中だった。私はそそくさと書簡机へ向かい、鍵が開いているのを確認すると、蓋を開け、内側をのぞきこんだ。便箋と封筒の束が整然と積み重ねられ、書簡が一、二通あるのを目に留め、手に取った。どちらも差出人は同一人物で、以前にも話に出ていたミス・カンバースからだ。内容をざっと見た限り、情報源としてはなんの価値もなさそうだった。ソーンダイクに手渡すと——すでにスプーンを元の位置に戻し、室内の調査に取りかかっていた——すばやく目を走らせ、私に返してよこした。

「重要な点は見当たらない。おそらく、くず箱に捨てられていた手紙の方が、見どころのある内容だったのでしょう。だが、それも疑わしい。コブルディック巡査部長も、我々と同じくらい五里霧中のようですから。帰る前に、寝室も見ておきましょうか」

私には寝室まで調べる理由などないように思えたが、最善策をご存じであろうソーンダイクの提案なので、反対はしなかった。廊下へ出ると、誰もいない寝室へ足を踏み入れた。ドアは施錠されていたが、鍵が差しっぱなしになっている。

ソーンダイクは三十秒ほど戸口にたたずんだまま、居間を調べたときと同様、奇妙な、そして探るようなまなざしで室内を眺め渡した。まるで、心の中で想像図を描こうとしているかのようだ。私の方は、ベルティヨン方式のことで頭が一杯だったこともあり、利用可能な衣服を調べようと、衣装簞笥に歩み寄った。簞笥の柄に手をかけたとき、化粧台に置かれたふたつの物が私の視線をとらえた。空のグラスと半分水の入った小さな水差しだ。それ自体は珍しいものではなかったが、私の立っている位置からも、その両方に複数の指紋がついているのが認められた。滑らかなガラスの表面上で、はっとするほど目立っている。

「驚いたな！」思わず大声で言った。「まさに、あなたが求めていたものがありますよ。なんだかわかりますか？」

聞くまでもなかった。ソーンダイクはすでにポケットから手袋を取り出し、はめかけている。

「触らないでください、ストレンジウェイズさん」近寄って観察しようとする私を、ソーンダイクが制した。「もしそれがフルード夫人の指紋なら、計り知れない価値を持ちます。我々の指紋をつけて、混乱を招きたくない」

「夫人の指紋に決まっていますよ」

「コブルディック巡査部長の指紋ということも考えられます。彼もこの部屋に入室していますので」

ソーンダイクはテーブルに椅子を引き寄せ、ポケットからルーペを出すと、プロらしい手際で調査を開始した。

「驚くほど状態のいい指紋です」そう見解を述べる。「しかも十指すべてそろっている。誰の指紋にせよ、その人物は右手で水差しを持ち、左手でグラスを持ったようです。そして、どうやらコブルディックのものではなさそうですね。小さすぎるし、繊細な線がくっきり残っている」

「ええ、確率的に考えても、巡査部長のものじゃありませんよ。ほんの数分、この部屋にいるあいだに、水を飲みたくなるはずがない。水差しの中身がビールならまだしも。フルード夫人が着替えの最中もしくは外出前に、水を飲みたくなったと考える方が自然です」

「そうですね、その確率が高い。ですが我々としては、それを確信に変える必要があります。確率が高いだけでは不十分だ。それより、目下の問題は、この指紋の取り扱いについてです。小型カメラを持参していますが、ここで撮影するのは勝手がよくないし、時間もかかる。かといって、不用意に梱包したら、指紋を台無しにしかねない。小さな箱がふたつ必要ですね」

「その辺りを探れば、ちょうどいい箱が見つかるかもしれません」

「そうですね」ソーンダイクはうなずいて、「探してみましょう。それから、我々の参照用に、指紋を目立たせておこうと思います。これらが本当に夫人の指紋か検証するために、他の指紋を探さねばなりませんので」

そう言ってソーンダイクは居間に引き返した。そこに彼が常に持ち歩いているふたつのスーツケースがある。うちひとつは、身の回りの品が入った小さなスーツケースだが、もうひとつの同サイズで緑のキャンバス生地製のスーツケースの中身は、私にとって大いなる謎だった。いまだ、開いたところを見たことがなく、折に触れ、何が入っているのだろうと想像を巡らせていたのだ。そして、ついに私の好奇心が満たされるときが来た。スーツケースを手に寝室に戻ってきたソーンダイクが、説明してくれたからだ。「これは私が調査用ケースと呼んでいるものです。中には、法医学的調査に使う、ありとあらゆる原材料や道具が入っていて、旅先には常に持参することにしています」

ソーンダイクはその調査用ケースを椅子の上に置き、蓋をあけた。のぞきこむと、中には小型顕微鏡や小さな折りたたみ式カメラ、粉を散布するための噴霧器など、あらゆる類いの器具が揃っており、まるで携帯式の研究室だった。そこから噴霧器を取り出すと、ソーンダイクは手袋をはめた手でグラスをマントルピースの端に置き、微細な白い粉をまんべんなく噴射したところ、グラスの表面は真白く覆われた。次に、鉛筆でグラスを一、二度そっと叩き、余分な粉をはたき落とした。最後に軽く息を吹き付け、残りの粉を飛ばすと、透明なグラスの上に、まるで亜鉛華（白色の水彩画顔料）で描いたように、指紋が白く、くっきりと浮かび上がった。

続いて彼が水差し――まずは中身を器にこぼしてから――にも同じ作業を施しているあいだ、私は拡大レンズを借りて、グラスの指紋を調べてみた。驚くほど明瞭ではっきりしている。レンズを通してみると、複雑な指紋の畝《うね》ばかりか、ちいさな丸い毛穴まで見て取れた。そのとき初めて、その希少な形跡が、身元確認の完璧な手段になり得ることを強く実感した。

「さて」水差しの指紋確認を終えるとソーンダイクは言った。「問題はふたつあります。確認用の指紋をどこで探すか、そして、グラスと水差しを入れる箱をどこで調達するか。フルード夫人は台所を使っていたそうですね？」

「ええ。でも、この部屋の家具から試したらどうですか？　たとえば、衣装ダンスの取っ手とか。つやつやした黒っぽいマホガニーだから、きれいな指紋が採取できそうですよ」

「いい考えです、ストレンジウェイズさん。ただし、コブルディックの指紋も見つかりそうですね。彼も衣装ダンスを開けたでしょうから」

ソーンダイクが箪笥の三つの取っ手に粉を吹きかけ、余分な粉を吹き払うと、それぞれの端の部分にいくつもの指紋が現れた。そのほとんどが不明瞭で、グラスの指紋ほどクリアな形状は見当たらない。

「思った通りだ」ソーンダイクは言った。「状態は良くないが、二組の指紋がついているのは容易に判別できる。一組の指紋は、もう片方よりかなり大きめで、グラスの指紋と異なるのは明らかです。一方で、小さい方の指紋は、ぼやけてはいますが、グラスのものと酷似している。大きい方がコブルディックのもので、小さい方が夫人のものである可能性が高いですね。ですが、何事も鵜呑みにするのは危険です。台所を調べましょう。より確実な証拠が見つかるかもしれない」

地下へ降りる階段のドアは、ギロー夫人の言葉通り、施錠されていなかった。ドアを開け、私は噴霧器を、ソーンダイクは手袋をはめた手で水差しとグラスを持ち、二人で階段を下りて行った。ソーンダイクは手にした二つの品物を台所のテーブルに置くと、まず入口のドアに、続いて隣の建物とつながっている渡り廊下へ出るドアに粉を噴射した。深緑色をした両扉からは、明らかに指紋とわかる跡が浮き上がった。紋様のはっきりしない、楕円形の汚れのような形跡だったが、大きさや全体的な形から、それらが先ほど採取した小さめの指紋に類似しているのは明白だった。だがそれ以上に決定的な確証を提供してくれたのは、ガスストーブ上に放置された小さなアルミ製のフライパンだった。取っ手の部分に粉を吹きかけたところ、驚くほど完全な親指の指紋が浮かび上がり、水差しの指紋と合致したのだ。

「これで片がつくと思います。もしギローさんがこの部屋の物に触れていないなら――そう本人が明言していましたので――、これらはフルード夫人の指紋とみなして差し支えないでしょう」

「フライパンを証拠として提出するおつもりですか?」

「いいえ。この検証作業はあくまで我々の参照用です。コブルディック巡査部長の指紋を、誤って遺体確認に使うような失態を避けるためのね。それから、当面、我々が指紋の情報を握っていることは、誰にも言わない方がいい。時が来れば、この証拠の意味も明らかになるでしょう。それまでは他言無用です」

ふたたび私は、ソーンダイクの不要とも思える秘密主義にいささか面食らったものの、彼は最善の方法を知っているのだからと自分を納得させ、口出しはしなかった。そして、その後の捜索ぶりを呆気にとられつつも興味深く見守った。彼の捜索ぶりはまさに徹底していた。猫のように素早くしなやかな動作で歩き回り、どんな些細な物でも、傍《はた》から見ると異常なほど熱心に調べている。調理器具に加え、ガラス食器や陶磁器まで丹念に確認する余念のなさだった。食器棚をのぞきこみ、とりわけ、予備の食器がしまわれた広く深い戸棚は、イエール錠がかけてある不審さも手伝って、調査はことさら念入りになった。ほぼ空っぽのゴミ箱を探ったところ、たまたまボール紙の箱がふたつ見つかった。もとは食材を入れていた箱のようだ。最後に、不快な臭いの漂う食品貯蔵庫に足を踏み入れた。

「ゴミ収集人は、勝手口から出入りしているのだと思うが、実際、どうなのかご存知ですか?」

「知りません」私は内心、ゴミ収集人がどんな関わりがあるのかと怪訝に思いつつ、答えた。「廊下に続く通用口のドアは使用されていなかったと思いますが」

「しかし、まさかフルード夫人がゴミ箱を抱えて階段を上がり、正面ドアの外に置いたはずもあるまい」ソーンダイクが疑問をつぶやいた。

「そうですね」私は言った。「廊下を調べてみればわかるかもしれません」

ソーンダイクは私の提案を受け入れ、科って口のドアを開け――そこにもイエール錠が下りていた――隣の建物とのあいだをつなぐ渡り廊下へ出てみた。外の通りへ出るドアは内側からボルトで留めてあるが、そっと動かしてみたところ、滑らかに動かせるとわかり、結局、収集人が出入りしていたかどうかはわからず仕舞いだった。おそらく、こぼれたゴミや収集人の足跡を探しているのだろう、ソーンダイクが硬い砂礫でできた廊下に目を凝らしていたが、ドアに使用された形跡はあるものの、廊下を通って外へ出た跡は見つからず、ゴミ収集人の存在を示す証拠もなかった。

「ジャップさんはイエール錠が好みとみえる」ソーンダイクは、隣の通用口のドアを指し示した。そこにもイエール錠がついている。「彼はどこにゴミ箱を置いているのかな」

「本人に訊いてみましょうか?」私はソーンダイクの突飛な調査ぶりに、ますます面食らいながら尋ねた。

「いや、結構」ソーンダイクは即答した。「質問というものは、往々にして情報を引き出すより、与えてしまうものですから」

「私の場合、その可能性が高そうです」笑みを浮かべてそう言うと、ソーンダイクは軽く笑い声をあげた。二人で台所へ引き返し、私はふたつの箱と噴霧器を回収して寝室へ向かい、ソーンダイクは水差しとグラスを持って後に続いた。それからふたつの貴重な証拠品を、指紋が周囲と接触しないよう箱詰めするという、最も重要な作業に取りかかったが、ソーンダイクの無尽蔵の調査用ケースから調達した粘土のボールをいくつも詰めることで、うまい具合に梱包できた。

「いささか期待はずれでした」ソーンダイクはブラシに目を落としたまま、手袋をはずした。「有用な毛髪のサンプルを取れると思ったのですが。夫人の潔癖なまでの綺麗好きが仇《あだ》となりました。取れたのは短毛が一、二本と、長い毛が一本だけ。そうは言っても、保管しておくに越したことはない。裸眼で見比べても用は為さないが、顕微鏡で調べれば、たった一本でも色彩調整に利用できる」

ソーンダイクはブラシを剝き取り最後の一本まで毛髪を回収し、続いて櫛からも数本の毛髪を採取すると、すべて紙の上に並べた。二インチから四インチの短めの毛髪が六本と、長い毛髪が一本、それで全部だった。毛根のついたものは見当たらず、どれも切れ落ちた髪の毛だと思われた。

「女性の多くは、抜け毛を入れる袋を持っているようですが」調査用ケースから取り出した種保存用封筒に毛髪を入れながら、ソーンダイクが口を開いた。「あなたの話では、夫人は豊かな髪に恵まれていたようなので、その必要もなかったでしょう。それらしき袋も見当たりませんしね。さて、そろそろ切り上げましょうか。まずまずの収穫を得られました」

「完璧な指紋がひと揃い見つかりましたしね」私も合わせた。「でも、果たして指紋を使う機会があるかどうか。もしその機会が得られなければ、他の手がかりを探さねばなりません。もちろん、毛髪がありますが」

「ええ」ソーンダイクも同意した。「毛髪の存在は非常に重要です。それに、おそらくほかにもまだ利用できるものが――それも、時が来ればわかることです」

その謎めいた言葉を最後に、ソーンダイクは慎重な手つきでふたつの箱をスーツケースに移し始めた。移動中に動かないよう、箱の周囲に寝間着を詰め込んでいる。

帰り道、私はソーンダイクの最後のセリフを思い返してみた。まるで、私にとっては完結しているフルード夫人の事件が、彼にとってはまだ完結していないように聞こえた。私自身は、この事件に一筋の光明すら見出せずにいる。夫人は痕跡ひとつ残さず、手がかりひとつ残さず、煙のように消え失せてしまったというのが私の印象だった。河岸に流れ着いた遺留品があるにせよ、謎の解明にはなんの役にも立っていない。だが、そこには私が見逃している何か重要な証拠が隠されているのだろうか？　私が読み解けずにいる秘密のメッセージが隠されているとか？　そういえば、コブルディックもあまり多くを語ろうとしなかった。もしかしたら、彼も何か秘密の情報や、独自の推論を隠し持っているのだろうか。そしていま、ソーンダイクの謎めいたセリフを聞いて、私は同じ疑念を抱いた。ことによると、混迷を極めているのは私だけで、それは犯罪捜査に対する私の経験の浅さを物語っており、熟練捜査官の二人には問題の本質がはっきりと見えているのだろうか？　その可能性は多分にある。私は遠回しに、ソーンダイクに探りを入れてみることにした。

「先ほどのあなたの口ぶりでは、フルード夫人失踪の謎を解明するのに役立つ、なんらかの情報が見つかったような感じでしたね。でも、私は何も気づきませんでした。あなたは何かに気づいたのですか？」

「その問いは〝気づく〟という言葉の意味にもよります」ソーンダイクは答えた。「仮に二人の人物、一人は文字が読め、もう一人は読めない人がいたとして、二人で書物を開き、同じページを見た場合、両者とも印刷された文字に〝気づいた〟と言えるでしょう。言い換えれば、二人の視覚に網膜像が生じ、文字が光学特性を備えた、目に見える事物として意識されたということです。文字の読めない人の場合、光学特性を知覚する以外、なんの効果も受けません。しかし、文字が読める人の場合、すでに意識の中に何かを感じ取り、それがいわば、光学特性と結びついて、印刷された文字の第二の特性に気づかせるのです。両者とも本のページから視覚的印象を受け取りますが、ひとりは物理的印象と呼べるものしか受け取っていません。さて、二人ともそのページに気づいていると言えるでしょうか？」

「おっしゃる意味はわかります」私は苦笑いを浮かべた。「そして私の質問は、巧みに言い逃れできる要素があったことにも気づきました」

ソーンダイクは私の返答に笑って応じ、「あなたの質問は遠回しすぎるのです。もっと直接的な形で訊いてもらえませんか」

「私が訊きたかった質問は、こんなことを尋ねる権利はないのかもしれませんが、あなたにはフルード夫人の事件を解決する見通しがついているのですか、というものです」

「その問いの答えは、私の捜査を見ていれば、おのずと出るはずです」ソーンダイクは答えた。「すでにお気づきのとおり、私は多くを語るタイプの人間ではありません。でも、これだけは言っておきます。この事件に関しては、これまで相当な労力を費やしてきましたし、今後もさらに骨を折る覚悟はできています。そして私は常に、解決不能な事件には無駄に首を突っ込まないようにしています。これ以上、言う気はありませんが、もう一度、本の例を引いて言うと、私が知る情報はすべて、あなたが知らせてくれた内容と、あなたと一緒に捜索した結果によるもので、私たち両者が目にした手がかりに基づくものです」

漠然とした回答ではあったが、少なくとも私の質問には答えていたし、これ以上、口の重い友人から情報を引き出すことは望めないだろう。それでも一応、質問してみた。

「フルード氏のことですが、彼の行方をつきとめる希望はあるとおっしゃっていましたね」

「ええ。すでに捜索を開始しています。彼がフルード夫人失踪の前日にブライトンへ向けて旅立った事実はつかんでいます。だがブライトン駅に降り立ってはいない。今わかるのはそれだけです。ブライトン行きの列車に乗り込むところを目撃されていますが、ブライトンの改札は出なかった——我が情報提供者は、改札を通る乗客全員に目を配っていました。そして、旅の表向きの目的地には現れなかったのです。つまり、途中駅で下車したに違いありません。その行方を追うのは容易ではないでしょうが、最終的に突き止める望みを失ってはいません。事件当日のフルード氏の行動は、なんとしてもはっきりさせなくては。現時点で最も疑わしい容疑者は彼ですからね。だがもし、フルード氏のアリバイが成立したら、捜査の方向性を転換せねばなりません」

そんな会話を交わしているうちに、家にたどりついた。夕食の時刻に間に合ったため、ダンク夫人の気を揉ませずにすんだ。すでに日も傾いており、写真の現像作業は翌日に持ち越すことにした。当初ソーンダイクは、設備の整った自宅の研究室で現像を行うつもりでいたが、私が居合わせた方が、必要に応じて、その信憑性について付言できると気づき、思い直したのだ。かくして、翌朝、私たちは細心の注意を払って水差しとグラスを箱から出し、テーブルの端に設置した。暗幕には私の黒いコートを代用した。ソーンダイクは小さな折り畳み式カメラ――相当な長さまで引き延ばすことができた――を取り出し、短い焦点距離用の対物レンズをセットして、撮影を行った。そして、例のスーツケースから取り出した小型ランプで赤い照明を当てながら、薄暗い戸棚の中で現像した。感光基板が乾いたあと、拡大鏡で確認したところ、微細な部分まで鮮明に撮影できていることがわかった。最後に、ソーンダイクの提案で、それぞれの板の隅に自分のイニシャルを刻みつけた。

「さて」作業が済むと私は言った。「これで望んでいた証拠は手に入りましたね。しかも完璧な状態の。利用機会があるかどうかは、まだ未知数ですが」

「そう悲観することはありませんよ、ストレンジウェイズさん」ソーンダイクは言った。「こんな非の打ちどころのない指紋がひと揃い得られるとは、最高に運がいい。この贈り物を最後に、運命の女神がお見捨てにならぬよう、祈ろうじゃありませんか」

「水差しとグラスはどうします？　元の場所に戻しにいきますか？」

「ひとまず手元に置いておきましょう」ソーンダイクは答えた。「この屋敷内に、人目を避けてしまっておくことができて、必要な際に取り出せる金庫、もしくは施錠できる戸棚があれば、保管をお願いできますか？」

ちょうど寝室の古い箪笥に、頑丈な鍵のついた戸棚があったので、私はその二つをしまって鍵をかけた。こうしてフルード夫人の住まいの捜索をめぐる出来事は――ひとまずのあいだは――締めくくられた。

第十三章　ブラック・ボーイ小道での発見

夫人の部屋を捜索してから十日ほど過ぎた、ある晴れた日の昼下がり（正確には七月十四日、火曜日）、私は昼食の皿が下げられて間もない食堂で、のんびり新聞に目を通しながら、散歩にでも行こうかと考えていたところ、玄関のベルが鳴った。しばしの間をおいてドアが開き、次いで言い争うような声が聞こえてきたことから、訪問者はバンディだと見当がついた。彼とダンク夫人のあいだには慢性的な戦闘状態が続いているのだ。ほどなく食堂のドアが開き――そのさいダンク夫人が最後に漏らした戦闘的な唸り声を聞き逃さなかったが――夫人が「バンディさんです」と、つっけんどんに告げた。

にこやかな笑みをたたえ、軽快な足取りで敷居をまたいだ我が訪問者は、いつぞや宿敵ダンク夫人が「歯並びとめがねだけで出来上がった」と表したとおりの顔をして、ときたまベロア帽の代わりにかぶるパナマ帽を手にしていた。

「やあ、ジョン。どこかへ遊びにいかないか？」少し前からバンディは、私のことをジョンと呼ぶようになっていた。じっさい私たちのあいだには、非常に親密で温かな友情が芽生えており、そのきっかけは、少し前に私が、亡きフルード夫人に対する報われない恋心を打ち明けて以来だった。その一件をバンディはいたく光栄に思ったらしく、さらに事態の深刻さが、彼の優しい心根に響き、同情を掻き立てられたようだ。以来、私に対する態度ががらりと変わった。普段の気さくな言動の影に、思いやりや同情心、愛情らしきものさえ垣間見え、私としても気づかぬ振りはできなかった。ソーンダイクも指摘していたとおり、バンディの朗らかな気質や、常に変わらぬ陽気で快活なふるまいの中には、人の気持ちに寄り添うあたたかみが宿っており、それが目下の私の精神状態に効果を及ぼしたのだ。しかも、これは前々から気づいていたことだが、バンディは見た目の軽薄さとは裏腹に、優れて高い知性と、強靭な精神力をそなえた若者だった。かくして、我々の友情も自然の成り行きで深まっていったというわけだ。

私は腰を上げ、新聞を置くと、大きく伸びをした。

「とんだ怠け者さんだなあ。仕事をしなくていいのかい？」

「雑務が少しあるだけなんです。ジャップさんが片付けてくれますよ。さあ、どこかへ出かけましょう」

「まったく、ジミー」と、言いかけてから「下の名はジミーだったね？」と確認した。

「いいえ、違います」バンディが胸を張って答えた。「ピーターと呼んでください——ルムティフー司教と同名ですが、偶然にも、同じ理由でそう呼ばれております」

「へえ、そうなんだ」私はたちまち彼のペースに乗せられて、「どんな理由だい？」と訊いた。

「それは」バンディはもったいぶった口ぶりで答える。「ピーターというのが、名前だからです」

「いいかね、バンディくん」私は言った。「わざわざここまで大人をからかいに来たのなら、痛い目に合うぞ」

「ちょっとした冗談ですよ。それにドクターだって、まだ若輩の域を出ないじゃありませんか。青二オといってもいいくらいだ。ねえ、一緒に出かけませんか？　ついさっき、ブルー・ボア小道で、コブルディック巡査部長を見かけましたよ。雨に濡れた猫みたいに、しょぼくれていましたっけ」

「何があったんだろう？」

「遺留品の捜索が挫折したからだと思います。なんの進展もないんですよ。おそらく彼は、この事件で警部補昇進を狙っているんじゃないですか。もし結果を出せなければ、厳しく譴責《けんせき》されるのでしょう。ノア爺さんの話を聞きに行ったんじゃないかな。私たちも、アララト山（ノアの方舟が発見された山）まで散歩してみませんか？」

バンディの巧みな誘い文句に、私はすんなり応じる気になった。ノア爺さんの捜索活動には胸がむかつくが、我が家の戸棚に保管された指紋の存在のせいで、私の胸には、捜査の第一段階が終結を迎えるのをこの目で確かめたいという、新たな欲求が生まれていた。そうなれば、いよいよ警察も、本腰を入れて犯人探しに乗り出すだろう。私が同席したところで役には立つまいが、新情報はなんとしても耳に入れておきたい。

バンディの推測は見事に的中した。ブルー・ボア桟橋に着くと、ちょうどコブルディックが緩慢な動作ではしごを降り、それをイスラエル・バングズが陰気な顔で見送っているところだった。地面に降り立つと、コブルディックはこちらに向き直り、我々の姿を認めた。

「何かわかりましたか、巡査部長？」芝を踏んで近づいてくるコブルディックに問いかけた。

コブルディックは気落ちした様子で「いいえ」とかぶりを振った。「まったく。痕跡すら見つかっていません。何がどうなっているやら、さっぱりわからない。不可解としかいいようのない事件です。ハット・ピンの発見までは、順調に解決へと向かっているように見えました。しかし、その後は、すべてが行き詰まってしまった。丸ひと月のあいだ、手がかりひとつ見つからないし、そもそも遺体はどこへ行ったのか。いくら考えても答えは出ません。これ以上、捜索を長引かせても、何も見つからないでしょう。そして私たちはおしまいです。この事件はあきらめるしかない」

コブルディックは帽子を取り（いつものように私服だった）、額の汗をぬぐいつつ、うつろな眼差しをまず私に向け、次いでバンディに向けた。バンディもまた帽子をぬぎ、ごそごそとハンカチを取り出したが、一緒に小さな双眼鏡もポケットから飛び出し、地面に落ちた。すかさずコブルディックが拾い上げ、「ずいぶん小さい型ですな」と言いながら、ハンカチで拭き取った。「落ちたのが芝の上で幸いでした」コブルディックは帽子をかぶり直すと、双眼鏡を目に当て、川の方を適当に眺め渡した。それから私に手渡し、「見てごらんなさい、造船所の下流あたりに船が何艘も出ている」と告げた。

私は双眼鏡を受け取ると、言われるままに、縦帆船のささやかな一群に向けてみた。小型のわりに、驚くほど細部までくっきり見える。

「あの船は何をしているんですか？　牡蠣漁ですか」

「いや。底引き網で海老を捕っているんですよ。もっと下流や入り江の辺りまで行けば、牡蠣漁の船もたくさん見られますがね。解せないのは、なぜ、ああした漁船の網に何も引っかからないのかってことです。我々の捜索しているものが、という意味ですが」

「何を期待しているんですか？」バンディが訊く。

「そりゃあ、これまでにいくつも遺留品が川岸に流れ着いていますから、まだ流れ着いていないものがあるはずです。それに、遺体も」

「もし何かが網にかかっていれば、ノア爺さんが必ず報告したでしょうしね。ところで、あなたになんの用があったんですか？」

「バングズか？　なに、少しばかりへそを曲げていてね。捜索に従事した報酬を要求してきたんだが、もちろん払えるわけがない。別に雇っているわけじゃないんだから」

「先ほどおっしゃっていたハット・ピンも、ノア爺さんが見つけたんですか？」

「ええ。以来、その付近をあさりまくっています。まるで、そこからハット・ピンが生えてくると思っているみたいに」

「でも、そう道理を欠いてもいないでしょう。ハット・ピンは川を流れてきたわけじゃない。ひとつそこに落ちていたなら、他のピンも、同時刻に同じ場所で落とされた可能性が高い」

「たしかに」コブルディックはなるほどと同意し、「筋が通っているようだ。もしあなたの言うとおりなら、その辺りにもっとハット・ピンが落ちているに違いない。探しに行ってみます」そう言ってから、またしばし考え込んでいたが、やがて「ピンの発見現場をご覧になりたいですか？」と尋ねてきた。私自身は前にも現場に足を運び、ソーンダイクを案内したこともあるので、バンディの意向に任せた。

「もちろん」バンディは賛意を示したが、私にはそれが、コブルディックをがっかりさせないための演技に思われた。バンディはそんな場所になんの関心もないはずだ。

その返答を聞いて意欲が回復したらしく、コブルディックはきびきびした足取りで歩き出した。石炭波止場沿いの荒れ地の方角へ向かい、ひと気のない界隈を通り過ぎ、湿地を取り囲む細い荷馬車道を進んで、ようやくガスハウス通りの西側にあたる、いくらか整地された土地に出た。そこからコブルディックは、波形模様のついた鉄製フェンスに空いた大きな穴をくぐり抜け、廃船解体業者が廃棄した残骸物が散乱する波止場へ出た。岸辺まで足を進めたところで立ち止まり、潮が引いてあらわになった、汚らしくぬかるんだ一帯を、力なく見下ろしながら、「降りるには足場が悪すぎるようですね」と、落胆したように告げた。

それに対するバンディの同意は、断固として迷いが無かったので、コブルディックも遠くから見渡すだけで満足するしかなかった。そうは言っても、その調査ぶりは徹底していた。波止場の際に沿って歩きながら、土台の板、一枚一枚につぶさに目を走らせ、ぬかるみに落ちている鍋や食器といった漂流物の類いに、まんべんなく視線を注いだ。あげくにバンディの双眼鏡を借りて遠くのぬかるみにまで調査の範囲を広げたので、やがてバンディは失礼にならぬよう彼の背後に下がってから、気持ちよさそうにあくびをした。

「ふうむ」かなりの時間が過ぎてから、ようやくコブルディックは双眼鏡を持ち主に返しつつ、「あきらめるしかなさそうです。しかし、残念だな」と言った。

「どうもよくわからないのですが」バンディが口を開いた。「遺体が川に沈んでいるという証拠なら十分集まったでしょう。これ以上、遺留品を捜してなんになるんですか」

「そう思われるのももっともです。ただ、こんなふうに、すべてが行き詰まったような状況が気に入らないのです」

コブルディックは肩を落としてフェンスの穴をくぐり、しばしのあいだ無言で歩を進めた。やがて立ち止まり、周囲に目をやりながら、「ブラック・ボーイ小道がいちばん近道でしょう」と言った。

「それは、どの道ですか?」と尋ねる私に、

「遺跡巡りをした日に、ジャップさんとウィラード教授と別れたあと、私たちが通った道ですよ」と、バンディが教えてくれた。

私たちはタール塗装の高いフェンスに挟まれた、細く曲がりくねった道に足を踏み入れた。三人並んで歩くには狭すぎるので、バンディが後ろに下がった。前方に目をやると、少し先のフェンス沿いに茂る草むらあたりに、古びた帽子が落ちている。バンディも目をつけていたらしく、通り過ぎたとたん、背後で蹴飛ばすような音が聞こえ、私の肩をかすめて帽子が飛んでいった。それと同時に、同じくバンディに蹴られたのだろう、何か小さなものが——最初は小石かと思ったが——跳ね飛ばされて、しばらく転がっていたが、やがて動きを止めたとき、それがボタンであることがわかった。普段なら落ちているボタンなどに用はないので、見向きもせずに通り過ぎるところだが、抜け目ないコブルディックはすかさず足を止めて拾い上げ、それを見た途端、その場に凍りついた。

「こいつはたまげた！　ドクター」コブルディックはボタンを私に差し出しながら、興奮気味に言った。「これを見てください！」

ひと目で何かわかったが、一応、手に取った。小さなブロンズ製のボタンで、チューダーの薔薇が彫られている。

「まさか、こんな発見があろうとは、驚きです。誰のボタンか、疑いの余地はありませんね」

「ええ、いささかも。夫人のコートのボタンに相違ありません。しかし、いったいなぜ、こんな場所に落ちていたのでしょう？」

「ええ。難問ですな。しかも、相当厄介な」

「思い込みは避けるべきだと思いませんか？」私から手渡されたボタンを見つめながらバンディが言

う。「結論を出すのが速すぎますよ。夫人はボタンを特注などしないでしょう。どこかで買ったはずだ。ロチェスターにある店かもしれない。とにかく、こんなボタン、どこにでも売っていますよ」

「そうかもしれない」私は認めた。「しかし、私はこれ以外に見たことがないが」

「同じく」と、コブルディック。「それに私は、最もあり得そうな可能性を取らせてもらう。夫人の所持品ではないと証明されるまで、彼女のボタンだと推定します」

「では、夫人のボタンがこんな場所に落ちていた説明をどうつけるおつもりですか?」

「説明なんてしませんよ、見当もつきませんからね。むろん、誰か——たとえばどこかの子供が——川辺で拾いあげ、ここで落としたのかもしれない。まあ、これは思いつきで言ってみただけで、まずありえません。はっきりしているのは、この道を隅々まで徹底的に捜索し、他に手がかりが落ちていないか探すべきだということです。今から取りかかりますが、お二人が先に戻りたいなら、お引き止めはいたしません」

「もちろん残って、手伝いますよ」私は答え、バンディも本心はどうあれ意欲を示し、残って捜索に参加する方を選んだ。

「道の手前まで戻った方がいい。フェンス沿いの草むらを、端から端まで調べましょう。私は右側を捜索しますので、あなた方は左側を頼みます」

三人で小道の入り口に戻り、入念な捜索を開始した。雑草をかき分け、地面を隅々まで調べて行く。捜査は遅々とした速度で進められ、仮に通行人の目に触れたなら、さぞかし奇妙な姿に写っただろう。だが幸い、さびれた場所だったので、誰の目にも留まらずに済んだ。道半ばまで来たところで、バンディが足を止め、伸びをした。「君の背中が何でできているか知らないが、ジョン、僕の背中は割れた瓶みたいに痛むよ。あとどれくらい続けなくちゃならないんだろう?」

「まだ半分しか終わっていないよ」そう答えながら、私も上体を起こし、腰の辺りをさすった。ちょうどそのとき、数ヤード先にいたコブルディックが歓声を上げ、私たちに呼びかけた。私とバンディが瞬時にそちらを向くと、片手を空高くかかげたコブルディックの姿があり、その手には銀の頭飾りのついたハット・ピンが握られていた。

「どうですか、バンディさん?」新たな〝収穫〟を確認するため駆けつけた私たちに、コブルディックが迫った。「これをフルード夫人のハット・ピンだと言ったら、結論に飛びつき過ぎですかな?」

「いいえ」バンディは銀のハット・ピンを一瞥して答えた。「特徴から明らかなようですし、言うまでも無く、ボタンの裏付けにもなります。でも、ちっともわからないな。なぜこんな場所に?」

「それを追及するのは、やめておきましょう」コブルディックが興奮を抑えて答えたが、すでに彼が追及しているのが手に取るようにわかった。「現にここにあるのですから。そうなると問題は、帽子の行方です。波止場に落ちてはいないでしょう。もしそうなら、ハット・ピンがここにあるわけがない。しかし、二つのハット・ピンが落ちたときに、帽子が脱げたのは間違いありません。では、帽子はどこへ行ったのか?」

「どこかの女性が拾って、自分の物にしたのかも」私は思いつきを口にしてみた。「上等な帽子ですし、殺害後まもなく遺体がここへ運ばれたのだとしたら、そう傷んでもいなかったでしょう。でも、なぜそんなに帽子を問題視するんです。状況から見て、遺体はこの道を通ってどちらかの方向へ運ばれたようだ。それこそ、解明すべき驚愕の新証拠です」

「今は解明すべきときではありません。ここには証拠を集めに来たのですから。帽子の所在がわかれば、その理由を解く際の役にたつかもしれない」

「ふむ。とにかく、ここに無いのは明らかです」

「そうですね。ここに残っているはずもない。霧深く暗い夜にはボタンやハット・ピンを見落とすことはありうる。しかし、帽子が落ちたら気づかぬはずがない。ひと目につきやすく、捜査の手がかりになるであろう帽子を、残していくはずがあるまい。一緒に持って行ったか、処分したのか。私は処分した方に賭けますが。このフェンスの向こう側は何があるのかな？」

三人とも伸び上がってフェンスの向こう側をのぞきこんだ。片側には、砂利だらけの空き地が広がっている。まばらに草が生え、大量の薪の燃え殻が積まれていた。もう片側の荒れ地には、アザミやサワギクや、その他の雑草が、一面に生い茂っていた。コブルディックは、より人通りの少なく、邪魔が入らなそうな後者から捜索に取りかかった。控え壁（塀を補強するための壁）に足をかけると、彼の体格を思えば驚くほどの敏捷さを発揮して塀を乗り越え、我々の視界から姿を消した。しかし、塀のそばで雑草をかき分けている音は聞こえ、私はときおり控え壁の上にあがって、コブルディックの捜査状況を見守った。彼はまず、小道の入り口まで引き返し、フェンスに沿って、高い雑草の中を熱心に探し続けた。やがて、城壁遺跡に近い、道の一番先までたどりついたらしく、こちらへ戻り始めた。今度は塀から離れたところを、なおも地面に視線を凝らしつつ、雑草の中を探りながら戻ってくるが、収穫が無かったのは明らかだった。我々のところまで数フィートの距離に迫ったとき、いきなりコブルディックが驚きの声を発した。その場にかがみこんだと思ったら、次の瞬間には手に帽子を持って、私にかけよってきた。見間違えようのない、緑色のリボンのついた茶色い麦わら帽子だ。

「これで我々の知りたかったことも、明らかになるでしょう」コブルディックは息を切らして塀を乗り越えながら、私に帽子を手渡した。「少なくとも、私はそう思います。私の見解をお話ししますよ――ただし後ほど」最後のセリフで声を落としたのは、実際は聞かれてはいなかったがバンディを意識してのことだと、あとになって知った。

「これ以上、捜査を続ける必要はないと思いますが？」私はコブルディックの意向をうかがった。もう草の中を探り回るのはごめんだった。

「ええ、そうですね。あとで捜索に戻るつもりですが、今のところはこれで十分でしょう。ところでバンディさん、あなたの所有物らしきものを見つけましたよ。これはあなたのものでしょう？」

コブルディックはポケットから大きめの鍵を取り出した。木片のネームタグが付いており、そこには〝ロチェスター、ハイストリート。ジャップ・アンド・バンディ〟と刻まれている。

「うそでしょう！」バンディが叫んだ。「ジャップさんの大事な鍵だ！　どこで見つけたんですか。巡査部長？」

「道の突き当りです。城壁のそばに落ちていました」

「なんで、そんなところに。おおかた、どこかのゴロツキが、いたずらのつもりで、塀越しに投げ込んだんだろうな。それはともかく、はい、どうぞ。鍵の発見に十シリングの報奨金を出していたのをご存知でしょう。今、お支払しておいた方がいい。あとで、面倒をおかけしたくないので」コブルディックが受け取りを辞退しようとすると、バンディは「僕のふところは痛みません。事務所から出ますので」と付け加えた。

それでコブルディックも納得し、差し出された札をポケットにしまうと、三人で小道を歩き始めた。街に近づくにつれ、ひどく目立つ帽子を手にしているせいか、コブルディックが少し恥ずかしそうな顔を見せた。三人ともほとんど口をきかなかったのは、発見された数々の証拠品と、それらが示唆する予想もしなかった推論が、考える材料を有り余るほど与えてくれたからだ。コブルディックは地面に目を落とし、見るからに深い物思いにふけっており、私の頭には新たな推理や仮説が、次から次へと浮かんでいた。一方、バンディは、とくに何も考えていないようだったが、我々の考え事の邪魔をすることはなかった。

ようやく脇道を抜け、大通りの穀物取引所がある辺りに出ると、コブルディックは何か質問を思いついたような目で私を見た。バンディは、例の奇妙な形の時計を見上げ、「そろそろ事務所に戻らなくちゃ。ジャップさんに仕事をすべて押しつけるわけにはいきませんからね。もっとも、ジャップさんはそんなことで怒ったりしませんが。それでは、ここでお別れします」と言った。

これはバンディの思いやりから出た口実にすぎず、コブルディックと私が二人きりで話せるように配慮してくれたのだろう。そんな彼の気遣いを、私はありがたく受け入れた。

「それじゃあ、また今度。別れる前に、すぐに会う機会がないかもしれないから訊いておくが、もし土曜日の夜に予定がないなら、夕食に来ないかい？　ソーンダイクが週末うちへ来るのだが、君はあの人をからかうのが好きなようだから」

「でも、博士を怒らせるのは至難の業ですよ」バンディは誘われて嬉しそうだった。「でも、喜んで伺わせていただきます」バンディは、私とコブルディックに向かって、ふざけて儀式ばったお辞儀をすると、背を向けて、事務所の方へ一目散に駆け出した。バンディの姿が見えなくなるやいなや、コブルディックが、今回発見された証拠について話し出した。

「今回の発見で、捜査は大きく進展しました。バンディさんのいる前で話したくなかったのです。口の堅い青年ですし、現場に居合わせもしましたが、事件関係者ではありませんので。それに、なるべく他言は控えるべきでしょう。ドクターは、新たな発見で、何が明らかになったかお気づきですか？」

「たしかに、新たな局面が開けたのはわかりますが、私にとってはますます謎が深まり、混迷が極まったとしか思えません」

「ある意味では、そうでしょう。しかし、一方で、事件の背景が見えてきました。たとえば、なぜ遺体が見つからないか、ようやくわかりましたよ。そもそも川にはなかったのです。それから、犯人の人物像についても。犯人は地元の人間か、あるいは、犯人グループの中に、少なくともひとりは地元の人間が含まれている。つまり、この街や河岸一帯の地理を知り尽くしている人物です。よそ者にはブラック・ボーイ小道を見つけることなどできません、ロチェスターの住人にも、あまり知られていないくらいですから」

「しかし、今回の発見で、何が明らかになったというのですか？」

「それはですね、複数の疑問が湧いてきたのです。ひとまず、証拠品を署に置いてきます。その後で、続きを話しましょう」コブルディックは警察署に戻り、まもなく安堵の表情で戻ってきた。目立つ帽子を手放したことで、心底ほっとしたようだった。橋に向かって歩きながら、コブルディックが話を再開した。「最初の、そして最も重要な疑問は、遺体はどこへ消えたのか、という問いです。一見、ブラック・ボーイ小道を運ばれたように思える。でも、どこへ向かって？　街に向かったのか、あるいは川へ向かったのか？　状況を考えれば、すなわち、夫人が失踪したのは霧深い夜だったことを思えば、まず考えつくのは、夫人が小道かその周辺で殺害され、遺体は川へ運ばれた、という推理です。

しかし、あらゆる状況を考慮すると、それはありえない。チャタムの川辺で、濡れておらず綺麗な状態で見つかった薬箱がある。薬箱は、殺人現場と川辺とを結びつける証拠です」

「ブローチのこともあります」私は口をはさんだ。

薬箱は、川に流されたのでなければ、ブラック・ボーイ小道からチャタムまで運ばれることはありえません。どこか別の場所で盗まれたのかもしれない。しかし、帽子がその疑問を解決するように思えます。

「ブローチにはさほど重きを置いていません。いいですか、ひとつのハット・ピンが川辺で見つかり、もうひとつは小道で帽子と共に見つかった。しかも箱は川に浸かっていなかった。しかし、帽子がその疑問を解決するように思えます。

最初のハット・ピンが川辺で落ちたとき、夫人はまだ帽子をかぶっていたに違いない。しかし、帽子が脱げたとき、他のハット・ピンも一緒に落ちた。帽子は小道の突き当たりに落ちていました。もしそのとき、ピンがふたつとも帽子についていたら、帽子が落ちたとき、両方とも落ちていたでしょう。しかし、ひとつは川辺で見つかっている。すなわち、夫人が川辺にいたとき、ボートで運ばれ降ろされたさいに、脱げかかっていたでしょうが、まだ帽子はかぶっていたと考えられます。同意していただけますか、ドクター?」

「ええ、反対する理由はないようです」私は答えた。

「結構。それから遺体は小道を運ばれた。次なる疑問は、単独犯か、それとも複数犯かということです。ふむ、どうやらドクターも私と同意見のようですね。ひとりではとても無理だ。川岸から道の先まで、かなりの距離がある。夫人は大柄でしたし、どんなに恵まれた条件の元であっても、最低、二人の人手が必要です」

「その可能性が高いと思います」私は認めた。

「では次の疑問に移りましょう。運ばれたのは本当に遺体だったのか？　それとも、夫人は単に気を失っていただけなのか？」

「ちょっと待ってください、巡査部長！」私は大声で言った。「まさか、これが誘拐事件で、夫人がまだ生きていると思っていらっしゃるんじゃないでしょうね」

「ありえないことではありません。しかし、今回の場合それはなさそうだ。三か月近くも経過して、いまだに夫人は行方不明のままです。現代のイギリスで、健康かつ大人の女性を監禁するなんて無理がある。そうですな、ドクター。残念ながら、ブラック・ボーイ小道を運ばれたのは遺体だったと考えざるをえません。私が指摘したかったのは、別の見方も、わずかながら可能性があり、それを頭の片隅に置いておく必要があるということです」

「しかし」私は反論を試みた。「夫人が街方面に運ばれたということは、まだ生きている可能性を濃厚に示唆してはいませんか？　犯人は殺害後、なぜ見つかる危険を冒してまで、川から街まで遺体を運ぶ必要があったのでしょう？　あまりにも理屈に合わない行動です」

「たしかに。そいつは極みつけの難問ですな。だが一方で、夫人が生きていると仮定しましょう。彼女を監禁してどうしようというのです？　こんな長期に渡り、どうやって隠し通せたのか？　それになぜ、そんな必要があったのでしょう？」

「動機に関しては不可解であることに変わりありません。では、本当のところ、何が起きたとお考えですか？」

「私の考えはこうです。少なくとも二人の人物が関わっている。両者とも、地元の河岸周辺に住む人物、あるいは、この界隈の住人を雇ったよそ者かもしれない。犯行現場は、チャタムのサン桟橋近くと推測します。そこから遺体は、ボートでここまで運ばれたのでしょう。ご記憶でしょうが、霧深い夜でしたので、さほどの困難はなかったと思います。このあたりは人通りも少ないことですし。わからないのは、犯人が遺体をどのように処分しようと思っていたかです。犯人は遺体をチャタムからロチェスターの街中に、慎重に運び入れた。それからなんらかの手段で処分した。おそらく、あらかじめ埋める場所を準備していたはずです。しかし、そんな場所がどこにあるのか、私には見当もつきません。完全にお手上げです」

「イスラエル・バングズ氏に心当たりはないでしょうか？」

「あの爺さんが何か知っているとは思えません。それに、あれこれ推測を重ねるのは得策とは言えない」

私たちは散歩道を一時間近くも歩き回り、さまざまな可能性について議論を交わした。しかし、いくら信じがたくても起きた可能性のある、信じがたい状況については、何も思い浮かばなかった。結局は匙《さじ》を投げ、市役所まで戻った。別れぎわ、コブルディックはおずおずと切り出した。「先ほどバンディさんに、週末、ソーンダイク博士がいらっしゃると話しておられましたが、ぜひとも博士にこの事件のことを相談していただきたい。博士の得意とするたぐいの事件ですし、必ずや興味を持っていただけるはずです。そうすれば、私たちが見逃している何かを見つけてくれるかもしれない。もちろん、内密にしてもらう必要はありますが」

私は、ソーンダイクに事件に関する意見をきいてみることを約束し、コブルディックと別れた。コブルディックは警察署に戻り、私は郵便物の最終の回収に間に合うよう報告書を仕上げるために、家路を急いだ。

第十四章　コブルディック巡査部長のひらめき

ソーンダイクが訪れた際には駅で出迎えるのが慣わしになっていたが、とりわけ今回は、事前にブラック・ボーイ小道における驚くべき発見について報告していたこともあり、一刻も早くソーンダイクの意見を拝聴したくて、遅れず駅に出向いた。あいにく、その日に限って、ソーンダイクはいつになく遅い汽車で到着したため、彼との意見交換は駅から我が家に着くまでの、短い時間に限られた。というのも、夕食の時刻が迫っており、バンディが我々の到着を待ちかねていたからだ。

「あなたの報告書は実に衝撃的でした」駅を出ながらソーンダイクが言った。「新たな証拠の発見で、捜査も次の段階へ進めそうですね」

「何か明白なヒントを得られそうですか？」

「十分に得られましたとも。並みの想像力があれば、おのずと複数の仮説が立てられるはずです。しかし、言うまでもなく、まず考察すべきは、起きたかもしれない出来事ではなく、確実に起きた出来事であり、そこから推測できる経緯です。外見上、裏付けが取れたとみなせるのは、遺体がブラック・ボーイ小道を運ばれたという事実であり、あらゆる状況が、遺体が川から街へ向かって運ばれたことを示唆しています。何より確信をもって言えるのは、単なる事故の可能性を完全に除外できるということです。夫人は――生死を問わず――単独犯または複数犯の手で運ばれたものと推定できる。

みずからその道を歩いて通ったとは考えにくい。そしてもし、何者かの手で運ばれたなら、その人物は犯行に関与しているに違いなく、この事件は疑いの余地なく犯罪に属します」

「その程度では、さほど前進したとは思えません」少々がっかりして、私は言った。

「事故の可能性を除外できれば、これまでに得た証拠だけでは望めなかった、次の段階へ進めます。故意による犯行、かつ、計画的だったことも、これではっきりしました。もし遺体が川から運ばれたなら、運搬先に当てがあったと思われ、おそらくは事前に準備した場所に遺体を遺棄したと考えられます。そしてそこは、川より安全な場所に違いないが、そもそも、川自体が極めて安全な隠し場所といえる。重しをつけて沈めてしまえば、まず見つかりません。そう考えると、この事件はあらゆる点において常軌を逸しています。なにしろ、おそろしく面倒な段取りを踏んでいる。チャタムで被害者をとらえ、相当距離の離れた川まで運び、埠頭で降ろす。いくら霧がかっていたとはいえ、人目につく危険は少なくなかったはずだ。そのリスクを冒してまで、事前に決めた行程をたどって、目的地まで遺体を運んだ。つまりです、ストレンジウェイズさん。この面倒な作業を思うと、この犯罪の裏には何か特別な目的があると結論づけざるを得ません」

「ええ、たしかに。でも、目的とは一体なんでしょう？　あらゆる点が不可解そのものです。謎が深まったとしか思えません」

「そんなことはありません」ソーンダイクが否定した。「そこまで絶望的じゃありませんよ、一目瞭然で平凡な事件のほうが、よほど厄介です。今は不可解な事件に思えても、動機さえわかれば、解決は目の前です。平凡な犯行であれば、星の数ほど仮説が立てられるかもしれない。しかし、常軌を逸した犯行、しかも考え抜かれた明確な動機があったとなれば、仮説はかなり絞りこめる。明確な動機を秘めた犯行は、何か特異な状況に適合するに相違ありません。よって、私たちはただ、事件に適合する状況を探り、そうした状況の中で実際に起こりうるのはどれなのか、検討しさえすればいい。そうすれば、複雑怪奇な犯行も説明がつくはずです。しかし、もう到着してしまいましたね。我らが友人のバンディくんが玄関先にいらっしゃる。ところで、フルード夫人の写真を何枚か持参しましたよ」

玄関に入ると、バンディとダンク夫人が毎度おなじみの小競り合いの最中だったが、私たちが仲裁役をつとめ、挨拶を取り交わすと、ソーンダイクは身支度を整え、荷物を置くため、二階の部屋へ上がって行った。

「やあ、ジョン」帽子を取りながらバンディが挨拶した。「久々に友人に会えてとても嬉しいです。ご親切にも、僕のような部外者を招いて、著名なご同僚に会わせてくださるとは。ジョン、あなたは僕の恩人です」

「何を言うんだ、ピーター。私たちはいつだって君に会えるのが嬉しくてたまらないんだ。君のためというより、私たちの方が会いたくて、来てもらったんだよ」

バンディは喜び余って、私の腕を軽くつねった。「ジョン、君って人は本当にやさしいんだな。おっと、偉大なる博士のおでましだ」居間に入ってきたソーンダイクが段ボール箱を抱えているのを見て、バンディは「手品道具をご持参ですか。降霊術でも見せてくれるのかな」とからかった。

ソーンダイクはその箱を開け、大事そうに四枚の写真を取りだした。すべて台紙に張られたキャビネ版の写真で、彼はそれを炉棚に並べていった。二枚は同じネガから焼かれた写真で、一枚は赤、もう一枚はセピア色のカーボン紙に現像されている。あとの二枚は、一般的なタイプのシルバープリントだった。

　バンディは率直な驚きを浮かべて写真を眺めた。

「どこで手に入れたんですか？」

「ロンドンです。向こうでは、こうした資料が容易に手に入ります。ドクター・ストレンジウェイズに見本として何枚か頼まれたので持ってきました。いかがですか？　私はカーボン紙の写真が好みです。二枚の中では、赤の方がいいんじゃないかな」

　四枚を見比べてみたところ、私もソーンダイクとまったく同意見だった。カーボン紙の方が、材質の点で勝っているだけでなく、構図にセンスがあり、上部からの照明がややきついものの、シルバープリントより本人の似姿に近い。

「ええ」私は言った。「カーボン紙の方がシルバープリントより微妙に勝っているかな。それで、二枚の中では、赤い方がいいですね。影が抑えられている」

「夫人の写り具合は、シルバープリントと比べていかがですか？」

「それもカーボン紙が上だと思います。表情が自然で無理がない。君はどう思う、ピーター？」

　そう尋ねながらバンディの顔を見やったが、実はその前から、バンディが二枚のカーボン写真を凝視していることに気づいており、彼に注目していた。しかも、ただ見入っているだけでなく、まるで、写真の中の何かに当惑したような、奇妙な驚きの表情を浮かべていたのだ。

　バンディは戸惑いがちに顔を上げた。「似ているかどうかについては、私の判断は当てになりません。夫人には一、二度しか会ったことがないもので。でも、記憶にある限り、とても良く似ていると思います。芸術的な意味で勝っているのは、間違いなくカーボンの方ですね。それと、セピアより赤の方が、影がやわらかいという意見にも同意します。カメラマンはどなたですか？」

バンディは赤色のカーボン写真を手に取り、裏返して見たが、そこには何の記載もなく、次にセピアを確認したが、結果は同じだった。表面にも裏側にもカメラマンの署名はない。

「おそらく、カーボン写真はロンドンのカメラマンが撮影したのだと思います。正確には、私の助手に確認すればわかることです。助手が手に入れてくれたので」

バンディは二枚の写真を元の場所へ戻したが、私にはなおも彼が、何かを思い出し損ねているような印象を受けた。けれども、ちょうどそのとき、ダンク夫人がスープの深皿を運んできたので、我々は即座に席についた。

スープを食べ終え、私が巨大なシタビラメの解体に取りかかっているあいだに、バンディがシャブリをひと口すすり、酒の勢いを借りて、ソーンダイクに意地悪そうな視線を投げた。

「あなたに悪い知らせがあります、博士《ドクター》」

「どちらのドクターに話しかけているのですか？」ソーンダイクが訊いた。

「ここにドクターは一人しかいませんよ。もうひとりは、ジョンの呼び名に降格しましたので」

「それは、たまたま私の呼び名でもありますがね」ソーンダイクが言う。

「ああ。でも、そんな恐れ多いこと、思いつきもしませんでした。わざわざ、ご指摘いただき感謝いたします。あなたの階級と呼び名は、今後もずっとドクターのままです」

「それで、悪いニュースというのは？」

「あなたがチャンスを逃したって話です。〝話し言葉にせよ、書き言葉にせよ、最も悲しい言葉は、そうだったら良かったのに〟だと誰かが言っていましたが、十シリング獲得できたかもしれないのに、もう二度と手に入りません。賞金はコブルディックにさらわれました」

「それでは、コブルディック巡査部長が鍵を見つけたのですか?」ソーンダイクが訊いた。

「たとえそうでも、なんたることか！　チャンスは永遠におじゃんです」

「発見場所はどこですか?」

「ああ！　それがまた悲劇でしてね！　コブルディックは鍵を見つけていたわけではないんです。野原でフルード夫人の遺留品を捜している最中に、転んで見つけたんです」

「君の説明は地理的正確性に欠けています。もう少し、場所を限定してもらえませんか?　ロチェスター周辺には、複数の野原があるはずです」

「おっしゃるとおり。たくさんありますよ。私が話したのは、ブラック・ボーイ小道という、細道の右手に広がる野原です」

「ちょっと待ってください。それは、遺跡巡りの日に、ご友人たちと別れたあと、我々が通った道ではありませんか?」

「まさしく、そうです」バンディは驚いたように、ソーンダイクを見やった。「でも、どうして名前を知っているんですか?」(むろんバンディは、私がソーンダイクに事件現場や発見物について報告していることを知らない)

「そんなことは、どうでもいい。君は〝右手〟と言いましたが――」

「つまり、道の右側、街側に面している側って意味ですよ、もちろん。実際のところ、コブルディックはフェンス際のアザミの茂みで鍵を見つけたんです。城壁のすぐ外側のあたりです」

「なぜそんなところに落ちていたのでしょう?」

「見当もつきません。誰かが門から抜いて、フェンスの向こう側へ放り投げたのでしょう。それは確かです。でも、誰がそんなことをしたのか、さっぱりわかりません。当然、ドクターはコブルディックをお疑いでしょうが、それはただの嫉妬ですよ」

そんな、学生同士が交わすような他愛のないやり取りが、二人のあいだで絶え間なく続けられた。だが、冗談めかした応酬に興じるソーンダイクの口調には、何か考え込むような響きが混じっていた。そしてどうやらその原因は、バンディが話した〝悪い知らせ〟のようだ。むろん私は鍵の発見について報告書に記載しなかった。なぜ書く必要があろう？　報告書はアンジェリーナの失踪に関する事柄に限定されている。鍵の紛失と発見は、たんなる地元の話題にすぎず、バンディの戯れ言に付き合う以外で、ソーンダイクにはなんの関わりもない。にもかかわらず、ソーンダイクはその出来事に強い関心を示しているようなのだ。とはいえ、ソーンダイクはそれ以上その話題に触れることなく、会話は別の話題に移った。

ブラック・ボーイ小道での発見が話題にのぼるのは、遅かれ早かれ、避けがたいことだった。持ち出したのは、もちろんバンディである。私は、ソーンダイクが素知ら顔で、ただ黙ってバンディの報告に耳を傾けている様子を、内心おもしろがりながら見守っていた。聞き終えると、ソーンダイクは、鋭い質問を投げて、詳細を聞き出したものの、バンディが今回の発見が持つ重要性について意見を求めても、あっさり交わしていた。

「でも」バンディが不服そうに言った。「前におっしゃったじゃありませんか、証拠をお教えすれば、解き明かしてくれるって」

「解き明かすまでもありません」と、ソーンダイク。「その道で拾ったのなら、そこに落ちていたに違いない」

「そりゃ、そうですよ。そんなの、自明のことです」

「そのとおり。私が指摘しているのは、まさにそれです」

「でも、どうして遺体はブラック・ボーイ小道を運ばれたのでしょうか？　そして一体どこへ？」

「そう聞かれましても、それは証拠の域を超えています。まだ、遺体がその道を運ばれたかどうか、証明されていませんからね」

「でも、運ばれたに決まっています。さもなければ、夫人の所持品が落ちていたはずがない」

「しかし、道で所持品が落とされた証明もまだでしょう。確率は五分五分です。それでは証拠とは言えません。つまり、以前私が申し上げたのは、証拠に対する証明があってこそ、通常の証言として効力を持つということです。プロの参考人は、第三者から提供された証拠の意味を解き明かします。私はあなたが提供した証拠については解明しました。だが今度は証拠とは言えない事柄について、説明を求めていらっしゃる。それは私の役割ではありません。私は専門家ですからね」

「わかりました。それに、なぜ裁判官が専門家の参考人を毛嫌いするのか、その理由も納得です。私に言わせりゃ、やつらは詐欺師の一団ですよ。バンズビー船長（チャールズ・ディケンズ『ドンビー父子』の登場人物）もその手の参考人でしたっけ？　それともただの予言者でしたか？」

「どちらにせよ大差はありません。バンズビー船長は、神のお告げめかした証言がいかに安全であるかの典型例といえるでしょう。彼の意見の正確性をとやかく言うのは不可能です」

「たしかにそうですね。誰も内容を理解できなかったのですから」私も口を合わせた。

「しかしそれこそが、証言というものの内実を表しています。理解されるまで、決して反駁されない。

そこから導き出されるのは、もし異議を唱えられる余地なき証言をしたいなら、誰にも理解されないよう、しかるべき予防措置を講じなくてはならない、という命題です」

バンディは片眼鏡のかけ具合を調節すると、ソーンダイクに挑むような視線を向けた。

「あなたが証人席に立つことがあれば、真っ先にかけつけますよ。その日が楽しみでなりません」

「ご期待に沿えるよう、がんばりますよ。きっと、心ゆくまで楽しんでもらえるでしょう。しかし、私の証言に異議を唱えられるとは思いませんが」

「それは無理でしょう」バンディはニヤリと笑って言い返した。「あなたの証言が、今聞かされたのと同じたぐいのものならね」

ここでダンク夫人がコーヒーを運んできたので、二人の議論は中断され、私がカップに注ぎ入れるあいだにソーンダイクは話題を変えて、先日ジャップやウィード教授と共にでかけた遺跡巡りのことを話し始めた。バンディも、今夜はもうおふざけは十分と思ったらしく、ロチェスターにおける中世時代の遺跡の保存状態に関するやりとりに、先ほどまでの軽薄さはどこへやら、熱心かつ真面目な態度で加わった。そんなふうに楽しい晩は過ぎてゆき、十時になると、バンディは帰り支度を始めた。

「バンディを家まで送ってゆこうか、ソーンダイク？　会談の後の散歩を楽しもう」

「誰かが送り届けてあげるべきですね。今は比較的、しらふに見えますが、外の風に当たるまでわかりません（ひとこと説明しておくと、ワインに関してバンディが見せる、禁欲的ともいえる節制は、私とソーンダイクのあいだで冗談の種になっていた）。ですが、私は酔いどれ行進への参加は遠慮しておきますよ。手紙を書く用事があるので、あなたが戻る前に書き上げて、投函してきます」

バンディと私は腕を組み、彼の事務所へと向かった。バンディはわざと千鳥足で歩きながら、今夜の晩餐がいかに楽しかったか、口にした。

「ソーンダイク博士は、その道ではかなりの大物なのでしょうね」

「ええ、第一人者ですよ。じっさい、その分野で彼の右に出る人物はいないんじゃないかな」

「なるほど」バンディは考え込むように言った。「そういう風格がありますね。にもかかわらず、気さくだし、ちっとも偉ぶっていない。何か失礼な言動をしていなければいいけれど」

「気分を害したふうには見えなかったよ。それに、君が同席することに反対もしなかった。前の手紙でも、君に会いたいとはっきり書いてあったし」

「それは恐縮の至りです」バンディは心底うれしそうに言い、一拍おいて、こう続けた。「本当にジョン！　あなたがターチバル氏の紹介状を手にこの街へ来てくれたのは、天与の幸いでした。おかげで僕の人生は、まったく違うものになった」

「そう言ってもらえて嬉しいよ、ピーター。でも、幸運なのは君だけじゃない。新天地で、ご健在の司教様にお会いできるとは、なんたる幸いか。さあ、司教様のお住まいに着きましたよ。階段を上がるのに、手をお貸ししましょうか？」

こうして私たちは最後までふざけたやり取りを続け、よろけながら階段を上がって玄関前に着くと、バンディをドアに寄りかからせておいてから、どうせ誰も起こす心配はないのだからと、安心してベルを鳴らした。

「おやすみなさい、ジョンおじさん」帰ろうとする私に、バンディがふざけて挨拶した。

「おやすみ、ピーター坊や」私は応じ、もうひとりの客人の待つ我が家へ向かった。

家に着くと、ちょうど近所のポストから戻ったソーンダイクと出くわし、ふたりで中へ入った。

「さて、そろそろ就寝時間ですね、この家のしきたりに従えば。明日の午前中は、ブラック・ボーイ小道に行ってみましょうか」

「そうですね。そろそろ休みましょう。夫人の写真は持ってゆかれますよね？」

「あなたがお持ちください。もしよろしければ。差し上げようと思って持参したのです」

私は心から礼を述べ、丁寧に写真を集めると、ひとまずは箱の中へ戻した。それから明かりを消し、それぞれの寝室に引き上げた。

翌朝、朝食の席で、ソーンダイクは捜査活動の手始めとして、まず私の報告書の内容についていくつか質問をし、さらにバンディが話題にした鍵の発見に関する詳細を求めた。

「今回の新たな発見について、コブルディック巡査部長はどのような見解をお持ちですか？」私が可能な限り詳しく説明を終えると、ソーンダイクが尋ねた。

「いくらか励まされたようです。捜査の足掛かりとなる明確な手がかりを得られて、喜んでいます。しかし、今もって、途方に暮れているようですね。事件について考え抜かれた推理を披露してくれましたが、最終的な結論に関する限り、いまだ闇の中だと認めていました。先日ブルー・ボア桟橋の近くの道で会ったさい、あなたが誰かおわかりになり、あなたに事件の経緯を打ち明け、助言を仰いだらどうかと、提案してきたくらいです」

「巡査部長の推理がどんなものだったか覚えていますか？」

「ええ。なるほどと思わせる考えでしたから」私は、これまでに発見された証拠からコブルディックが推理した数々の説を、記憶にある限り、話して聞かせた。

ソーンダイクは、要点ごとに納得顔でうなずきながら、真剣に耳を傾けていた。

「見事な分析ですね。巡査部長はすぐれた推理力をお持ちだ。既存の証拠品の解釈に関する限り、文句なしに素晴らしい。それでも、いくつか見落としている点があるようです」

「それなら、指摘してあげると喜びますよ。この事件を無事に解決できるか憂慮していて、そのことで絶えず思い悩んでいますから」

「よろこんで助言させていただきますとも。朝食を済ませたら、現場を巡りましょう。そのあとで、警察署に立ち寄れるかもしれません」

　私はその案に同意し、朝食後すぐに出発した。フリー・スクール通りと広場を抜け、ガス・ハウス通りの西に広がる湿地帯へと向かった。そこから、ブラック・ボーイ小道へ南端から入り、湾曲した道をゆっくりと辿っていった。ソーンダイクはあたりに注意深く目を配りながら、ときおり塀の向こう側をのぞきこんでいた。上背がある彼には、塀に上がらずともそれが可能だった。通りの先に着くと、そこから舗装道路に接していたのだが、その歩道上に立っていたのは、まさしくコブルディックであった。思いつめた表情で、道沿いのまばらな家々を眺めている。我々の姿を目にしたとたん、コブルディックは思索から覚めたように好奇心を目に宿し、私がソーンダイクを紹介すると、〝気をつけ〟をするように姿勢を正し、帽子を軽く持ち上げて、敬意の念を表した。

「つい先ほど、ストレンジウェイズさんが、あなたの非常に興味深い見解について話してくれました。その件で、私とお話しになりたいとか」

「ええ、ぜひ」コブルディックが力強く同意した。「もしよろしければ、署の事務室へ行きませんか。日曜日なのでとても静かですし、お望みなら、発見された証拠品をご覧いただくこともできます」

「それらに関しては、夫人の所持品と断定して問題ないと思います。適切な確認が済んでいますからね。しかし、あなたの事務室の方が、話しやすそうだ」

　数分の内に、私たちは細道を通り抜け、市役所の脇に出た。コブルディックは私たちを部屋に通すと、巡査のひとりに指示を出してから、室内に入ってドアに鍵をかけた。

「さて、巡査部長」ソーンダイクが切り出した。「あなたが悩んでおられる疑問点をお話し願えますか」

「それが、いくつもありまして」コブルディックが答える。「まず、街方面に運ばれた被害者の件です。街方面に、という点は同意していただけますね?」

「ええ。あなたの推論は、疑念をはさむ余地がありません」

「では次に、運ばれたのは遺体だったのか、それとも、夫人は薬を盛られたか気絶していただけで、まだ生きていたのか、という疑問です。川辺から街の方へ運ばれたということは、夫人が生存しており、どこか監禁できる建物に運ばれた可能性を示唆します。しかしもちろん、遺体をひと目に付かぬ場所へ運び込み、燃やすか、解体するか、埋めた可能性もある。私は遺体だと思っていますが」

「あなたがそうお考えになる理由をストレンジウェイズさんから聞きましたが、きわめて理に適っているように思えます。ですから、運ばれたのは遺体という推定に基づいて、先へ進めましょう」

「ところが、その先がないのです」コブルディックは陰気な口ぶりで言った。「そこですべては途絶えます。遺体は川から運ばれた。そして小道の先まで行方を追うことはできる。しかし、そこで足取りは途絶えています。まるで煙のように消え失せている。街方向へ運ばれたのはたしかですが、では行き先はどこか?　それを示す証拠は見つかっておりません。舗装道路まで捜査範囲を広げましたが、やはり何も見つからなかった。手がかりは尽きてしまったように思え、もう何も見つからないのではと怖れています」

「それに関して言うと」ソーンダイクが言った。「私も同意見です。これ以上、何も見つからないでしょう。その理由は、すでにすべてを見つけてしまったから、というひと言に尽きます」

「すべて見つけたですと！」コブルディックは大きな声で繰り返し、驚愕のまなざしでソーンダイクを見つめた。

「ええ」あくまで冷静に、ソーンダイクが応じる。「少なくとも、私にはそう思えます。今後は、他の手がかりを探すのではなく、すでに得た証拠の意味を読み解くのが仕事になります。では、巡査部長、今回の事件を概観してみましょう。これまでの捜査を全般的に見直してみるのです。私が取りまとめた事件記録を読み上げさせていただきます。四月二十六日土曜日、アンジェリーナ・フルード夫人が失踪した。五月一日、質屋でブローチが発見された。五月七日、おそらく事件現場と思われるチャタムの川辺で、薬箱とハンドバッグが発見された。五月九日、ブルー・ボア桟橋でスカーフが発見された。五月十五日、ブルー・ボア桟橋とガス・ハウス岬のあいだの入り江で片方の靴が発見された。五月二十五日、ガス・ハウス岬の船台でもう片方の靴が発見された。六月二十日、そこからやや西寄りの川辺で、ハット・ピンが見つかった。このように、発見物は徐々に川の上流へとさかのぼっているのがわかります」

「ええ」と、コブルディック。「それには気づいていました。だがその理由が、どうしてもわからない」

「かまいません。事実だけを追ってゆきましょう。その後、七月十四日に四点の遺留品が発見された。小道の入り口付近でボタン、道の中ほどでハット・ピン、並びの野原で帽子も見つかった。最後に、道の先に広がる野原で紛失していた鍵が発見された」

「鍵は無関係でしょう。なんのつながりもない」

「そうでしょうか？　少し考えてみてください。しかし、あなたは鍵が紛失した日をお忘れかもしれませんね？」

「いつ紛失したかなど、気にしておりませんでした」

「紛失ではなく、盗まれたのです——おそらく門から抜き取られ、そのあとで塀の向こうに投げ捨てられた。しかし、ドクター・ストレンジウェイズなら、日付を言い当てられるのではありませんか？」

私はつかのま記憶を探った。「あれはいつだったたか。ずいぶん前のことですが、土曜日だったのは確かです。その日、城壁の穴を修復していた作業員たちが、昼で仕事を切り上げ、週末休みに入りましたから。さて、いつだったろう。その日、私はワイン業者のところへ出かけ——」ふいに記憶がよみがえり、私は息をのんだ。「そうだ！　あれは例の土曜日だ！　まさに夫人が失踪した当日です！」

コブルディックは緊張で体を固くして椅子に坐っていたが、ふいにソーンダイクに鋭い視線を投げた。

「そのとおりです」ソーンダイクは言った。「鍵は四月二十六日の午前中に紛失し、フルード夫人は同日の夜に姿を消しました。その二つは同日に起きたのです。その鍵で開閉する門、つまりその鍵で中へ入ることができ——同時に外からの侵入を防ぐことができるのが——ひと気のない閉ざされた敷地であり、穴や土が豊富にある場所だということを思えば、そこを捜索する価値があるという考えに賛同していただけるのではないでしょうか」

ソーンダイクの説明を聞くうちに、コブルディックの瞳は大きく見開かれ、口も同様の変化を遂げた。

「いやはや、驚きました！」ソーンダイクの話が終わると、コブルディックは感嘆の声を上げた。「つまり、あなたのお考えでは――」

「私の考えではありませんよ」ソーンダイクが微笑みをたたえて、さえぎった。「私はただ、あなたの意識をすり抜けた事実に、注意を向けたにすぎません。あなたは、遺体が運ばれた場所など見当もつかないとおっしゃった。ですから、あなたが見落としている場所について、ヒントを差し上げただけです」

「それも、特大のヒントをくださいました」コブルディックが言う。「もはや、いっときも無駄にできません。ドクター・ストレンジウェイズ、城壁工事の作業員もしくは雇い主をご存知ありませんか？」

「たしか、ジャップとバンディの事務所が、城壁補修契約の当事者です。とにかく、あの二人が作業状況を監督していたので、どこから作業員を雇ったか教えてくれるでしょう。おそらく、作業工程も逐一、記録しているはずです。ボーリー・ヒルにあるジャップさんの住まいはご存知でしょうね。バンディ君の方は、事務所で寝起きしています」

「これからすぐに訪ねてみます。できれば詳しい経緯を説明してもらい、門の鍵をお借りします。あなた方も同行し、お確かめになりたいでしょう？」

「もちろんです」と、ソーンダイク。「しかし、私はこの件に関与していることを誰にも知られたくありません。ですから、事件について私と話をしたことは、他言しないでいただきたい。私とドクターは別行動で向かうことにします」

「了解いたしました」コブルディックは力強く請け合った。「部外者に邪魔をされたくありませんからね。では、ここでお待ちいただければ、大急ぎで戻ってきますよ。バンディさんが事務所にいるといいのだが」

コブルディックは帽子をひっつかむと、希望と活力にあふれた様子で、事務所を飛び出していった。ソーンダイクの助言で一気に若返ったようだった。

「それにしても驚きました」コブルディックが去ると、私は口を開いた。「あなたが鍵の紛失にまつわる事情すべてを記憶していらっしゃったとは」

「ちっとも驚くべきことではありません。私がその話を聞いたのは、夫人が失踪した後のことですから。夫人が失踪した時点で、同日に紛失した鍵は、たちまち重要な証拠となりうる可能性を担ったのです。鍵の紛失は、記録に残し、記憶しておくべき手がかりでした。事件と川が関連づけられたことで、しばし鍵の存在は忘れられましたが、小道で遺留品が発見されたことで、ふたたびその重要性が浮上してきたというわけです。ストレンジウェイズさん、すべての犯罪捜査の基本は、関係の有る無しに関わらず、あらゆる事柄を記録し、すべてを記憶に留めておくことです」

「それは優れた方法論だと思いますが」私は言った。「実行するのは、かなり難しいでしょうね」そして、しばしのあいだ、我々は黙って各自の考えに浸り込んだ。

コブルディックは驚くほど短時間のうちに戻って来た。笑みをたたえ、鍵をひらひらと振ってみせる。「バンディさんはご在宅でした。必要なことはすべて聞いてきましたので、さっそく、予備調査に出かけられます」コブルディックが押さえたドアから私たちは外へ出たが、細道を先導する彼の足取りは、聖火ランナーを名乗っても許されるほど軽快なものだった。ものの数分で門にたどりつくと、コブルディックは解錠し、全員が入ったあとで施錠すると、どこから手をつけるべきか決めかねるように、雑草のはびこる敷地内を見渡した。

「鍵が紛失したさい、補修工事が行われていたのは、壁のどのあたりですか？」ソーンダイクが尋ねた。

「左から二番目の壁です」

「ではまず、そこから調べましょう。おあつらえ向きの穴が開いていたはずです」

私たちは、お粗末な修復を施された壁に向かって歩き出した。たんなる不安や期待を呑み込むような、大きな感情の高まりを覚えつつ、壁を見つめる。私はソーンダイクの思惑に気づいていたが、やがてそれは確信に変わった。そのあいだにも、ソーンダイクとコブルディックは壁のそばに近づき、雑で見栄えの悪い修復の跡を丹念に調べ始めた。

「壁を崩して穴を開けた跡はありませんね。もっとも、跡が残っているわけがない。壁沿いに地面を掘り起こしてみたいと思います。暗闇の中では、気づかぬうちに何かを落としたり、踏みつぶしたりしがちですから」そう言ってソーンダイクは、物置小屋の方へ目を向けた。中にはまだ空の石灰箱がいくつか残されていた。彼は錆びたシャベルがあるのに目を留め、それを取りに向かった。戻ってくると、さっそく壁に沿って地面を掘り返し始めた。ひとすくい掘るごとに土を地面に広げ、丹念に確認する。しばらくはなんの成果もなかったが、ソーンダイクは整然と作業を進め、一区画を終えると、次の区画へと移っていった。突如、コブルディックがあっと声を上げ、掘り返されたばかりの土に身をかがめた。

「信じられん！」声を張り上げる。「決定的な証拠だ！　あなたのおっしゃったとおりです」

コブルディックは身を起こし、親指と人差し指でつまんだ、小さなブロンズ製のボタンを差し出した。ボタンにはチューダーの薔薇が刻まれている。ソーンダイクに目を向けられ、私はそれを受け取ると、確認した。

「ええ、間違いなく、夫人のボタンです」

「それでは、結論が出ましたね。謎の解決は、この瓦礫の下に埋まっている」

コブルディックの喜びとはしゃぎようは目も当てられなかった。ソーンダイクが謙遜し、あなたの卓越した辛抱強い捜査のたまものですよと言っても、何度もくりかえし礼を述べた。

「それでも」コブルディックは門を施錠し、ポケットに鍵を入れながら言った。「まだ万事解決とは言えません。遺体は発見できたも同然ですが、犯行の手口や、犯人像については、まだ何もわかっていない。いかがでしょう、そちらの方面では、何かひらめかれたことはありませんか？」

「ひらめいたことは、あるにはありますが」ソーンダイクは答える。「気のせいかもしれません。まずは、遺体を確認してからです。予想以上に明確なメッセージを得られるかもしれない」

ソーンダイクは、この謎めいた提案以外は何も言おうとせず、コブルディックと別れたあとも、彼から明確な意見を聞き出すことはできなかった。

「憶測は無意味です」しめくくりとして、ソーンダイクは言った。「私たちは、壁の内部に何が埋まっているか、わかった気になっています。その通りかもしれませんが、思い込みかもしれない。数時間もすれば決着がつくでしょう。もし遺体が見つかれば、知りたいことをすべて教えてくれるかもしれない」

ソーンダイクの最後の言葉は、これまでになく私を混乱させた。遺体の状態から、死因と犯行手口が明らかにされる可能性は高い。だが、犯人の特定までは難しかろう。しかしながら、事件についての考察はいったん保留にされ、ソーンダイクは新たな情報が手に入るまで、頑として再び口を開こうとはしなかった。

第十五章　小道の先で

　翌朝、朝食後まもなく、コブルディックが訪ねてきた。診察室に入ると、両手で帽子を持ち替えながら、落ち着きなく歩き回っている。極度の緊張状態にあるのは明らかだった。

「手はずはすべて整っています、ドクター」勧めた椅子を断って、コブルディックは言った。「昨晩、現場監督を探し当て、人手が要る場合に備えて、作業員仲間にも応援を頼みました。城壁を開ける許可も取得済みですから、準備は万端です。作業員の二人はすでに道具を持参のうえ、現場に向かっています。二人を中へ入れるために、バンディさんも同行しました。バンディさんは嫌々でしたが、彼かジャップさんに立ち会ってもらうのが最善だと思いましたので。いわば、彼らの所有地ですからね。ドクターも作業をご覧になるでしょう?」

「私も立ち合う必要がありますか?」

　私がそう訊くと、コブルディックは仰天したように私を見た。当然のごとく、私も顚末を見届けたがると思っていたらしい。「ええまあ。ドクターは遺体の身元確認における最重要証人ですからね。生前の夫人に最後にお会いになっていることですし。何か、不都合でもおありですか?」

　その問いに答えることはできなかった。この最後の、そして最も恐ろしい捜索が、私にとっていかなる意味を持つのか、彼に打ち明けるわけにはいかない。しかも、アンジェリーナに対する私的な感情以外に、現場に出向くのを妨げる理由はなく、それどころか、立ち会うべき理由なら多分にあるのだ。

仕方なく私は、「お世辞にも楽しい作業ではなさそうですから」と言い訳した。「夫人と懇意にしていたもので。しかし、私も居合わせた方がいいとお思いなら、ご一緒しましょう」

「もちろん、ドクターが来てくださると助かります。何が見つかるかわかりませんし、ドクターは誰より夫人のことをご存知だ」

かくして私はコブルディックに同行して現場に向かった。鍵を開けて私を中に通すと――おそらくバンディは予備の鍵を使ったのだろう――、コブルディックは内側から鍵をかけた。まだ作業は開始されておらず、現場監督と作業員の二人は壁際におり、バンディと雑談をしていた。バンディはそわそわと落ち着かない様子で、私以上に居心地の悪さを噛みしめているのは目にも明らかだった。

「恐ろしい事態になりましたね、ジョン」バンディが声を落として話しかけてきた。「コブルディックはなぜこんなことに僕たちを引っ張りこんだのだろう。夫人がもし本当にここに埋まっていたらと思うと、ぞっとします。心底あなたに同情しますよ、ジョン」

「どのみち遺体は確認する必要があるんだ。それに、水死体よりはマシだよ」

そのとき、作業員が中央よりやや手前の、瓦礫が積まれた場所を横切るように、チョークで水平に線を引いているのが目に留まった。

「たしか、その土曜日には、この辺りまで作業を終えていたと思う」作業員が説明する。「外郭を組み立て、中の空洞部分に不要な煉瓦や石ころを詰め込んだが、月曜の朝までモルタルは入れていません。月曜日の朝に、大量のモルタルを混ぜ合わせ、流れるくらい緩めに練ったものを、上から流し込みました」

「ずいぶんと、雑な工法じゃないですか？」コブルディックが意見を口にすると、作業員はニヤリと笑って答えた。

「そりゃあ、最上級の石造建築とは違いますよ。だが、生まれてこの方、ろくな仕事をしてこなかった連中に、何を望めるというんですか？」

「それもそうですな。しかし、それで犯人の仕事もずいぶん楽になったんじゃないかね？　ただ石ころを掘り出し、遺体を埋めると、その上に石ころを戻したのだろう。そして君たちが月曜の朝に戻り、バケツ一、二杯のモルタルで仕上げをしたわけか。中身を掘り出すのに、どれくらい時間がかかりますか？」

「大してかかりゃしません。ひとりでも、その気になれば一時間で全部取り出せますよ。元に戻すのはもっと早く終えられる。おっしゃるとおり楽な仕事なんでね」

二人が話しているあいだに、もうひとりの作業員は、先端がたがね状になった太い鋼鉄の棒と石工用ハンマーで、加減しながら外郭を叩き始めていた。そこへ現場監督がハンマーで加勢したところ、最初の一撃で、粗悪な壁一面にパイ生地のような細かいひびが入った。やがて外郭は細かい破片となって剝がれ落ち、内部の〝くず石〟があらわになった。構造の脆さは目を覆うほどで、バールで軽く触れた先から、石ころや煉瓦のかけらが、付着したモルタルもろともバラバラと崩れてきた。

上部にひび割れが入るが早いか、作業員は上によじ登り、煉瓦やら石やらを投げ落とし始めた。それからまた、つるはしで別の外郭を打ち壊しにかかり、内部を露出させた。

「これでまた失業者に新たな仕事が創出されましたね」コブルディックが皮肉な笑みを浮かべて言っ

た。

「日雇い連中にとっちゃ、いつだって新たな仕事はありますよ」現場監督が応じる。「素晴らしく先見の明がありますからね。やつらが明日のことを考えないと思いますか？　やれやれ！」

その瞬間、作業員が身を起こし、つるはしを投げ捨て、「いかん、焼け焦げになっちまう！」と叫んだ。「厄介な代物が出てきやがった」

「厄介な代物だと？」現場監督が聞き返す。

「ええ、このあたりの土台全体が、乾燥した生石灰なんですよ」作業員が答えた。

「参りましたね！」コブルディックが困ったように眉根をひそめた。

現場監督が慌てて上によじ登り、ざっと調べて、作業員の見立てを確認した。「たしかに生石灰だ。シャベルを取ってください、巡査部長」

「気をつけて」コブルディックがシャベルを渡しながら呼びかけた。「中に埋まっているかもしれない物のことをお忘れなく」

現場監督はシャベルを受け取ると、きわめて慎重に表面のモルタルを取り除いてから、生石灰をかき出し、地面に落とし始めた。地上ではコブルディックが待機し、大きな塊が投げ捨てられるたびに、間髪入れず、中身を調べていった。作業はそのまま十五分に渡って続けられたが、何も見つからないまま、ただ地上に石灰の小さな山が積み上げられていった。やがて、現場監督が手を止め、シャベルでかき出したばかりの生石灰をしげしげと見つめているのに気がついた。

「こいつは作業員が投げ入れたものではないと思う」そういって現場監督は、何かをつまみ上げ、コブルディックの方へ差し出した。コブルディックはそれを受け取り、私の方へ差し出した。見れば、アンジェリーナのコートのボタンであった。

続く数分のあいだに、さらに二つのボタンが発見された。それから間もなく、作業員がふいに身をかがめ、ぎょっとした表情で生石灰に目を凝らしているのを見て、私の背筋は凍りついた。作業員は発見したものを現場監督に差し出した。

「うわ！」現場監督が叫んだ。「見つかったぞ！　だが、ひどいもんだ！　ほとんど残っちゃいない。こいつを見てください、巡査部長」

現場監督は嫌悪に身震いしながら、恐る恐る、生石灰の中から何かをつまみ上げた、少し離れた場所からも、それが人間の尺骨であることが見て取れた。コブルディックも同様に嫌悪の色を浮かべ、おびえたような態度で、それを受け取り、私の方へ差し出した。私はひと目見て、顔をそらした。

「ええ。人間の腕の骨です」

これを聞くと、コブルディックは作業員に降りてくるよう合図を送り、警察手帳を取り出して鉛筆で何かを書き取ると、そのページを切り取った。

「これを持って警察署へ行き、ブラウン巡査部長に渡してください。そして、彼から今後の指示を聞いてください」そう言って作業員に紙切れを手渡すと、門の外へ送り出し、また戻って来ると、内部が露出した壁の縁に自ら上がり、手袋をしながら腰をかがめ、石灰を念入りに調べにかかった。

「こんなの、恐ろしすぎませんか？」バンディが話しかけてきた。「コブルディックひとりで十分でしょう。僕たちが関わり合うことじゃない。まだ残っていなくちゃいけませんか？」

「君がいる必要はないよ。役目はもう果たした。城壁に穴を開ける場面も見届けたことだし。あいにく私はまだしばらく残っていないといけない。何か発見されたら、コブルディックが私に確認を求めるかもしれないから。でも、長居する気はないよ。遺体の身元に疑問の余地はないし、もはや、ここに遺体があるのは間違いない。詳細な身元確認は検死官の仕事だ」

話しながら、ゆっくりと城壁から離れた。あたりの廃物の山は、イラクサやサワギク、アザミなどの雑草に覆い尽くされ始めている。人けのない荒廃した場所で、近代的な薄汚なさと古代遺跡の威厳ある崩壊ぶりの惨めな対照がきわだつ、気の滅入るような景観だった。反対側のフェンスまでたどり着き、後ろを振り返ったとたん、コブルディックが興奮気味に私の名を呼んだ。急いで彼のもとに駆けつけると、コブルディックは壁の上に立ったまま、手袋をはめた手の平に載せた何かにじっと視線を注いでいる。

「これは、あなたの供述にあった指輪ではありませんか、ドクター？　ちょっと見てもらえますか？」

コブルディックが伸ばした手から受け取ったのは、ひどく変色したイエロー・ゴールドの小さな指輪で、私にははっきり見覚えがあった。手の上で転がし、神秘的な印と、粗野な細工、内側に刻まれたA・Cのイニシャルを認めた。照明を落とした部屋の情景が、映像のように目の前に浮かび上がる──もう何年も昔のことのように思えた。ランプの赤い光に照らされた優美な人影を目にし、二度と聞くことのできない声が冗談を言うのを聞いた。ほんの束の間、恐ろしい現実は、取り戻すことのできない過去の中に消失した。

「どうです、間違いないでしょう、ドクター？」コブルディックが焦った様子で尋ねた。

「ええ。間違いなく、フルード夫人の指輪です」

「ありがたい。このさい、どんな些細な身元確認も必要です。なにしろ、遺体は役に立ちそうもない。

生石灰が完全に溶かしてしまった。見た限り、骨のかけらと衣服に付属していた金属品以外、何も残っていない。ドクターも上がって、ご覧になりませんか？　まだ大したものはありませんが、骨をいくつか掘り出しました」

「いや、遠慮しておきます。どうせすべて終わったら、検視審問で証言するために、確認しなくてはなりませんので。では、私はこのあたりで失礼させていただきます。これ以上、私が残っている必要はないでしょう。遺体の身元は明らかです。少なくとも我々が確認した限り」

「そうですね」コブルディックも同意した。「私も間違いはないと思います。よって、これ以上あなたをお引き止めする理由もない。ですが、お帰りになる前に、ひとつご相談したいことがありまして」

コブルディックは地面に降りると、しばらく私と並んで歩きながら、切り出した。「そのですな、ドクター、検視審問の前に、医師による遺体検分が必要になります。もし遺体がフルード夫人のものだと確認できなければ、夫人くらいの体格や年齢をした女性の遺体であると証明しなくてはならない。もちろん、担当医師の選択は警察の管轄ではありませんが、もしあなたが希望するなら、検死官に推薦しますよ。あなたこそ適任ですから。生前の夫人をご存知でしたし」

私はきっぱりと首を振った。「まさにその理由で、その役目をお引き受けできません。医者にだって心はあるのです。自分ならどんな気持ちがするか、想像してみてください。かつて友人だった女性の骨を微細に調べるなど、とてもできません」

コブルディックは落胆の表情を浮かべ、「わかりました」と引き下がった。「あなたの言うことにも一理あるのでしょう。しかし、医者がそんなことで動揺するとは思えませんが。しかもあなたは、大した観察眼をお持ちだ。すぐれた記憶力もね。しかしまあ、気が進まないのであれば、この話はこれで終わりにしましょう」

コブルディックは残念そうに、穴を開けた城壁の方へ戻っていった。私はバンディに合流した。

「私の役目も終わった。コブルディックが見つけたのは、夫人の指輪でした。まだここにいるかい?」

「あなたの用が済んだなら、帰ります。ぼくはとっくにお役御免ですし。こんな納骨堂みたいな雰囲気はたえられません。気が変になりそうだ。引き上げましょう」

ようやくこのおぞましい場所から逃げられるのだと安堵しながら、私たちは出口に向かったが、門まであと数ヤードのところまだ来たとき、門をたたく大きなノックの音が響き、バンディは驚いて飛び上がった。

「ああ、びっくりした!」彼は大声で叫んだ。「まるで、マクベスだ。はい、鍵をお渡ししますから、誰か知りませんが、ドクターが中へ入れてあげてください」

鍵を開け、ドアを開くと、外の路上には、未塗装の粗末な棺桶を背にかついだ二人の男と、大きなふるいを手にした男がひとり、立っていた。脇によけて彼らを中に通したあと、バンディと私は外へ出て門を閉め、錠を下ろした。私たちは黙って歩いた。言うべきことは少なく、考えるべきことは山ほどあったからだ。本当なら一刻も早くひとりになりたいところだったが、先ほどまでの不気味な雰囲気に、バンディはすっかり毒され、意気消沈していたので、親切心から昼食に誘ってみた。バンディはその誘いに飛びついた。

昼食を取りながら、悲劇的な発見について話し合った。バンディは、遺体のある現場から離れたおかげで、いつもの機転を取り戻していた。

「これで、気の毒なアンジェリーナ・フルードの謎はついに解決しましたね——少なくとも、見込んでいた限りにおいては」

「そうとは言えない」私は答えた。「最も根本的な謎はまだ何も解けていないからね。遺体の発見で、ようやく問題提起されたにすぎない。これで、彼女が殺害され、それも故意による計画的犯行だったことが、はっきりした。我々が——少なくとも私が知りたいのは、誰がこの残虐な殺人を犯したかということだ。それを知るまで、決して心は休まらないだろう」

「残念ながら、それは永遠にわからないと思います、ジョン。手がかりが少なすぎますよ」

「どういう意味だい？　ニコラス・フルードの存在を忘れているんじゃないか？」

バンディはかぶりを振った。「あなたは何か思い違いをしていますよ、ジョン。たしかに、あなたから聞いた限り、ニコラスは妻を殺しても不思議はないような人物です。でも、彼と犯罪を結びつける証拠が何かありますか？　もしあったとしても、僕は存じません。法で裁くには、確実な証拠が必要です。ニコラスが犯人にふさわしく、他に容疑者が見当たらないからといって、彼を殺人容疑で起訴することはできません。この事件で、夫を疑う理由はなんですか？」

「そうだな、たとえば、ニコラスは、この街をうろついて、妻の居場所を突き止めようとしていた」

「当然じゃありませんか？　夫人は家出をしていたわけですし、ニコラスは彼女の夫ですよ」

「それなら、たまたま知ったことだが、ニコラスは鞘入りのナイフを持ち歩いていた」

「でも、夫人がナイフで殺された根拠をお持ちですか？」

「いいや、持っていない」私は怒鳴るように答えた。「だが、繰り返しになるが、私は夫人の死の代償が支払われるまで、追及をゆるめる気はない。手がかりは必ずあるはずだ。この殺人は動機なしに実行されたはずがない。動機は必ず突きとめるべきだ。誰かが彼女の死によって得をしたに決まっている。だから、一生かけても、犯人、または、犯人たちを探し出すつもりだ」

「そんなことを言うなんて、とても残念です、ジョン」バンディは立ち上がり、「まるで、幻影を追うことに残りの人生を費やすと宣言しているように聞こえます。でも、僕たちは先走りしすぎていますよ。検死審問で新たな手がかりが示され、警察が犯人の捜索に乗り出すかもしれない。ご存知のとおり、これまでは遺体の発見が最優先でした。審問が開かれ、事実が明らかにされれば、ようやく犯人の捜索が開始されるってことです。それを願うとともに、ドクターの幸福をお祈りします」

バンディが帰ると、私はむしろほっとした。この事件が解決困難だというバンディの冷静な判断は、私の内なる絶望を裏づけるものでしかなかったからだ。犯人たちが完全に行方をくらましたように見えることは、私も否定しない。この三カ月間、あやしい人物の噂すら聞こえてこないのだから。アンジェリーナが私の前から霧の中へ消えた瞬間から、城壁の中から再び恐ろしい姿で現れるまで、誰ひとり彼女の姿を見た者はいない。そして今、戻ってきた彼女は、あの恐ろしい夜の出来事について何を語るのか？　ソーンダイクが有力な手がかりとして重要視していた彼女の遺体は、古代の霊廟から発掘したかのような、骨のかけらと化してしまった。犯人の狡猾さに、ソーンダイクすら出し抜かれたというわけだ。

それで思い出したが、ソーンダイクに城壁の捜索結果を報告しなくては。その結果は、彼がコブルディックに強力なヒントを与えたさいに予期していたものとは、まったく違うものになった。私は自分の知る限り詳細な報告書をしたためたが、さらに新情報が出てくるかもしれないので、投函は郵便

からだ。

の最終回収時まで延ばした。それは正解だった。八時頃、コブルディックが最新情報の報告に訪れた。

「さて、ドクター」善意を凝縮したような笑みを浮かべて、コブルディックは報告した。

「何もかも順調に運んでいます。検死官と会い、証人リストを提出してきました。むろん、ドクターも含まれています。と言いますか、実のところドクターが最重要証人なのです。夫人と最後に会い、発掘にも立ち会っていただきましたので。ドクター・ベインズ――どちらかといえば科学者タイプの医師です――検死を行い、判明すれば死因を説明してくれるでしょうが、できることはそう多くありません。生石灰が何もかも溶かしてしまった――三か月も立てば、不思議はない――しかし、骨は損傷していないようです、私の見立てではね」

「検死審問はいつですか?」

「明後日です。召喚状を持参しましたので、今、渡しておきます」

私は小さな青色の紙を一瞥し、手帳にはさんだ。

「検死官はこの事件を一日で片付けるおつもりでしょうか?」

「それは無理でしょう。重大な事件ですし、証人も多数にのぼるはずです。取り上げる内容としては、城壁の修復現場、そこで行われた捜索内容、発見された証拠品の説明、そして遺体の身元確認――これについては、主にドクターの担当です。あとは、それ以外の証拠について、質屋、イスラエル・バングズ、フーパーらが証言します。それからもちろん、犯人に関する審議もあるでしょう。何より重要なのは、その点です」

「犯人に関して、警察は大した証拠を持っていないはずですが」

「ええ、ろくにありません」コブルディックは認めたが、「被害者が失踪してから、誰も彼女の生きている姿、あるいはご遺体を見ておりませんし、もちろん、犯罪を匂わせる出来事について、耳にした者もおりません。手がかりとしては――非常に少ないながら――夫人が夫から逃避しており、夫は彼女を捜し出そうとしていた、という事実があります。さらに、夫はかつて夫人に危害を加えようとした。そこで、あなたの証言の出番となります。それから、〝貧しき旅人の宿〟の女主人にも話してもらわなくては。すでに彼女の証言は取っています」と、言い足した。

「失踪時におけるニコラス・フルードの足取りは、何かつかめていますか?」

「ほとんど何も。ただ、いなくなる前日に、住まいを去ったことはわかっています。ご存知のとおり、警察は、疑わしき人物の捜索を開始できる立場にありませんでした。犯罪を匂わす証拠が何ひとつなかったからです。わかっていたのは、女性が失踪し、川辺付近で消息を絶ったという事実のみ。そのさいの状況についても何もわかっていませんでした。事件の疑いが濃厚でしたが、決め手に欠けていたのです。遺体が見つからない限り、殺害された証拠は無く、犯人が追及されることはありません。たとえ川から遺体があがっても、遺体に顕著な暴行の跡が無い限り、単なる〝死体の発見〟、つまり〝溺死体の発見〟でしかないのです。しかし、今や完全に事情が変わった。死因はどうあれ、被害者の遺体が、一応、殺人と見なせる状態で見つかっている。間違いなく、故意による殺人だと断定されるでしょう――警察は検死官の判断に依存してはおりません。ですから、これでようやく犯人の捜査に取りかかれるのです」

「犯人が見つかる可能性はどれくらいあると思いますか?」

「そうですな」コブルディックは慈しみ深い笑みを浮かべた。「絶対の自信はありません。しかし、夫を可能性から外し、範囲を広げて考えてみると、見込みは少なくないと思います。幸いなことに、これは行きずりの犯行ではありません。引ったくりなどの、行きずりの犯行ほど望みが薄いものはないが、この事件は計画的犯行です。遺体を埋める場所も事前に決めてあった。その場所の鍵も入手していたので、中へ入れただけでなく、邪魔が入らぬよう、閉め切っておくこともできた。実行日も選択されていました。週末にすることで、そこで作業が開始されるまで、二日の猶予があったわけです。こうしたすべてが、犯行が極めて周到に計画されていたこと、また、確固たる動機があったことを示しています。これを計画した犯人は、フルード夫人の死によって大きな利益を手にしたに違いない。金銭的な利益か、はたまた、復讐による満足か」

「なるほど、利害関係から当たるのはいい考えですね。夫人の財産面を調べ、少しでも減っていたら、誰の手に渡ったのか、その結果どうなったかを知ることで、最初の仮説が適合するか判断できます。次に、もし彼女に夫以外の敵がいたとわかれば、例えば夫人に損害を負わされたとか、恨みを持つ人物が見つかれば、二つめの仮説が有力になる」

「それから、もうひとつ、確かなことがあります。犯人は完全なよそ者ではありません。城壁のことも、その修復工事のことも知っていました。川にも詳しく、ボートを所有しているか、利用することができた。川周辺の地理に詳しく、湿地帯を横切って、ブラックボーイ小道から街へ至る経路を知っていた、あるいは、手引きしてくれる協力者がいた。犯行に関わった人物の少なくともひとりは、この土地に精通した地元の人間です。そんなわけで、ドクター、我々はようやく捜査の足がかりを得たというわけです」

私はコブルディックの話を興味深く聞いた。落ち込みは少しも解消しなかったものの、事件を的確に要約しており、ソーンダイクにも聞かせたかったと思った。じっさい、ソーンダイク宛ての報告書に手を加え、彼から聞いた話を組み入れようと心に決めていた。そんな具合に、漏れなく明晰にまとめられると、この卑劣な殺人の犯人は必ずや我々の手に落ちるに違いないと本気で思えた。コブルディックにポートワインを二、三杯ふるまったあと、私は彼とあたたかく握手を交わし、力を尽くして取り組んでいる捜査の成功を祈った。

コブルディックが帰ると、私は彼と話した内容をすべて書き起こし、報告書に追記した。そして、明後日の検死審問に出席してもらえると嬉しい、と伝えた。私も〝出廷〟し、証言をしなくてはいけないのだ、と。

第十六章　検死審問と予想外の発見

検死審問の朝、私は時間に余裕をもって家を出た。心が激しく動揺していたのは、公式な検死審問に召喚されたことで、愛すべき友人が永遠にこの世を去り、しかも、悲劇的な状況下で苦痛を受けながら亡くなったことを、確固たる事実として痛感させられたせいだろう。これまでも、その可能性を疑わなかったわけではないが、いまや否定できぬほど現実味を増している。そして、ふたたび、事件について証言をしなくてはならないのだ。見ず知らずの他人に情報を提供するため、心に秘めた大切な場面や出来事を説明しなくてはならない。そして何より、この目で確認しなくてはならない――一瞥で済ませることは許されまい――私のかけがえのない女性の亡骸を。医者である私には、当然それが課せられるだろうが、その身の毛のよだつ、最後の面会にのぞむために、私がいかに苦悩を強いられるか、誰にも想像もつかないだろう。

そんな憂鬱な思いにとらわれながら、大通りを歩いていると、バンディが私の方へゆっくり歩いて来るのが目に入り、複雑な心境になった。私が通りかかるのを待っていたようだ。さまざまな理由から、むしろ独りになりたい気持ちがある一方で、バンディのあたたかな友情を邪険にしたくはなかった。

「おはよう、ジョン。お邪魔《デ・トロ》じゃなければいいのですが。あなたにとっては、気の重い仕事でしょうし、僕にそれを軽くする力はありませんが、せめて一緒に歩けたらと思って。僕がどんなに心を痛めているか、わかってもらえるでしょうか、ジョン」

「わかっているし、ありがたく思っているよ。君に会えるのは、いつだってうれしいよ、ピーター。でも、なぜ君がここに？　君も召喚されたのかい？」

「いいえ。僕はなんの情報も持っていませんから。でも、もちろん事件に関心がありますので、傍聴するつもりです。ジャップさんも同じですが、本来、彼は正当な利害関係者ですよね。実際のところ、ジャップさんが証人として呼ばれていないなんて、驚きです」

「私もそう思う。ジャップさんは、私より遥かにフルード夫人のことを良く知っているのに。もっとも、彼女の死因にまつわる事情は何も知らないわけだが」

市庁舎《ギルドホール》に着くと、コブルディックが我々を出迎えた。私の到着を待っていたらしい。

「早目に来ていただいて助かりました、ドクター。先に霊安室に寄ってほしいのです。要領はおわかりですね。棺の横に、夫人の全所持品を載せた小テーブルがありますので、念入りに確認していただきたい。のちほど、陪審に、間違いなく夫人の持ち物だと証言できるように。それから遺体も一応ご覧になっておくといいでしょう。何か重要な点にお気づきになるかもしれない。どのみち陪審は、あなたが当然、遺体を確認していると考えるでしょうから。見張りの警官には、ドクターを中へ通すよう、話してあります。もちろん、あなたも入室して結構ですよ、バンディさん。お望みとあらば」

「ありがとうございます。でも遠慮しておきます」バンディはそう答えたが、それでも霊安室の外までついてきた。我々の姿を見て、部屋の前にいた警官が鍵を開けた。一応、名前を告げたが、顔を見てわかったらしい。ドアを開け、中へ通してくれた。だが、バンディは戸口でぴたりと足を止め、室内の細長いテーブルと、その上に横たわる身の毛のよだつ品々をのぞきこみ、青ざめた顔で、恐れおののいたように立ち尽くしていた。

コブルディックが言及していた小テーブルには、白いテーブルクロスがかけられ、その上にさまざまな遺留品が、美術館の展示品のように整然と並べられていた。一番手前に帽子があり、その両側をはさむように銀細工の頭飾りのついたハット・ピンが置かれている。丁寧にしわを伸ばされたスカーフが水平に広げられ、コートのボタン六つが縦一列に並び、一番奥の中央には靴一足が置かれていた。その片側にはハンドバッグ、反対側には、つり合いを取るように、イニシャルが美しく刺繡されたハンカチと、その上にゾディアック・リング、結婚指輪、薬箱、そしてブローチが並べられている。側面の空いた場所には、それ以外の遺留品の数々が、やはり秩序だった外観にこだわり、細心の注意を払って配置されていた。まっすぐ並んだヘアピンと、衣服の留め金具の列、衣服や下着のボタンが一、二列、小さな財布の留め金、銀貨と銅貨のコインが一列、焼け焦げた革の生地がこびりついた手袋のファスナーがふたつ、真珠飾りの柄のついた小ぶりのナイフ、衣服に付属していた複数の金具や留め金、焦げ残りのようなわずかな布地、おそらくストッキングと思われる茶色い布の断片がふた切れ、茶色のコートの燃え殻、黒焦げになりボロボロになったリネンの破片。

これらの痛ましいコレクションを、戸口に立つ巡査の監視のもとで、眺め渡した。貧弱な遺品の数々が対照的な配置を成した、悪趣味とも言える光景には、いわく言いがたい憐みを感じた。見る者の記憶に留まり、正義の鉄槌がくだされんことを、無言で訴えかけているかのようだ。これらが彼女の残したすべてだった。これらと、棺桶の中に横たわる物が。

まるで悲劇的事件のあらすじを語るように集められ、並べられた遺留品の数々に、私はすっかり胸をつかれ、彼女の亡骸、というか、少なくとも〝衰退の抹殺の指（十九世紀の英国詩人バイロンの詩「異端者」の一節）〟を免れた彼女の痕跡に目を向ける決意をふるいおこすまでに、しばし時間を要した。しかし、時間は刻々と過ぎてゆき、それは避けては通れぬ道だった。ついに私は棺桶に向き直り、錠のはずれた蓋を開け、中をのぞきこんだ。

想像と大差はなかったが、それでも目にした眺めの衝撃は、私を打ちのめすに十分なほど、すさまじいものだった。骨は、解剖学的な位置に配置され、棺桶の底には、カラカラに乾燥し、石灰にまみれた白い骸骨が横たわっていた。まるで、古墳や大昔の墓場から太陽の下に掘り出したばかりの遺跡のようだ。それでもこれは、彼女、アンジェリーナの亡骸なのだ！　不気味な頭蓋骨は、かつて彼女の豊かな髪に覆われていたのだ！　にんまり笑っているような歯並びは、私の記憶に焼き付いて離れぬ（今でもありありと覚えている）かつて彼女の悲しげな口元を支えていたのだ。まったく、信じられない。こんな恐ろしいことが起こるとは。だがこれは、紛れもなく現実なのだ。

しばしのあいだ、私は棺桶の蓋を持ち上げながら、恐怖にとらわれ、茫然自失の体で遺骨を凝視したまま、立ち尽くしていた。やがて、突如、まるで首をわしづかみにされたように視界がぼやけ、目に涙があふれた。私は慌てて蓋を綴じ、頬をつたう涙を感じながら、大股でドアに向かった。

感覚が麻痺しながらも、私はバンディが私の腕を取り、自分の脇腹に押し付けて、震える声で「可哀そうなジョン」とつぶやくのを、ぼんやりと聞いていた。そして、バンディに連れて行かれるままに、河岸へ降りられる階段上の、静かな片隅へ足を運び、そこで立ち止まると涙をぬぐった。そしてバンディも目頭を押さえているのに気づき、かすかな驚きを感じた。見れば、その顔はすっかり青ざめ、苦悩の色を浮かべている。驚きはしたが、感激していたのも事実で、この試練の時に、かつてなくバンディへの深い愛情を感じていた。彼の控えめな同情と完全な理解は、私の心をほんの少しだけ軽くしてくれた。

　私たちは数分のあいだ、その場にとどまり、川を見下ろしながら、亡きアンジェリーナに思いを馳せ、この極悪非道な犯罪が奪い取った、悲しみと困難に満ちた彼女の人生について語り合った。やがて審問開始の時刻が迫ると、我々は法廷へ向かった。中へ入ると、小綺麗な格好をした俊敏な顔つきの男が目に入った。弁護士らしいその男は、巡査部長のそばに立っていたが、私のそばまで来ると、こう言った。

「ドクター・ストレンジウェイズですか？　私はアンスティといいます。ソーンダイクの担当事件に関連する法廷は、たいがい受け持っています。今日は彼の代理で出廷しました。ソーンダイクも来たがっていましたが、ロンドンで大事な用事が持ち上がり、私が代役を務めることになったのです。審問内容の要旨を記録するためにね。ドクターはソーンダイクに、審問は一日以上かかる見込みだと話したそうですね」

「ええ。そう思っています。彼は、明日は来られそうですか？」

「なんとか都合をつけて出廷するはずです。そしておそらく、重要な情報を披露してくれるでしょう」

「本当ですか！」私は身を乗り出した。「どのような情報か、ご存じありませんか？」

　アンスティは笑った。「ねえ、ドクター。ソーンダイクと付き合いがあるなら、彼がどんな男かとっくにご承知でしょう。ホイットスタブル（イギリスの都市。牡蠣の名産地）の牡蠣なみに口が固い。彼がどんなカードを持っているのか、誰にもわかりません」

「そうでした」私は答えた。「極端な秘密主義者ですよね。あそこまで秘密にする必要もないように思えますが」

アンスティは首を振った。「ソーンダイクのやることに間違いはありませんよ、ドクター。彼はみずから請け負った特異な任務をいかにやりとげるか、その方法を熟知している。彼は、言ってみれば、珍獣の一種みたいなものです。ミツユビナマケモノみたいなね。はたから見れば、近寄りがたい完璧主義で行動する様子が、異常な動物めいて見えますが、彼自信は本能に突き動かされて捜査しているだけなのです。ソーンダイクほど、特異な状況に完璧に対応できる男はいませんよ」

「しかし」私は異議を唱えた。「そこまで徹底的に秘密にする意味がわかりません」

「彼の仕事ぶりを見ればわかるはずです。内密に動くのは、敵の動きを警戒しているからです。敵が――もし存在していたら――対抗策や防御策を練ることを防ぎ、反撃してこないように。ソーンダイクは無表情かつ無言で行動するので、誰も彼の次の動きを読めません。しかし肝心な時が来たら、彼は決め手を出して、〝チェックメイト〟と告げますから、そのとき決着がついたとわかるはずです」

「でも」私はなおも反論した。「敵とか反撃とかおっしゃいますが、この事件に敵などいるでしょうか？」

「おや、いないとお思いで？　犯罪が起きたということは、誰かが行ったということでしょう。そしてその人物は、身元を隠している。しかし、間違いなく犯人は自分を追跡する者の動きに目を光らせており、必要とあらば、その者たちを間違った方向へ導く用意もあるでしょう。しかし、そろそろ席につく時間のようですよ。陪審員が遺体検分から戻ってきました」

私たちは長いテーブルの席についた。片側は陪審員たちに割り当てられ、もう片側は出番を待つ証人たち、警察官、報道関係者、そして事件に関心を持つ傍聴人が占めた。数分後、検死官が開廷を告げ、まず今回の死因審問の訴因である事件について、短く概要を説明し、それから証人を呼んだ。

最初の証人はコブルディック巡査部長だった。彼の証言内容は、ジャップがフルード夫人の失踪届けを出したところから始まり、修復中の城壁を崩して遺体発見に至るまで、事件の全容を網羅していた。遺体発見に関する報告は詳細で、遺体と共に発見された全遺留品のリストも含まれていた。

「陪審員のみなさん、証人に何か質問はありますか？」長い証言が終わると検死官が尋ねた。陪審席の端から端へと視線を走らせ、誰からも質問が出ないことを確認すると、次の証人を呼んだ。二番手のベインズ医師は、どことなく冷淡な印象を受ける人物だったが、彼の証言は明快かつ簡潔で、しかるべき科学的根拠に基づくものだった。

「あなたはこの検死審問の対象である遺体をお調べになりましたか？」検死官が尋ねる。

「はい。現在、霊安室にあるご遺体を検分いたしました。その結果、比較的、大柄な女性で、身長は五フィート七インチ、年齢は三十歳前後と推定しました」

「死因に関して、ご意見はおありですか？」

「いいえ、外傷や病症の痕跡は一切見られませんでした」

「つまり、こういうことでしょうか」陪審のひとりが質問をはさんだ。「故人は自然死で亡くなったと？」

「私には死因について意見を述べるだけの材料がありません」

「しかし、もし女性が暴力を受けて亡くなったとしたら、何か痕跡が残るのではありませんか？」

「それは暴力の種類にもよります」

「たとえば、銃で撃たれたとは考えられませんか？」

「その場合、単数または複数の骨が折れるかもしれませんが、そのような痕はないようです。言うまでもなく弾丸も残っていたはずですし」

「弾丸はありましたか？」

「いいえ。私が遺骨を調べたのは、霊安室に運ばれたあとですので」

「弾丸が見つかったという記録はありません」検死官が口をはさんだ。「それに、すでにお聞きになった通り、コブルディック巡査部長が証言なさっています。目の細かいザルで生石灰をふるいにかけたと。弾丸は無かったと判断すべきでしょう」それからベインズ医師に向かって、「あなたが検分した遺体は、暴力の可能性を排除するものではないと思いますが？」と、尋ねた。

「ええ、まったく。骨にまで達する傷がなかったというだけです」

「骨に達しない傷を伴わない暴力には、どのようなものがありますか？」

「溺死、首つり、絞殺、窒息、刺殺、それに毒殺などは、通常、骨に影響を及ぼしません」

「でも、あなたには死因を特定することはできないのですね？」

「ええ、できません」医師はきっぱりと答えた。

「行方不明の女性、フルード夫人の体形をお聞き及びかと存じますが。遺体は彼女の身体的特徴と一致しますか？」

「私が判断した限り、遺骨はフルード夫人と似通った体系および年齢の女性のものです。それ以上のことは申し上げられません。夫人の身体的特徴は、大まかにしかわかりませんし、遺体の体形や、とりわけ年齢は、推定でしかありません」

ベインズ医師から聞き出せたのはそれがすべてだった。彼の証言は遺骨に関する報告に終始し、その立場から逸脱するのを断固として拒否した。検死官は手元の証人リストに目を落とし、私の名を呼んだ。私は席を立ち、テーブルの上座まで移動した。そこで宣誓を行い、氏名と職業を告げた。

「あなたは、現在、霊安室に置かれている、これまでに発見された遺留品について、コブルディック巡査部長が述べた証言を聞きましたね？」検死官が質問を開始した。

私が「はい」と答えると、検死官は「あなた自身は遺留品を確認しましたか？　もし確認したなら、それについてお話し願えますか？」と続けた。

「私は霊安室で遺留品の確認を行い、それらがアンジェリーナ・フルード夫人の所持品であることを認めました」

そう言って私は、遺留品について詳細に説明し、いつどこで彼女が所持しているのを目撃したかを語った。

「あなたは霊安室で遺骨も確認なさいましたね。それらは特定の人物の遺骨であると、断定できましたか？」

「いいえ。判別は到底不可能でした」

「それらが誰の遺骨かについて、何かお考えはありますか？」先ほども質問をした陪審員が、ふたたび問いを発した。

「その質問は妥当性を欠きます、ピレリーさん。証人は、遺体が判別不能だったと答えています。証拠を吟味して故人の身元を推定するのは、陪審に任せられています。証人に証拠の解釈を求めてはいけません。生前のフルード夫人と最後にお会いになったのはいつですか、ドクター？」

「四月二十六日です」私は答え、彼女と交わした最後の会話を思い出しながら、一言一句漏らさずに、再現していった。夫人が、嫌な予感がすると口にした場面では、陪審員の緊張がいっそう高まり、強い印象を受けたようだった。とりわけ熱心に聞いていたのは、顔つきのするどい、俊敏そうな陪審員長の男で、私が証言を終えると、質問を投げかけてきた。「ドクターの知る限り、夫人に敵はいましたか？　彼女が怖れる理由をもつ人物はいたのでしょうか？」

私は返答に窮した。個人的に疑いを抱くのは許されても、それを公の場で口にするとなると別問題だ。しかも、自分の知る範囲内の事実しか述べないと宣誓した身とあっては。

「知っているとは言えません」しばし逡巡したあとで、私は答えた。「夫人が恐れを抱く理由を持つ人物に、心当たりはございません」

検死官は、私が窮地に陥っているのを見て取り、控えめに質問をはさんだ。

「夫人の家庭内のご事情をどう思われますか？　たとえば、ご主人との関係は？」

この質問で、事実を語れる土台ができた。私はロチェスターおよびロンドンにおける夫人の不幸な結婚生活について打ち明けることができ、さらには、続く質問に答えて、夫の人柄について自分の考えを述べることができた。ダートフォード駅で出くわしたこと、貧しい旅行者のための宿泊施設で起きた出来事のこと、橋上での遭遇など、夫に関わるすべての事情を事細かに語り、陪審は固唾を呑んで耳を傾けていた。

私の証言が終わるとともに、昼の休憩時間となった。当然、アンスティ弁護士を昼食に誘う必要があったが、バンディの物欲しそうな顔を見て、彼にも声をかけねばなるまいという気になった。私は二人に互いを紹介したのち、昼食に誘った。

「お会いできてうれしいです、バンディさん」アンスティは力を込めてそう言った。「友人のソーンダイクからお噂はかねがね聞いています。彼はあなたを高く評価し、称賛の念を抱いているようですよ」

「本当ですか？」バンディは照れて頬を赤くしたが、少し意外そうでもあった。「理由がさっぱりわかりません。ところであなたも法医学の専門家ですか？」

「いやまさか」アンスティは笑って答えた「一介の弁護士にすぎませんよ。しかも今回の場合、厳密に言えば、下働きですからね。つまり、ソーンダイクの代理で傍聴しているだけなのです」

「だけど、ちっとも知りませんでした。ソーンダイク博士が、この事件にそんなに興味を持っているなんて」バンディが当惑気味に述べた。

「ソーンダイクはあらゆるたぐいの犯罪やおぞましい事件に興味を持っているんですよ。好奇心をくすぐる謎めいた犯罪事件の前を決して素通りできず、可能とあらば、事件の裏の裏まで知り尽くそうとします。それが彼の十八番《おはこ》でしてね」

「でも、事件の話にはちっとも乗ってこないんですよ――ふざけて話題にはしますが」バンディが口をとがらせた。

「そうでしょうね。たぶんまだ話す材料が揃っていないのでしょう。まあ、事件が解決するまでお待ちなさい。その時が来たら、一切合切、話してくれますよ」

「なるほどね」バンディが言う。「ソーンダイク博士は、事《こと》が起きた後で予言を語るタイプの人でしたか」

「そして適切な時機に、ね」アンスティが続けた。「先走っても、ろくなことはありませんから」

そんな冗談めいたやりとりを続けているうちに、我が家に到着した。ダンク夫人は表情を変えずに好奇を宿した目でアンスティを見やり、続いてバンディを挑むように睨み付けると、私にソーンダイクから届いたアンスティ宛ての電報を手渡した。アンスティに渡すと、彼は開いて、ざっと目を通した。

「どう返答したらよいでしょう?」そう言いながら、アンスティは電報を私によこした。文面を読んだ私は、少なからず当惑した。〝今晩、ストレンジウェイズを連れてロンドンへ戻りたし。きわめて緊急。到着時刻と場所を知らせよ〟と、あったのだ。

「ソーンダイク博士は私になんの用があるのでしょう?」

「ソーンダイクに関しては、なにも勘ぐらないことにしています。だが、彼が緊急と言うからには、そうなのでしょう。一緒に来られますか?」

「ええ、必要とあらば」

「必要でしょうね。では、ドクターも同行すると伝えます。泊まる準備をしていくといいですよ――彼の研究室に来客用の寝室があるのです――で、翌朝、こちらへ一緒に戻っていらっしゃるといい」

「わかりました。チャリング・クロス駅に七時十五分頃、着くと伝えてください」

この展開は私同様、バンディにとっても意外だったはずだが、もちろんバンディは何も尋ねなかった。もっとも、尋ねられたとしても、答えようがなかっただろう。おまけに、二時までに法廷に戻る必要があったため、ろくに話す時間はなく、昼食の時間は、もっぱらアンスティが、証人や陪審について面白おかしく語るのに耳を傾けて終わった。

途中で電報を打ちながら、私たちはふたたび法廷に戻った。午後の審問は定刻に再開され、まずは、遺跡修復工事の現場監督が呼ばれた。彼は、問題の瓦礫がある一画の作業に取りかかった日付および終了した日付について述べ、作業員が四月二十六日土曜日に、作業を終えたさいの状況について証言した。鍵の紛失についても触れたが、詳細は省いた。検死官とのやり取りの中で、彼が壁内部の詰め物について、コブルディックと私に説明した事実が明らかにされた。

「状況から見て、遺体を埋める作業にどれくらいの人手と時間が必要だったと思いますか？」

「遺体を運び入れさえすれば、一晩のうちに、ひとりでも楽にこなせたでしょう。中に詰めてあったのは、もろい石ばかりで、大きさも手頃でしたから、扱いは容易でした。べつに何かを建造する必要はなく、たんに、シャベルで生石灰を詰めこみ、上に石ころを載せるだけの作業です。それに生石灰は、物置小屋から容易に運び出すことができ、現にひとつの樽の蓋が空いていました」

「遺体が埋められた日を特定できますか？」

「四月二十六日の夜か、二十七日だと思います。二十八日の月曜日の日中には、モルタルを流し込み、その日の夕方までに、その区画の作業は完了しましたので」

続いて証言台に立ったのは、作業員のトマス・エヴァンズだった。鍵を紛失した張本人だ。彼の証言はこうだった。

「四月二十六日、土曜日の朝、私は現場監督から鍵を受け取りました。彼は事務所へ寄る用事があったからです。私はその鍵で戸を開け、現場監督が着いたら取ってもらおうと、鍵穴に差し込んだままにしておきました。そのあとは、鍵のことなどすっかり忘れてしまい、おそらく、現場監督も同じだったと思います。というのも、彼も鍵についてひと言も触れなかったからです。作業が終わり、帰る段になって初めて、鍵はどこだと聞くので、私は門に差しっぱなしにしてあると答えました。それで彼が行ってみると、鍵はなくなっていた。私たちは地面や、通りに出て、しばらく探しましたが、結局それらしきものは見つかりませんでした」

「あなたが入ったとき、戸は開けておきましたか、それとも、閉めましたか？」

「もちろん閉めましたが、鍵は開けたままです。鍵は外側にありましたので」

「では、誰かが通りがかりに、気づかれずに鍵を抜き取ることもできたわけですね？」

「はい。おれたちは、敷地の反対側で作業していましたので、鍵が取られたとしても、誰にも聞こえなかったと思います」

鍵についての証言はそれで終わり、エヴァンズが引き下がると、入れ替わりに、貧しい旅行者向けの宿泊所の女主人が呼ばれた。彼女が席に着くと、陪審員はみな一斉に姿勢を正し、その場の空気に期待感が満ちたことから、彼女の証言に並々ならぬ関心が寄せられているのが伝わってきた。事実、そのとおりだった。彼女は、ニコラス・フルードの人物像について、感心するほど、明確かつ鮮明に描写した。ケンカ腰で、カッとなりやすい性質の持ち主であること、みすぼらしい服装、異様な容貌、飲酒と麻薬中毒の兆候が見られたこと、明らかに体調が悪そうだったこと。そして何より、コートの下に、物騒な鞘入りナイフを隠し持っていたことが語られると、陪審員たちは息を殺して聞き入り、続いて、熱心な質問が矢継ぎ早に浴びせられたが、その多くは、かなり的外れな問いだった。だが、検死官は利口なうえに機転が利き、見当違いな質問にさりげなく釘を刺した。「証人に対し、ある特定の人物が犯人である見込みが高いのではと尋ねることは、容認されておりません。検死法廷は刑事裁判とは違うのです。故人の死因を特定するのが我々の役割です。もし、証拠から被害者が殺害された事実が浮かび上がれば、判決の中でそう述べるべきです。さらに、もし証拠が、明らかに特定の人物を殺人犯であると示しているなら、同様に、判決の中で名指しすべきでしょう。しかし、そもそも我々は犯罪を捜査しているわけではありません。故人の死因特定がこの審問の主たる目的であり、犯罪捜査は警察の仕事です」

この注意喚起は、ある程度、犯人捜しに対する陪審の熱をさましたが、次にギロー夫人が証言台につくと、ふたたび興味が再燃したようだった。というのも、宿屋の主人よりもギロー夫人の方が豊かな想像力を持ち合わせており、陪審員たちを分別を欠いた質問へと駆りたてたからだ。ギロー夫人は意外なほど証言を楽しみ、必要以上に長い時間をかけた末に、うつむきつつも、意気揚々と席を退いた。彼女の退席に、検死官は明らかにほっとした顔を見せた。

それをもって、一日目の審問は終了した。リストにはまだ数名の証人が名を連ねており、検死官は、翌日、彼らの証言を聞いた上で閉廷すると述べた。裁判官が席を立つや、私はアンスティとバンディとともに、最寄りのカフェへ場所を移し、軽くお茶を飲んで、気分を立て直した後、ロンドン行の汽車に乗るため、ストルード駅へと向かった。駅までは私の誘いでバンディも同行した。バンディはおそらく、私の謎めいた旅の目的をめぐり好奇心でいっぱいだったに違いなかったが、何も口にせず、私とアンスティも無言を保った。

チャリング・クロス駅の改札で、ソーンダイクが我々を待っていた。アンスティは私をソーンダイクに引き合わせ、手配してあったタクシーまで案内すると、幸運を祈ると言い残して立ち去った。タクシーの運転手は、すでに行き先を聞いていたらしく、すぐに車を出し、駅を後にした。

「そろそろ、私が呼ばれた理由を訊いてもいいですか？」

「詳細は伏せておきたいのです。これから御覧に入れるものについて、あなたの意見が聞きたいのですが、その場で頭に浮かんだ考えを知りたいので。事前に検討してしまうと、先入観で判断がゆらぐかもしれない。でも、数分とお待たせしませんよ」

その数分のあいだに、先入観を抱く恐れがあるにせよ、私はあれこれ考えを巡らさずにはいられなかった。やがて、何も思いつかぬまま、車はセント・バーナバス病院に近づき、ここが目的地かと身構えたが、タクシーはそのまま中央玄関の前を通り過ぎ、建物の脇道に入って速度をゆるめ、医学部の入り口の向かいに停まった。そこで私たちは車を降り、運転手にその場で待つよう言い残すと、中へ入った。ソーンダイクがファローという名の人物との面会を求めると、一、二分後、当人が現れた。薄汚い恰好をした初老の男で、両手に多数のイボがあることから、おそらく遺体運搬人か、解剖室の従業員だろうと当たりをつけた。無口な男のようで、彼もまた事前に連絡を受けていたのだろう、我々をひと目見るなり、ゆっくりと歩き出し、我々もあとに続いた。男は黙したまま我々を引き連れて、長い廊下を歩いて、講堂の円錐形の屋根が見える長方形の中庭を横切り、湾曲した廊下を進んで、円形の建物の壁に沿うように石階段を降りると、そこはセメントの床が敷かれた薄暗い地下室だった。まばらな電球に照らされ、あたりには、独特な臭いがかすかに漂っており、それは私の記憶に残る解剖室の記憶と結びついた。中央の部屋の前を通り過ぎて、短い廊下に折れ、ある扉の前で立ち止まった。鍵を開け、扉を開くと照明をつけて中へ入る。内部を見回すと、広々とした貯蔵庫のような部屋だった。照明はたったひとつしかなく、可動式の長いアームに取り付けられた、水盤形の傘のついた電球の強烈な光が室内を照らしている。ここで日常的に行われている作業は、棚に並んだ大きな赤い鉛製の缶や、活栓が取り付けられ、赤いペンキを塗られた真鍮の大型洗浄器や、どっしりとした木製の蓋を備えた長方形の水槽のような箱を見れば予想がついた。

依然としてファロー氏は一言も発しないまま、強烈な照明の向きを変え、ある棺を照らし出し、その蓋を横にずらした。私はその棺に歩み寄り、中を覗き込んだ。安置されていたのは男性の遺体だった。頭髪が剃られ、赤い塗料で印がつけてあることから、解剖用の遺体らしい。なんだか人間とは思えぬ、作り物の身体のように見え、私は興味深く見つめた。まるで、薄汚れた蠟人形か何かのようだ。だが、眺めているうちに、どこか見覚えがあるような、おぼろげな感覚が心に忍び込んできた。やがて記憶の一端に、震えが走った。顔を近づけ、まじまじと視線を注ぐ。次の瞬間、ハッとして叫んだ。

「なんてことだ！　フルードじゃないか！」

「確かですか？」

「ええ。頭が剃られていたので惑わされましたが。モップのような髪がなくなっていたせいです。でも、間違いありません。しかし念のため――両手を見せてもらえますか？」

ファロー氏は片手ずつ持ち上げて見せた。わずかでも疑問が残っていたとしても、それですべて氷解した。赤褐色に染まった指先はそのままで、それ以上に決定打になったのは、膨らんだ指先と、木の実のような奇妙な形状に変形した爪だった。もはや、疑いの余地はみじんもなかった。

「私がロチェスターで会った男に相違ありません。いつでも証言できます。しかし、より彼を知る人物に確認してもらうべきなのでは？」

「今日の午後、かつての家政婦に確認してもらいました。しかし、ドクターの確証が必要だったのです。ドクターには、検死審問で、証言していただきたい。フルードの身元確認は、検死審問において、また、見込まれる判決に対して、重要な意味を持ちますから」

「ええ、それにしても！」私は応じながら、ギロー夫人に投げかけられた質問の数々を鮮やかに思い出していた。

「この知らせは、陪審に絶大な衝撃を与えることでしょう。しかし、いったい全体、どうしてフルードはここに運び込まれる羽目に？」

「それは、道中、説明します」ソーンダイクはファロー老人に手間賃を渡した。ファローは棺の蓋を元に戻すと、来た道を戻り、待機しているタクシーのところまで、私たちを連れ戻った。

「キングス・ベンチ・ウォークの５Ａまで」ソーンダイクは運転手に行先を告げたあと、事情の説明に移った。

「ニコラス・フルードの捜索は、うんざりするほど消耗の激しい活動でしたが、最後にようやく、思いもよらぬ幸運に恵まれたのです。これまでに、数えきれないほどの病院、警察裁判所、救貧院、精神病院を、片っ端から当たりました。そして、ある検死審問記録が、ついに我々を解決に導きました。それは、浮浪者らしき身元不明者の検死結果でした。事件の経緯は、ざっと、こんな感じです。

フルードは四月二十五日にブライトン行きの汽車に乗ったようですが、途中、なんらかの事情が生じ、ホーウェルで途中下車しました。何が起きたかは不明です。コカインを大量摂取していたのかもしれない。しかし、ともあれ、彼の遺体は四月二十六日の朝、牧草地の生け垣のそばで見つかりました。すなわち、彼は、夫人が失踪する以前に亡くなっていたことになります。遺体は死体安置所に運ばれ、念入りに解剖されました。しかし、身元を示す、かすかな手がかりすら見つからなかった。ポケットの中身も、故人の身元を示すような遺留品はかけらも見つからず、ドクターが話していたナイフもありませんでした。おそらく、気を失って倒れているところを、あるいは亡くなったあと、所持品すべてを通りすがりの浮浪者あたりに盗まれたのでしょう。ともあれ、フルードは完全に一文無しと見られ、目を覆うほど不潔でみすぼらしい姿だったことから、すんなり浮浪者に違いないと結論がくだされました。検死審問は開かれましたが、むろん、身元を確認するための、費用と手間のかかる手続きは省かれました。審問の結果、犯罪性はないとわかり、おそらく野たれ死んだのだろうと推定され、そのとおりの判決がくだされました。フルードの遺体が貧困者の共同墓地に埋葬されようという、まさにそのとき、神が我らに味方したのです。セント・バーナバス病院で解剖の公開授業を受け持つ医師が、たまたまホーウェル在住でした。死体安置所に引き受け手のない遺体があることが彼の耳に入り、医学部でその遺体を解剖の教材に使用したいと、当局に請願したのです。彼の申請は承認され、遺体はセント・バーナバス病院に運び込まれ、すぐさま防腐処理を施されると、翌冬の授業で使うまで、保管されたというわけです」

「手続きは適正でしたか？　つまり、法的に、という意味ですが」

「それは、我々が問うべき問題ではありません。とりあえず、公序には反していませんし、我々の捜査活動にとっては、まさに天の救いでした」

「たしかにそうでしょう」と、言いつつも、私にはさほど救いとは思えなかった。「もちろん、フルードが有罪である見込みは排除されましたが」

「今回の件でわかったことは、それだけではありません。しかし、こうして、せっかくテンプルまで来ていることですし、ひとまずニコラス・フルードのことは忘れて、もっと魅力的な題材、夕食に注意を向けましょう」

車は小洒落た半円形の煉瓦屋根を備えた、高い屋敷の前で止まった。ソーンダイクが運転手に料金を支払うと、我々は屋敷に向かい、オーク材の階段を二段上がって玄関前に立った。我が友人が住まうその屋敷の扉の前で、事務員らしき風貌の小柄な男性が、我々を出迎えた。彼の皺くちゃの笑顔を見て、私はなんとなくジャップのことを思い出した。

「こちらはミスター・ポルトン」ソーンダイクは彼を私に紹介した。「ポルトンのおかげで、私は体力を要する実験全般から解放されています。彼はあらゆる分野のスペシャリストでね。そのひとつが料理です。そして、私の嗅覚が裏切らないなら――素晴らしい！　当たりだろう、ポルトン？」

「あなたの嗅覚が何を求めているかにもよりますが」ポルトンが笑みを浮かべると、迷宮のように入り組んだ皺が生まれた。「でも、先にお支度を整えたいでしょう。それに、ドクター・ストレンジウェイズのお部屋も整っておりますよ」

その言葉を合図に、ソーンダイクは私を連れて二階へ上がり、寝室に案内してくれた。窓外にプラタナスの木立と古風な赤レンガ屋根の連なりがのぞめる素敵な部屋で、私はしばし手を洗ったり髪に櫛をあてたりと、身だしなみを整えた。それから階下の居間に降りると――そこには、すでに嗅覚に導かれたソーンダイクの姿があった――そして彼の嗅覚に狂いはなかった。

「ポルトン氏は職業を誤りましたね」料理に舌鼓を打ちながら、私は言った。「ウェスト・エンドのクラブか高級料理店の支配人になるべきだったのに」

するとソーンダイクは、厳しく私を見据え、「そんなことをおっしゃるとは心外です、ストレンジウェイズさん。あなたは、天文時計から顕微鏡に至るまで何でも作り出せるうえに、写真技術から分析化学、顕微鏡の操作、手工芸に至るまで、あらゆる分野の専門家である男に向かって、たかがコック長の地位に身を落とせというのですか？　なんて酷いことを！」と言った。

「存じませんでした、ポルトンさんが、それほど才能と業績に恵まれた方だとは」私は弁解するように言った。

「ポルトンは大した男です。私に食事を用意してくれるのは、彼の謙虚さのあらわれだと思っています。本人の意向なのですよ――私への個人的忠誠を尽くしてくれるのは。ポルトンは私がレストランやクラブで食事を取るのを好みません。そしてもちろん、何をやっても、そつのない彼のこと、料理も最高ですからね。食事を済ませたら、実験室へ行きましょう」

食事のあと、階上にあがると、ポルトンが毛髪を横方向に切断し、ソーンダイクが顕微鏡用に蓄積した膨大なコレクションに加えている最中だった。ソーンダイクは私に巨大な備え付けのカメラを見せるため、この作業を取っておいてくれたのだ。そのカメラでは、複写、拡大、縮小が可能で、さらには顕微鏡写真の撮影までできた。さらには、精巧な歯車装置つきの施盤の動作や、化学分析用の複雑な実験装置も見せてくれた。

「ちっとも知りませんでした」居間に戻ると、私は言った。「法医学の実務に、あんなにたくさんの複雑な機器が必要とは」

「実際のところ、法医学は、学識体系的な意味合いで言う限り、単一の学問ではありません。無数の法的問題を解決するための、ありとあらゆる学識体系を応用したものが法医学なのです。それで思い出しましたが、まだアンスティがまとめた検死審問の報告書を読んでいませんでした。私のために置いていってくれたようです。これから一緒に見てみましょうか。長くはかからないはずです。そのあと、お休みになる前に、テンプルやエンバンクメント界隈へ散歩に出かけましょう」

「明日はロチェスターへいらっしゃいますか？」

「ええ。ニコラス・フルードに関して、検死官に報告する必要がありますから。他にも何か起こるかもしれませんし」

「これで、ニコラスは完全に容疑者リストから外れたわけですね。この事件の謎を解く希望が少しでもあると思いますか？　つまり、犯人を特定できる可能性は？」

ソーンダイクはしばし考えたのち、「ヒントを提供できるのでは、と考えています。しかし、むろん、まだ遺体を見ておりませんので」

「残念ながら、あまり見るべきものはありませんよ」

「そうかもしれません。しかし、医学的見地から眺めた場合、違った判断ができる可能性はあります」

「医師は、死因について、なんの意見も表明できませんでした」

「でしたら、一目瞭然の徴候はないのかもしれませんね。しかし勘ぐってみても意味はありません。判断は明日に持ち越しましょう」ソーンダイクはアンスティの報告書を開くと、すばやく目を通しながら、ときおり幾つかの点で詳細を確認するため、私に質問をした。読み終えると――かなり簡潔で凝縮された内容だったらしい――ポケットに入れ、約束したとおり、散歩に行こうと私を誘った。そその後も、一、二度、事件に話を向けてみたが、ソーンダイクはまったく乗ってこなかった。どうやら、自分の目で見てはっきりさせたいことがあるらしく、それまでは判断を保留にすると決めているようだった。

第十七章　ソーンダイク、切り札を出す

ロチェスターへ向かう旅は、状況が違えば、もっと心の弾む楽しいものになっていただろう。ソーンダイクは絶え間なく愉快な話を聞かせてくれ、普段の私なら興味津々で聴き入っていたはずだ。しかしソーンダイクは、旅の目的に関する言及をかたくなに拒み、私はその目的に完全に心を奪われていたので、その呪縛から逃れるのは難しかった。彼がどれほど面白おかしく話そうと、私の耳をむなしく素通りするばかりだった。礼儀上、聞いている振りはしたし、一応受け答えもしたが、少しでも間があくと、途端に思いは事件のことに舞い戻り、ふたたび不毛な憶測の悪循環が始まるのだった。

ソーンダイクの頭にはどんな計画があるのだろう？　このロチェスター行きの目的は、検死官にフルードの死を伝えるだけではあるまい。それなら書簡で十分だし、何より私が遺体の身元を証言できる。きっと彼は、なんらかの事実が明るみに出ることを予期しているのだ。これまで見過ごされてきた事実を。そしてそれは、棺に横たわる、恐ろしくも痛ましい亡骸に関わりがあるようだ。報復を願って天に叫んでいるに違いないのに、言葉にならない声。ソーンダイクには、その声がはっきりと聞こえているのだろうか？　ソーンダイクの口ぶりは、まるで朽ち果てた夫人の骨から、犯行動機も、殺人の手口も推測できると言わんばかりだった。さらには、犯人の特定すら可能だと言っているように、私には思えた。だが、どうしてそんなことが可能だろう？　ベインズ医師は、骨には外傷の痕跡

は見当たらなかったと証言している。何しろ、骨以外の肉体は完全に失われているのだ。あの骨が、死因に関し、どんな手がかりを与えてくれるというのか？　長期に渡る毒物の服用なら、骨の成分を解析することで突き止められるかもしれないが、目視では無理だ。しかも、そんな可能性は提起されていない。アンジェリーナは土曜日の晩までは元気に生きていたのだ。翌週の月曜日に壁の中に埋められてしまうまでは。いくら悩んでも謎が解けるはずがないと、私は何度も考えを頭から追い出そうとしたが、それでもまた新たな推測が浮かんでくるのだった。

霊安室の前で警護していた警官に事情を話し、我々、というかソーンダイクの入室を許可してもらった。というのも、私は中に入らなかったからだ。戸口にとどまり、そこからソーンダイクの様子を、固唾をのんで見守っていた。彼はトレイに並んだ遺留品の数々を、まるで心の中で精査するかのように見渡した。それから鼻眼鏡をかけ、その中の数点の品々について、さらに仔細に調べ始めた。やがてトレイから棺桶に向き直り、蓋を開け、鼻眼鏡をはずすと、しばしのあいだ、亡きアンジェリーナのおそろしい遺骨に視線を注いでいた。その表情からは何も読み取れない。おだやかで冷静な性格と釣り合いを取るように、彼は終始、無表情を保っていた。今その顔には、探究心と集中力しか浮かんでいない。やがて、彼の目が棺桶の上から下までゆっくり移動してゆくのを見て、骸骨となった遺体全体を整然と調べているのだと見当がついた。やがてソーンダイクはふたたび眼鏡をかけ、棺桶の上部にある何か――おそらく頭蓋骨だろう――をさらに詳しく調べるかのように身をかがめた。しばらくして、ようやく彼は腰を起こし、眼鏡をはずすと、棺桶の蓋を閉めて、私の元へ戻ってきた。

「すでに開廷していますか？」ソーンダイクが巡査に尋ねた。

「五分ほど前に始まりました」その答えを聞くと、私たちは法廷へ向かった。席に着くと、ソーンダイクは係員を手招きした。

「これを検死官に渡していただけますか？」と言いながら、ポケットから事務的な青い封筒を取り出した。係員はそれを受け取ると、検死官に届けた。検死官はそれにちらりと目をやり、うなづくと、にわかに興味を引かれたようにソーンダイクを見やった。そのときは、ちょうど質屋の娘が証言していた。彼女が鼻にホクロのある謎の男について語るのを、陪審員たちはじっと耳を傾けている。彼女の証言中も、検死官はときおり封筒に目を落としていたが、まもなく手に取って封を切り、証言が一段落したところで中身を取り出し、裏返してサインを見た。それから内容に目を走らせたが、その眉が吊り上がったのが見えた。だがその瞬間、陪審員のひとりが質問をしたため、その回答が供述書に記載されるまで、封書は伏せておかれた。ようやく娘の証言が終わり、彼女が退席すると、検死官はメモを取り上げ、丹念に読み返した。

「みなさん、イスラエル・バングズ氏の証言に移る前に、いくつかの新事実について検討しなくてはなりません。おそらくみなさんも、重要な意味を持つと思われるはずです。たった今、法医学分野の著名な学者であるジョン・ソーンダイク博士から書面を受け取りました。故アンジェリーナ・フルードさんの夫である、ニコラス・フルード氏が逝去なさったとのことです。亡くなったのは三カ月ほど前ですが、身元が判明したのは昨日だそうです。フルード氏の家政婦と、そちらにいらっしゃるストレンジウェイズ医師が本人と確認しました。ストレンジウェイズ博士は本日、出廷なさっているので、この件について証言していただけます。私としてはまずストレンジウェイズ医師、次いで、ソーンダイク博士を呼び、詳細をお話しいただくことを提案いたします」

陪審員たちが興奮気味にその提案に応じたのを受けて、すぐさま私の名が呼ばれ、私は検死官の左隣に席を移した。コブルディックが私を〝最重要証人〟と称していたのが現実のものになったと実感したのは、陪審員たちの注目の的になっているのに加え、バンディが好奇に満ちた目で、食い入るように私を見つめていたからだ。

私はフルード氏の遺体を確認した際の状況について、ごく簡単に物語った。病院に搬送された経緯は知らないが、間違いなくニコラス・フルード氏の遺体であった。質問は出なかったが、あちこちで、ひそひそ声が飛び交い、陪審員のひとりは軽率にも大声で、「やつは絞首刑をまぬがれたようだな」と口にした。それから検死官は、丁重な態度でソーンダイクを召還し、提供可能な情報をお話しいただけますか、と尋ねた。我が友人はテーブルの上座へと進み、事務員が用意した椅子の前で宣誓を行った。

「ニコラスさんはお気の毒でしたね」バンディが耳元でささやきかけてきた。いつのまにかソーンダイクがいた席へ移動していたのだ。「考えるだけでぞっとします」

「たしかに災難でした」私の証言は、よほどバンディを震え上がらせたらしい。彼の顔は幽霊を目撃したかのように真っ青だった。だが、それ以上、話を続ける暇はなかった。ソーンダイクが宣誓を終え、検死官からの一般的な質問に答えるのを皮切りに、証言を始めたからだ。昨日私に話してくれたのと大差ない状況説明を行ってから、検死審問の結果と、身元不明者の遺体として医学部に搬送された経緯について、関連書類を提出した。

「フルード氏の死亡日時に疑いはないのですね？」

「実際的見地から、ないと思います。フルード氏は四月二十五日には生きている姿が確認され、二十六日の朝に遺体が見つかっています。ここに検死審問の供述書の写しがあります。遺体発見日時もここに記されています」

「それでは、フルード氏の死亡は、妻の失踪以前ということになり、これ以上、彼のことは今回の審問で取り上げないこととといたします」

ここで陪審員長が質問をなげかけた。「ソーンダイク医師はフルード氏の追跡にだいぶ骨を折られたようですが、警察の依頼で捜査なさっていたのですか?」

「それは厳密には我々の関与すべきことではないと思いますが」検死官はそう答えつつも、問いかけるようにソーンダイクを見た。

「私は民間のクライアントの依頼で、アンジェリーナ・フルードさんの失踪事件を捜査しておりました。彼女が犯罪に巻き込まれたかどうかを探り、もし巻き込まれたのであれば、犯人を突き止めるために」

「そんなの初耳です」バンディが小声で言う。「少なくとも僕は。ジョン、あなたは知っていましたか?」

「ああ、実は。でも、口外しないと約束していたので」と答えると、バンディから少しばかり避難がましい視線を向けられ、コブルディックからも妙な目で見られた。だが、そのとき検死官がふたたび口を開いた。

「昨日の審問で提示された証拠をご覧になりましたか?」

「はい。概要をまとめた報告書を読みましたので」

「あなたの独自な捜査によって、そうした証拠から判明されていないことで、何かわかったことはありますか?」

「はい。先ほど私は、故人の遺骨と、それぞれ別々の時期に見つかった遺留品を拝見しました。それらについて、新たにわかったことをお話しできると思います」

「ご自身で遺体を確認された結果、死因について判明したことはありますか?」

検死官の尋ねる声に熱意がにじんだ。

「いいえ。私の調査で判明したのは、遺体の身元についてです」

検死官は落胆したように、「遺体の身元は論点ではありません。すでにアンジェリーナ・フルードさんのものと特定されております」と言った。

「それなら」ソーンダイクは言う。「その判定は間違いです。誓って申し上げますが、あれはアンジェリーナ・フルードさんの遺体ではございません」

その発言がなされるや、法廷は水を打ったように静まり返った。静寂を破ったのは、コブルディックが場をわきまえずに吹き鳴らした口笛だった。ソーンダイクの証言は雷のように私を打ちのめし、バンディに目をやると、彼も驚きのあまり呆然としている。数秒の沈黙ののち、検死官が戸惑いを隠せぬようすで尋ねた。

「あまりにも意外な発言です、ソーンダイク博士。すべての証拠が指し示す事実と、大きく食い違っているようです。あの遺骨の状態をご覧になっておきながら、そこまで確信を持って言い切るなど、とうてい信じ難い。生石灰の破壊的な効力を考えに入れておられない」

「まさに、その生石灰の効力のために、確信を持って言い切れるのです」

「まったく意味がわかりません。あの遺骨がアンジェリーナ・フルードさんのものではないと断定した理由を、わかりやすく説明してもらえませんか?」

「単純な推定の問題です」ソーンダイクは答える。「四月二十六日までアンジェリーナさんは生きておられたことがわかっている。そしてその夜、もしくは翌日に、遺体が城壁内部に埋められたと推測されている。もしそれが事実なら、七月二十日に城壁を崩したとき、遺体はいささかも損なわれず、完全な状態で発掘されたはずなのです！」

「遺体が生石灰に覆われて埋まっていた事実を、見過ごしておられるのでは？」

「いいえ。実はその事実こそ、遺骨が夫人のものではないと決定づけるものです。世間的には、生石灰は人間の遺体のような有機物を完全に破壊し、焼き尽くすと広く信じられています。しかしそれは誤った認識です。生石灰にそのような効力はありません。それどころか、有機物を保存する強力な効果を発揮するのです。有機物が腐敗するのは、多少なりともその物体が水分を含んでいるからです。もし有機物が完全に乾燥していれば、腐敗の進行は妨げられ、完全に元の状態を保ったまま保存されます。さながらエジプトのミイラのようにね。しかし、生石灰には、接触した有機物から水分を除去し、乾燥状態を保つ性質もあります。その性質が、きわめて効率的な保存効果として働くのです。もしフルード夫人の遺体が、亡くなってすぐ、三カ月前に生石灰の中に埋められたのであれば、今頃はミイラに近い状態に変質しているはずです。一部分として損なわれることなく、容易に夫人だと判別できたでしょう」

ソーンダイクの説明に、その場の誰もが引き込まれ、同時に驚嘆していた。陪審員の表情をひと目見ただけで、判決を下す自信を一気に失ってしまったのが伝わってきた。検死官も納得しかねているようで、眉根を寄せたまま、数秒考え込んだ末に、反論を述べた。

「世に信じられている生石灰の破壊的特性が、迷信のたぐいにすぎないというご意見は、とうてい受け入れ難いものです。クリッペン事件でも同様の問題が取り上げられたのを、覚えておいででしょう。ある専門家の証人が――かの偉大な権威であるペッパー教授ですが――生石灰に破壊的特性があると、たしかな根拠に基づいた意見を述べられ、もし死体が十分な量の生石灰の中に埋められたら、遺体は完全に消失すると証言されました。あなたも同意してくださると思いますが」

「もちろんです。ペッパー教授は現代における最も偉大な法医学者のひとりです。しかし、この件に関しては、大方の法医学者が採用している見解と食い違っておられるようですね。ただ問題は、彼が述べたのはたんなる意見であり、当時はそれを否定する証拠が存在していなかったということです。しかしその後、生石灰の効果に関しては、実際に検証実験が行われており、その実験結果こそ、たしかな証拠に他なりません」

「それは、どのような実験ですか?」

「最初の実験は、カイロにある政府機関、分析評価研究所兼純分検定所の所長であるA・ルーカス氏によって実施されました。氏はその問題を、法医学的に重要なものと位置づけ、正確な結論を出すべきだと考えたのです。そこで、複数回にわたり実験を繰り返し、詳細な結果を『法医学における化学』という著書にまとめて出版しました。許可が得られれば、その本を一冊、証拠として提出いたします」

「ソーンダイク博士の証言に、証拠能力はありますか?」陪審員長が質問をした。「証人は、第三者の実験結果について、宣誓はできないと思いますが」

「検死審問では認められています。そこまで厳格な規則に縛られていないのです。ソーンダイクさんの説明は、審問内容に関連しており、耳を傾けるべきだと思います」

「言わせていただければ」と、ソーンダイク。「同様の実験を私も追試し、結果を確認しました。ただし、出版されている実験の方が、先例として承認されています。お許しいただければ、私の追試結果について説明する前に、ルーカス氏が行った実験の方を引用させていただきます」

検死官から承認を得ると、ソーンダイクは続けた。

「実験には死んだばかりの小鳩が使用されました。毛だけ毟《むし》り取った状態で箱に入れ、かるく蓋をして、それぞれ乾燥した土、消石灰、漂白粉、そして水を加えて消和したばかりの生石灰をつめました。そのまま六か月間埋めたままの状態で、箱はカイロの実験室の屋根上に並べ置かれました。その期間が終了すると、鳩は土の中から取り出され、次のような結果が確認されました。乾燥した土に埋められた亡きがらは最悪の状態でした。腐臭がひどく、肉体の大部分は消滅していました。最も状態が良かったのは生石灰に埋めた亡きがらです。乾燥して硬くなり、皮膚は無傷でしたが、当然ながら身体はしぼんでいました。他の三つの結果は無関係なので省きますが、生石灰ほど完璧に状態が保たれていたものは、ひとつも無かったと言っていいでしょう。

この実験記録を読み、私は、ひとつには確認のため、もうひとつは生石灰が生物の身体に及ぼす効果について直接この目で確認したいという理由から、追試を行うことにしました。使用したのは死んだばかりのウサギです。毛皮を剃ってから大きめの箱に入れ、本に書かれていたのと同じ物質を詰めました。夏の六か月間、そのままの状態で放置したのち、取り出して結果を確認しました。乾燥した土に埋めたウサギは腐敗の最終段階にありました。一方、生石灰に埋めたウサギは、腐敗臭ひとつなく、皮膚も無傷で、乾燥して萎んだだけ——つまりミイラ化しただけ——で、身体に異変はありませんでした。他のどれと比べても、保存状態がもっとも良かったのです」

そう証言がしめくくられると、その場に気まずい沈黙が広がった。検死官は物思わしげにあごをさすり、陪審員たちは疑念と不審に満ちた顔で互いを見交わしていたが、最後にピレー氏が全員の思いを代弁して意見を述べた。

「こちらの学識ある紳士の、生石灰には遺体を破壊する効力がないという説明自体に文句はございません。しかし現実は違います。私たちはこの目で遺骨を見たのです。実際に起きたことを前にして、それが不可能だと言われても、何の役に立つでしょう」

ソーンダイクはポケットから紙切れとフェルトペンを取り出し、何かを走り書きし始めた。陪審員の反論に対する回答かと思ったが、その前に検死官が答えを返した。

「ソーンダイク博士の証言は、埋められていたのがアンジェリーナ・フルードさんの遺骨ではないというものです。すなわち、発見された遺体はアンジェリーナさんではないとおっしゃっているのです」

「しかし、誰かの骨ではあるわけだ。そして、可能にせよ、不可能にせよ、生石灰がすっかり肉体を溶かしてしまったようではありませんか」

「たしかに。発見された遺体が消失したのは紛れも無い事実です。それに、その身体的特徴は、科学的見解において、夫人とかなり似通っている。それについてはどう思われますか、博士？」

「私の供述は、ある時期に生きていたと思われるアンジェリーナ・フルード夫人に関するもので、壁内部に埋まっていた身元不明者の骨については、なんの意見も申し上げられません」

ふたたび法廷内に不穏な沈黙が広がり、そのあいだにソーンダイクはメモ書きを仕上げ、その紙を折り畳むと、開かないよう余白部分を折り込んでから、裏に宛先を書いた。紙片は隣の人に渡され、端に座る私の元まで回ってきた。メモを開こうとした私は、そこに〝ピーター・バンディ様、親展〟と記されているのに気づき、仰天した。私はすぐさまバンディに手渡した。だがバンディの驚きは、私の比ではなかった。バンディは文字通り雷に撃たれたように固まって見えた。誇張ではなく、目を見開いて、開けたメモをむさぼり読むバンディの形相は尋常ならざるもので、私は非礼をかえりみず、あからさまに彼の顔をのぞきこんだ。最初バンディの顔は真っ赤に紅潮したが、次いで幽霊のように真っ青になり、またふたたび紅潮した。そして、私の人生において最初で最後になったが、バンディの激怒した顔が見られた。だがそれも一瞬のことで、数秒のあいだ、バンディは瞳を輝かせ、口元を固く結んでいたが、やがて急速に怒りの表情は消え去り、代わりにいたずらっぽい笑みが浮かんだ。そして、バンディはメモの余白部分を破り取ると、二、三語何かを書き付け、小さく折り畳んでソーンダイクの名を書くと、ふたたび彼まで回すよう私に手渡した。ソーンダイクの手元に届くと、彼は開いて短い伝言を読み、バンディに向かって重々しくうなずいた。それから再び、陪審員長に視線を向けた。陪審員長は検死官に向かって、長々と主張を述べ立てている最中だった。

「陪審員を代表して言わせていただきますが、ソーンダイク博士の証言にはとても納得できません。他の証拠と噛み合わないからです。我々に提示されている証拠は次のようなものです。四月二十六日、アンジェリーナ・フルード夫人が失踪を遂げ、それ以後、生きている夫人の姿は確認されていない。失踪した夜、もしくは翌日の夜、何者かの遺体が城壁内部に埋められた。三カ月後、壁の中から遺体が発見されたが、生石灰に埋もれ、白骨化していた。遺骨は専門家の鑑定により、アンジェリーナ・フルード夫人と似通った体型および年齢の女性のものと確認された。遺骨と共に、衣服、貴金属、装飾品などが見つかり、すべてアンジェリーナ・フルード夫人の衣服と所持品であることが判明した。

それ以外の所持品は川で発見されており、それらは城壁内から発見された遺留品には含まれていないものだった。これらの事実から、陪審は、城壁内から見つかった遺体がアンジェリーナ・フルードさんのものであることを疑うのは、不可能であるとの印象を持っています」

陪審員長が発言を終えると、検死官はソーンダイクに向き直り、かすかに戸惑うような笑みを浮かべ、こう言った。

「もちろん博士、陪審員長が見事に要約された事柄については、あなたも検討なさったと思います。それに対して、どうお答えになりますか？」

「あいにくですが、やはり異議を唱えなくてはなりません。陪審員長の事件概要の要約がどんなに見事でも、発見された遺体の状態が、提示された埋葬の状況と両立しない――確立した化学的論証に基づいて――という反論に回答を与えるものではありません」

検死官は眉を吊り上げ、唇をぎゅっとすぼめた。

「ご意見はもっともです、博士。しかし、我々は苦境に立たされている。確認された証拠と化学的実証とのあいだで、板挟みにあっているわけです。ここから抜け出す打開策を提供できますか？」

「おそらく、バンディ氏を証人に迎えれば、板挟みの状況から脱却するために協力してくださると思います」

「バンディ氏ですって！」検死官が素っ頓狂な声を上げた。「彼がこの事件に関わっているとは存知ませんでした。何か情報を提供していただけるのですか、バンディさん？」

「はい」バンディがおずおずと、緊張気味に答える。「たぶん、少しだけ謎を解くお手伝いができるかと」

「それなら、もっと早く申し出ていただきたかったが、言わずじまいになるよりマシです。即刻、証人席にお迎えいたします」

この言葉を受けて、ソーンダイクは元の席に戻り、代わりにバンディが移動して、ソーンダイクが退いたばかりの椅子の横に立った。

「それではバンディさん、あなたのクリスチャンネームは――」

「証人はまだ宣誓を行っておりません」ソーンダイクがさえぎって言った。

検死官はにっこり笑い、「手続き厳守の実務家には従わねばなりませんな。規則を頭に叩き込んでおかなくては。ともあれ、あなたのおっしゃる通りです、博士。氏名も証言の一部ですからね」

そうしてバンディは宣誓を済ませ、検死官はにこやかに質問を続けた。

「さてバンディさん、発言は慎重になさってください。宣誓なさったことをお忘れなく。あなたのクリスチャンネームは？」

「アンジェリーナです」バンディの口から、度肝を抜くような答えが返ってきた。

「アンジェリーナですって！」ピレー氏が大声で怒鳴った。「そんなはずないでしょう。それは女性の名前だ」

「証人はご自分の名前をご存知だと考えるべきです」検死官は証言を書き留めた。「アンジェリーナ・バンディ、と」

「いいえ、違います」バンディが言った。「アンジェリーナ・フルードです」

その瞬間、検死官は手にしたペンを空中でぴたりと静止させた。私を含む法廷内の全員が、まるで石に変わってしまったかのように、しばし動きを止めた。そして、身体を硬直させながらも、ひとり残らず、口をぽかんと空けていることに、私は気づいていた。目にした人々の顔は、不信感の混じる驚きの表情に固まっていたが、私自身は、驚きとともに、確信めいた気持ちを抱いていた。たしかに驚くべき告白ではあったが、耳にした瞬間、それが真実だとわかったのだ。外見的な違いこそあれ、私がバンディに対して優しい気持ちを抱いたのは、男性同士の友情には似合わぬ、微かな力が作用していたからだと、一瞬のうちに悟ったのである。表向き、私は騙されていたわけだが、私の潜在意識は、常にアンジェリーナの存在を認めていたのだ。

誰もが息を呑み、沈黙する中で、証人は穏やかに、彼の——いや彼女の——眼鏡越しに法廷内を見回していた。ついに検死官が静寂をやぶり、厳かな声でこう尋ねた。「冗談ではないのでしょうね？あなたは本気で、ご自分がアンジェリーナ・フルードであると証言なさっているのですね？」

「はい。私はアンジェリーナ・フルードです」

ここでピレー氏が我に返り、興奮気味に問いかけた。「つまりこちらの紳士は、自分が亡くなっていると証言なさるおつもりですか？」

「証人は見ておわかりの通り亡くなっておりません。彼は自分が男性ではないとおっしゃっているのです。自分は女性だと証言なさいましたから」検死官が言った。

「しかし、彼が言うには彼女が——、少なくとも彼女が言うには彼が——」

「頭が混乱なさっているようですよ、ピレーさん」陪審員長がさえぎった。「つまりこれは、男装した女性が、検死審問の法廷において、悪ふざけを行ったということらしい。陪審は、彼女が本人である証拠を要求します」

「断固、賛成です。身元確認は不可欠です。どなたか、こちらの——ええと——人物の身元を保証できる方はいらっしゃいますか？　ジャップさん、あなたはいかがです？」

「ジャップさんを巻き込まないでください」アンジェリーナが口早にさえぎった。「必要ありません。もし私に、家まで走って戻り、服を着替えることをお許しいただけるなら、ギロー夫人とドクター・ストレンジウェイズが証明してくださるでしょう。ついでに、陪審員の方々に、参照用の写真を持ってきますわ」

「それはとても妥当な提案に思えます。いかがですか、みなさん？」検死官が尋ねた。

「適切なご提案だと思います。彼女に本来の服装に着替えてきていただきたい。時間はどれくらいかかりますか？」

「三十分以内に戻ってきます」アンジェリーナは答え、退席を許された。私は複雑な感情を抱きながら、彼女が帽子、手袋、ステッキを手に取り、さっそうとドアに向かうのを、じっと見つめていた。戸口で一瞬、立ち止まり、片眼鏡越しに、素早くいたずらっぽい視線を私に投げかけた。そしてドアから出てゆき、彼女とともに、なじみのピーター・バンディの姿は永遠に姿を消した。

第十八章　悪びれない悔悟者《かいご》

アンジェリーナが退出し、扉が閉まった途端、法廷内にざわめきが広がった。仰天した陪審員たちは、頭を寄せ合い、新たな展開について活発に議論を交わし始め、検視官は沈思黙考《ちんしもっこう》の風情で坐っていたが、必死で考えを巡らせているのは明らかで、ときおりソーンダイクの方に探るような視線を投げかけた。そのあいだに、コブルディックが私のそばまで来て、小声で話しかけてきた。

「驚きの展開ですな、ドクター。度肝を抜かれましたよ。まったく！　あの若い女性の手際の鮮やかさといったら。私たちを翻弄し、自分で仕掛けた証拠品を発見するよう仕向けるとはね。お見事のひと言です」そう言って、楽しそうにクスクス笑ったが、ふと声を落として言い足した。「彼女が面倒な立場に立たされなければいいですね」

私は称賛の念も新たに、コブルディックを見やった。これまでも、彼には常に好感を抱いてきた。有能であるうえ、優しさもそなえている。そして今、彼の示した心の広さは、私に尊敬と感謝の念を抱かせた。心の狭い人なら、アンジェリーナに激怒するところだろうが、コブルディックは彼女の演技を公正に評価している。ただ率直に面白がり、感心しているのだ。その顔には、生まれ持っての善良な笑み以外、何も浮かんでいなかった。

やがてピレー氏が、まるで誤った意見を表明する天賦の才に恵まれているかのように、検死官に向かって、朗らかに話しかけた。

「議長、実質上、これにて検視審問は終了とみなしてよいと思いますが」

「終了ですって！」驚いた検死官は声を張り上げた。

「はい。我々はアンジェリーナ・フルードさんの死因について審議してきました。しかし、彼女が生きていたなら、これで決着はついたはずです」

「死体安置所の遺体については、いかがですか？」陪審員長が尋ねた。

「ああ、あれか」と、ピレー氏。「忘れておった」そう言って、顔をしかめながら検視官に向き直ると、にわかに叫んだ。「だが、あれはフルード夫人の死体だった！」

「もしフルード夫人が生きているなら、それはありえませんよ」検死官が思い出させるように言う。

「しかし、それしか考えられません」ピレー氏は主張を曲げようとせず、「彼女の遺体と特徴が一致しているし、衣服や指輪も出てきた。バンディ氏は我々をからかっているに違いない」と言い張った。

「たしかに遺体に関しては謎めいています。ピレー氏のご指摘のとおり、フルード夫人の衣服を身に着けていた。どうやらフルード夫人が関与していると考えられます」検死官は認めた。

「それは間違いありません」陪審員長も同意した。「フルード夫人は遺体が誰で、いかにしてあの場所に埋められていたかご存知に違いなく、それについて釈明していただく必要があります」

「そのとおりです。だが、それにしても、珍妙な事件だ。ソーンダイク博士はどうやって謎を解いたのでしょう。博士は誰よりこの事件の真相に詳しいようだ」

だが、ソーンダイクは何も説明しようとしなかった。「私の意見はたんなる推論です。おそらくフルード夫人は、遺体が壁の内部に埋められた経緯をご存知でしょうから、必要な説明は彼女にお任せしますよ」

「いったい、彼女はどんな説明をする気でしょう」陪審員長が言った。「見たところ故意による殺人の可能性が高く、彼女が犯人である疑いが濃厚ですが」

陪審員長の見解に、検死官も控えめな同意を示した。それはもっともな見解だった。アンジェリーナの衣服を身に着けた遺体があり、もし実際に殺人が犯されたならば、すべての状況はアンジェリーナが犯罪に加担したことを示している。それ以外にどんな説明が可能だろうか。

陪審員の不吉な発言について思い悩んでいるうちに、どんどん不安が高まってきた。もしアンジェリーナが、言わば、墓場から引っ張り出されたのは、殺人犯として裁かれるためだとしたら、どうすればいいのか。私は彼女が有罪かもしれないなどとは、みじんも疑っていない。しかし、事件の状況が複雑なだけに、そこから逃れるのは一筋縄ではいかないかもしれない。外見的には極めて邪悪な犯行であり、失踪を装い、変装し、検視審問で沈黙を保っていたことは、私以外のすべての人にとって、彼女が有罪であることの絶対的な証拠になりえる。考えれば考えるほど、それらの証拠が致命的に思えてきて、時間が経つにつれ、私は恐怖で吐き気をおぼえるほどだった。

扉が開き、不意に広がった驚愕のどよめきに振り向くと、そこにはアンジェリーナの姿があった。だが、私の記憶にあるアンジェリーナとはまるで違う。青白い顔色や、疲労による目の下の隈や、口角の下がった口元や、悲嘆に暮れた表情は、跡形もなく消えていた。頬をバラ色に染めたアンジェリーナは、自信に満ち溢れたようすで、笑みを浮かべている。不思議なほど背が高く、堂々とした態度で、落ち着き払ってテーブルの上座まで進み、そこで立ち止まると、口元にかすかな笑みをたたえたまま、穏やかで冷静な目つきで、茫然たる面持ちの陪審員を眺め渡した。

「あなたのお名前は――」検死官は、信じがたいといいたげな目つきでアンジェリーナを見つめた。

「アンジェリーナ・フルードです」静かに答える声は、バンディのものだった。

ここでピレー氏が立ち上がり、興奮して怒鳴り散らした。「同一人物のわけがない！　バンディ氏は小男だったが、この女性は長身だ。それにバンディ氏の髪は短かったが、この女性の髪の毛を見ろ！　たった二十分でこんなに伸びるはずがない」

「そのとおりです」アンジェリーナがおっとりと答える。「もし髪が瞬時に伸びてくれたら、どんなに便利でしょう」

「あなたの異議には関連性がありません、ピレーさん」検死官が笑みをこらえて言った。「いま問題にしているのは、バンディさんではなくアンジェリーナ・フルードさんの身元確認です。この女性がフルード夫人であることを確認できる方はいらっしゃいますか？」

「はい」私は名乗りをあげた。「彼女がアンジェリーナ・フルードであることを保証いたします」

「ギローさんはいかがですか？」

ギロー夫人は、フルード夫人がかつての同居人に間違いないと認めたうえで、激しく泣き出し、ヒステリックな歓喜の声を法廷内に響き渡らせた。そしてフルード夫人に抱きつこうとするのを、事務官になだめられ、なんとか思い留まった。

「さて、フルードさん、陪審はあなたに、現在霊安室にある女性の遺体、つまり、あなたの所持品と断定された衣服および宝石類と共に、城壁内部に埋められていた遺体について、納得のゆく説明を求めています。あなたはあの遺体が城壁に埋められていたことをご存知でしたか？」

「はい」アンジェリーナは答えた。

「壁に埋められた経緯はご存知ですか?」

「はい。私が埋めました」

「あなたが埋めた!」陪審員たちが悲鳴をあげる中、ピレーの声が響き渡った。検死官は静粛を求めるように片手をあげ、度肝を抜かれたように、アンジェリーナの顔を見つめた。

「亡くなった女性が誰なのか、教えていただけますか?」

「あいにく、それはできません」アンジェリーナは申し訳なさそうに答える。「お名前は不明だと思います」

「しかし――」検死官はわけがわからないとでも言いたげに、「その女性はどのように亡くなったのですか?」

「すみませんが、それもわかりかねます。実をいいますと、尋ねませんでしたので」

「尋ねなかった!」検死官はうろたえたように、彼女の台詞を繰り返した。「しかし――その、我々は知らなくてはなりません――つまり、あなた自身の行為が原因で、その女性は死に至ったのでしょうか? むろん」検死官は早口で付け加えた。「この質問に答える義務はありませんが」

アンジェリーナは感謝の笑みを浮かべ、「喜んでお答えしますわ。私はその人物を死に至らしめてはおりません」

「つまり、こう理解してよろしいでしょうか。あなたが発見されたとき、この女性はすでに亡くなっていたと?」

「発見してはおりません。購入したのです。グレート・セント・アンドリュー通りの店で。支払った金額は、四ポンド十四シリング十三ペンス。荷馬車屋のピーターソンの店に支払った二ポンド三ペンスも含まれています。ここに勘定書を持参しております」

アンジェリーナはポケットから勘定書を取り出し、検死官に手渡した。検視官は仰々しく眉をしかめ、見てわかるほど口の両端を引きつらせながら、それに目を通した。

「みなさん、勘定書を読み上げさせていただきます」やがて検死官は、かすかに動揺のにじむ声で言った。「日付は四月十九日となっています。内容は、『ロンドン、ウェスト・セントラル、グレート・セント・アンドリュー通り、人体および比較人骨学専門店、オスカー・ハマースタインにて購入。状態最良の人骨（女性）一揃い。購入者の選択により、解体済、無漂白。支払額は四ポンド八シリング六ペンス。欠損した歯の補充料金、一シリング六ペンス。包装箱代、二シリング。荷馬車による運送料、二ポンド三ペンス。総計四ポンド十四シリング三ペンス。お買い上げありがとうございました。O・ハマースタイン』。みなさん自身の目で、確認なさりたいかもしれませんね」

検死官は、平然と落ち着き払ったアンジェリーナの顔をすばやく横目で見たあと、勘定書を陪審員長に手渡した。陪審員らは押し黙ったまま勘定書を確認していたが、静けさの中、一度だけ忍び笑いのような声が私の背後から聞こえ、振り向くと声の主はコブルディックだった。大判のハンカチを顔に当てていたが、はみだした部分は真っ赤で、わずかに紅潮した両肩は小刻みに震えている。

やがて検死官はソーンダイクに向かって尋ねた。「先ほどの証言の続きになりますが、博士、フルード夫人のお話は、あなたが遺骨をお調べになって得られた結果と一致しますか？」

「完全に一致いたします」ソーンダイクは厳かな笑みをたたえて答えた。

検死官はそれを審問記録書に書き込むと、ふたたびアンジェリーナに向き直った。

「遺骨と共に見つかった品々も、あなたが埋めたのですか？」

「はい。金属製の小物類と、焼けこげた布切れをいくつか、現実味を増すために埋めました。つまり、生石灰の効果と思わせるためです」

「では、川で見つかった遺留品についても、同様ですか？」

「ええ、もちろん、私が置きました。相当な用心をしながら」

「用心とはどのような？」

「つまり、ひとつの所持品も無駄にする余裕はありませんでしたから、暇さえあれば双眼鏡で確認し、誰かが通りかかりそうになると、目につく場所にひとつずつ置きにいきました」

「常に発見してもらえましたか？」

「いいえ。不注意な人もおりましたので。そんなときは、周囲に誰もいなくなってから回収に行き、次の機会まで取っておきました」

検死官はクスクスと笑った。「実に巧妙で、そつのないやり方ですね。しかし、フルードさん、そろそろ今回の非常に手の込んだ一連の行為の目的をお尋ねしなくてはなりません。冗談ではなかったのでしょう?」

「まさか、とんでもない」アンジェリーナは答えた。「何もかも真剣ですわ。私の夫がどのような人だったか、お聞き及びかと存じます。あの人とはとても一緒に暮らせませんでした。何度か家を出て、一人暮らしをしましたが、そのたびに探し出されました。そこで、完全に姿を消してしまおうと決意したのです」

「離婚を申し出ることもできたのではありませんか?」検死官が問う。

「とても無理でした。もし離婚したいと告げても、何の役に立つでしょう？　死ぬまで離婚に応じてくれなかったに違いありません。私は再婚することもできず、一生が台無しになったことでしょう。ですから、完全に、そして永遠に姿を消して、新たな場所で、別の名前で再出発しようと心を決めたのです。そして何ひとつ落ち度がないよう、検死審問のために、いくつか――その――必要な素材を用意し、私のお墓に適当な記念碑を立ててもらえるよう遺書を残しました。そうすれば、もしいつか再婚しても、重婚で咎められる恐れはありません。もし誰かに指摘されたら、死亡証明書と、ロチェスターの墓地に立つアンジェリーナ・フルードの墓石を示してあげればいいのです」

「では、新しい名前の誕生証明書はどうなさるおつもりでしたか？」検死官が目をぱちくりさせながら尋ねた。

それに対し、アンジェリーナは澄ました笑みを浮かべた。「それくらいは、なんとかなると思いましたの」

「なるほど」検死官は言った。「実に巧妙な計画だったと思います。しかし、明らかに、ソーンダイク博士は、バンディさんの正体を見破っておられた。彼はどうやってあなたがアンジェリーナさんだとわかったのでしょう？」

「それはまさしく、私の知りたいことですわ」フルード夫人が答えると、

「私もです」と、検死官は破顔した。「しかし、もちろんそれは、私や陪審にとって関係のないことです。我々が問題にしているのは、あなたが埋めた遺骨に関してですから。遺骨の出所については、何もご存知ないのですか？」

「お店の方は、古墳から出土した骨だとおっしゃっていました。つまり、古代のお墓からです。もちろん、彼の言うことが真実とは限りませんが」

「ソーンダイク博士はどう思われますか？」

「とても古い骨だと思いますが、保存状態がきわめて良好です。残存する元来の歯の中に、現代の頭蓋骨から見つかる歯より摩耗している歯がいくつかありました。しかし、私はざっと見ただけですので」

「それだけわかれば、我々の目的には十分、間に合います。そして、この検死審問はこれで結審となりますので、これ以上お引き止めはいたしません、フルードさん。あなたの法的立場については、正確にはわかりません。あなたの行為は、なんらかの罪に該当するのかもしれない。もしそうでも、我々には関係ないことです。しかし、陪審員一同の心情を代弁させていただくと、当局もあなたの問題には関与しないと判断することを祈っています。誰も傷ついておらず、誰も訴えを望んでいないのですから」

　検死官の言葉に陪審員たちは熱烈に同意を示し、コブルディック巡査部長もまた、「賛成、賛成」とつぶやいていた。私たちは判決が下されるまで待機し、やがて、発見された遺骨は身元不明の女性のもので、死亡状況を示す証拠は皆無であると判決が下されると、陪審員は席を立ち、私たちも引き上げる準備を始めた。

「我々と一緒に戻って、昼食をご一緒しませんか、アンジェリーナさん？」私はアンジェリーナに声をかけた。

「ええ、よろこんで。でも、ジャップさんと一緒なのです。彼のことも招いてくださいますか？」

「もちろんです」と答えながら、これで縁起良く、人数が偶数になったと気づいた。「ジャップさんがいないと始まりません」

ジャップは喜んで招きに応じ、コブルディックに慌ただしく別れを告げると、大通りに繰り出したが、当然のごとく、衆目の的になった。ジャップの事務所に近づくと、アンジェリーナが言った。

「少しだけ自分の部屋に戻って、身支度を整えてきます。先ほどは大慌てで出てきたものですから。数分とかかりません。先に行ってくださって、かまいませんわ」

「それでは、私とジャップさんが先に行き、ダンク夫人に女性客を招いていることを伝えておきます。ストレンジウェイズさんは残って、彼女に付き添ってください」ソーンダイクが言った。

私はこれ幸いとその提案を受け入れ、彼らが我が家へ向かうのを見届けると、アンジェリーナのあとについて階段を上がり、彼女が掛け金をはずすのを待った。それから二人で玄関ホールに足を踏み入れ、居間まで来ると、アンジェリーナは一瞬立ち止まり、満ち足りた様子であたりを見回した。

「また家に戻れてうれしいわ。これで厄介ごとはすべて終わったのね」

「そうだね」私は言った。「しかし、こうして戻ったからには、どう釈明をする気だい？　ずいぶん、ひどい仕打ちをしてくれたじゃないか」

「私ってひどい女でしょう、ジョン。あなたには本当に申し訳ないことをしたわ。でも、あなたを傷つける気はなかったし、こうするしかなかったの。どうか、許してくださる？」

「実をいうと、アンジェリーナ」私は言った。「どうやら、あなたに恋をしてしまったようなんだ」

「まあ、本当にそうだと嬉しいわ、ジョン。もし違うと言うなら、いっそ、もう一度、骸骨になってしまいたいくらい。それは本心かしら、ジョン？」

彼女は甘く、誘うような雰囲気を醸しながら、私の方へ近寄ってきた。とっさに私は彼女を腕に抱き、口づけをした。

「どうやら本心だったようね」アンジェリーナは茶目っ気のある笑みを浮かべ、それから――女性というのは実に予測不能な生き物で――私の肩に頭をあずけると、シクシク泣き出した。だがそれも束の間だった。もう一度キスをすると、ふたたび彼女は笑顔に戻り、それから小走りに去ってゆき、私の心をさらにかき乱した。

数分後に戻ってきたアンジェリーナは、ますます魅力を増し、私の目には女性的な愛らしさと優美さの化身のように写った。私は彼女に、自分の心情を補強する証拠を与え、屋敷を出たところで、ちょうどギロー夫人に出くわしたので、彼女にそのことを打ち明けた。

「思うのだけど」アンジェリーナは、自分の方をあからさまに見ている数人の女性たちに、こっそり視線を送りながら言った。「近隣の方々の関心の的になるのを喜ぶべきかもしれませんが、大通りより、裏道を通る方が良くはないかしら?」

「そんな必要はないさ。平気な顔をしていればいい。構うものか。通りに群がる人たちなど、地元住民の単なる見本だと思えばいい。好きに眺めさせておいて、こっちは無視すればいいのさ。私としては、彼女たちが嫌いじゃないよ。ピーター・バンディと美しい女性を交換したことが、いい取引だったと気づかせてくれるからね」

「かわいそうなピーター。折につけて、ハンサムなジョンの顔を見上げては、自分に望めるのはただの友情だけなのだと悲嘆にくれていたのよ。彼の小さな心は愛情に飢えていたというのに。あなたの取引は、ただ成功しただけじゃないわ、ジョン。だから、そんなにうぬぼれる必要はないのよ。でも、これでやっと我が家に帰れたのね――今度こそ、本当の我が家に。だって、あなたの元が、本当の意味で私の家庭だったでしょう、ジョン? そして、ほら――見てちょうだい! ダンク夫人が私たちの到着を待っていてくれているわ！」

「いつもダンク夫人をあんなに怒らせたのは、なんのためだったんだい？」

「私はただ、ダンクさんのご機嫌をうかがっていただけなのよ」アンジェリーナはすねたように答えた。「でも、口をつぐんでいることにするわ。声を聞かれたら、たちまち気づかれてしまうもの」

ダンク夫人はかしこまった態度で開いたドアを押さえ、私たちが通るのに合わせて、軽く腰をかがめた。頑固な年寄りではあったが、彼女は古い時代の使用人らしく、〝高貴な人々〟には深い敬意を払っていた。アンジェリーナはダンク夫人の挨拶に、感謝の笑みで答え、彼女のあとから大人しく階段を上がり、通された部屋に入っていった。

ソーンダイクとジャップは書斎で待っており――居間を作らなかったパートリッジ医師の優れた先例に倣い、我が家には居間がなかった――、まもなくアンジェリーナも姿を見せた。堂々たる物腰で入ってくると、敵意をみなぎらせ、けんか腰で、ソーンダイクに詰め寄った。

「なんてひどい人なの」アンジェリーナが食ってかかった。

「とんでもない」ソーンダイクは笑って否定した。「感謝されてもいいくらいです。ご自身で築かれた鉄条網から救い出して差し上げたのですから」

「それでも、ひどいわ」アンジェリーナは怒りがおさまらない様子で、「私を法廷に坐らせておいて、何も知らない人たちが次々と私の仕掛けたわなにかかるのを眺めさせ、これで全員うまくだませたと安心させておいてから、あんな手紙をよこすなんて！」と、小さな紙切れを、芝居がかった動作で取り出した。私はそれがソーンダイクから渡されたメモだと気づき、彼女から受け取って目を通した。

「これで証拠がどのように解釈されるかおわかりでしょう。偽装は保てませんし、あなたの夫は亡くなられたのですから、その必要もありません。私かあなたの口から、真実が語られるべきです。あなた自身のためにも、すべてを告白し、正体を現すことを忠告します。あなたのお考えを知らせてください」

「すごい内容だな」読み終えると、ジャップに渡しながら「いったい、どうやってバンディがアンジェリーナだとわかったのですか？」と訊いた。

「ええ、どんな方法で？」ジャップも口を合わせた。「今度はあなたが説明する番ですよ」

「説明は昼食のあとにしましょう。アンジェリーナさんの説明と交互にね。私も自分の推理がどこまで正解だったのか、確認したいので」

「よろしくてよ」アンジェリーナは答えた。「二人で説明し合いましょう。でも、先に話すのはあなたの方ですからね。私の説明を聞いたあとで、あなたがすべてを知っていたような顔をするのは許さないわ。それで思い出したけど、ジョン、ダンク夫人に説明した方がいいみたい。私の声に気づいたようだから」

アンジェリーナの意見におおいに賛同した私は、あわててダンク夫人の先手を打って、彼女に場をわきまえるよう言い聞かせた。最初のうち、ダンク夫人はショックで呆然としていたが、私が亡きフルード氏の事情について、鮮明かつ詳細に打ち明けると、激しい怒りをあらわにした。その憎悪の徹底ぶりから、ダンク夫人の亡き夫の人柄を憶測せずにいられなかった。だが、ダンク夫人の好奇心はとめどなく膨れ上がり、給仕をしている最中もずっと、アンジェリーナに目が釘付けだった。とうとう堪えられなくなったアンジェリーナは、いきなり片眼鏡を取り出すと、目に当てて、ダンク夫人をギロリとにらみつけた。ダンク夫人は驚きの声を上げて、たちまちドアの向こうに逃げ去ったが、しばらくして、しゃがれた忍び笑いが聞こえてきた。

祝賀ムードに包まれ、誰もがあふれんばかりの喜びを感じていた。ジャップすら、言葉こそ少なめでも、その不足分を皺だらけの笑顔でおぎない、加えて逆立った白い毛髪のせいで、まるで陽気なオウムのように見えた。

「この前ここで食事をしたときのことを覚えていらっしゃる?」アンジェリーナが訊いた。「私は、高名な専門家を冷やかしたり、からかったりしながら、自分はなんて賢いんだろう、彼はすっかりだまされているわと悦に入っていたのに、そのあいだじゅう、彼は知っていたのよ! それなのに、非情な博士はそしらぬ顔で黙っていたんですから! 本当に、なんてひどい人かしら!」

ソーンダイクはクスクスと笑った。「あなたは、その非情な男に、しゃべる暇を与えてくれなかったじゃないですか」

「まあね。だけど、どうして何も教えてくださらなかったの? ほんの少しでも、哀れなバンディに、自分がどんな立場に陥っているのか、ヒントを与えてくれても良かったんじゃなくて?」

「ですが、ミセス・フルード……」

「あら、アンジェリーナと呼んでくださいな」

「ありがとう。では、アンジェリーナ、あなたは私が、城壁に埋められた物については、何も知らなかったことを忘れていらっしゃる」

「あら、いやだ!」アンジェリーナは叫んだ。「それを忘れていたわ。もちろん、可能性はあったかもしれない——まあ、なんてこと! おそろしい!」アンジェリーナは口をつぐみ、じっとソーンダイクを見つめ、やがて「その可能性を疑っていらしたの?」と訊いた。

「私は何も疑いません。私が推理するのは、仮定ではなく、事実についてですから」

しばしのあいだ、沈黙が続いた。アンジェリーナと同様、私は、もし遺体が本物の遺体だったら――それも、フルード氏の遺体だったら――、ソーンダイクはどんな行動に出たのだろうと考えを巡らせていた。夫に追われている女性に対し、彼が温かな同情を寄せたのは確かだ。だが、もしアンジェリーナの自己防衛が犯罪の形を取っていたら、彼女の罪を追及したのだろうか？　彼に訊くだけ無駄だろう。それ以来、私はしばしばその疑問に頭を悩ませたものだが、決して結論が出ることはなかった。

「あとで、もう少しきちんと質問に答えてくださいね。でも、今はこれ以上お尋ねしません。まずは穏やかに昼食を済ませ、そのあとで証人席に行っていただくわ。それで私も満足するつもり」

ささやかな祝宴は続き、急ぐことなく、陽気で浮かれた会話が食卓を飛び交った。だが、とうとう、すべての儚い事柄と同じく、終わりを迎えた。テーブルは片付けられ、ポートワインのデカンターが置かれ、コーヒーが出された。ダンク夫人は、半ば挑戦的な、半ば賞賛するようなまなざしで、最後にアンジェリーナをもう一睨みしてから、部屋を退いた。

「さて」私がコーヒーを注いでいると、アンジェリーナが口を開いた。「たくさんのことを語り合う時間が来たわね。でも、とりわけピーター・バンディの正体を暴いた達人の調査について、うかがいたいわ。どうぞ、お話しください」

第十九章　種明かし

「この事件の真相究明は」ソーンダイクが切り出した。「おのずと二つの異なる捜査に分けられます。ひとつは犯罪に関する捜査、もうひとつは、便宜上、こう呼んでおきますが、なりすましに関する捜査です。相互に関わりはありますが、別々に検討するのが望ましいでしょう。まずは、犯罪の方から説明させてください。

　実際に犯罪事件を扱った経験のある者にとって、この事件は当初から、かなり異常なものでした。上流階級の女性が失踪した。殺害された可能性があり、しかも状況から見て、犯行は屋内ではなく、どこか公共の場、すなわち自宅以外の場所で殺されたと考えられる。だが、そうしたケースでは通常、遺体の発見によって犯罪が露見するものです。この事件では、遺体が川に遺棄された可能性が示唆されており、当初はそれが事件の異常性をある程度、覆い隠していました。しかしそれでも、被害者が装着していたブローチが路上で見つかり、一方で、容易に手離せるバッグが川辺で発見されるなど、不可解な点が散見されてはいました。バッグの状態や、その中に入っていた薬箱も、複数の矛盾点を提示していたといえます。

　状況的には、バッグも薬箱も、多くの小型船が停泊し、船員や労働者が頻繁に往来し、近隣の子供たちの遊び場になっている川辺に、十一日間も放置されていたようでした。汚れひとつなく発見された箱は、誰にも触れられず、川に沈んでいなかったことを示し、包装も破られていなかったので、盗んだ人物は、箱を開けて中身を確かめることなく捨て去ったことになる。バッグは発見時、わずかなゴミの下敷きになっていました。そのゴミは川に流されてきたわけではない。もしそうなら、バッグはびしょ濡れだったはずです。また、高価なバッグを目に留めずに、その上にゴミを置くことなどありえません。状態から見る限り、バッグもまた、川に流されて運ばれたわけではありませんでした。

以上のことから、その川辺こそが犯行現場であるか、何者かがバッグを川辺まで捨てに来たか、そのどちらかだと考えられました。ところが、どちらの推論も、論理的に不可能でした。フルード夫人のような女性が、夜遅くに、そんな町外れにある物騒な場所まで足を運ぶとは考えにくい。何者かがバッグを捨てにきたのだとしても、犯人でなければ、そんな行動に出るはずがない。非常に高価なバッグなのですから。しかし、犯人なら、おそらく石を詰め込んで、川に沈めたはずです。このように、最初の手がかりは著しく異常な状況を示していました。それが、すべての証拠は偽装ではないかと疑うきっかけになったのです。ブローチの件も、他の証拠と合わせて検討すると、かすかにでっち上げの可能性がありました。ブローチを質入れした男の鼻にはホクロがあった。その程度の変装なら、簡単に用意できます。鼻にホクロがある人物は非常に目立ちますし、ホクロがない人物も、逆の意味で目立ちます。また、失踪した夫人にも特殊な事情がありました。彼女は夫から逃避したがっていたが、安全に身を隠せる場所を見つけられずにいた。つまり、姿を消してもおかしくない立場にあった。妥当な失踪動機があったわけです。

かくして、当初から私の頭には、自発的な失踪の可能性が浮かんでいました。そしてその場合、新たに発見された証拠はすべて、その可能性を裏付けているようでした。たとえばスカーフです。スカーフは魚籠の下から見つかりました。偶然入り込むような場所ではありませんが、〝わなを仕込む〟にはもってこいの場所です。外から丸見えではありませんが、誰かが籠を引っくり返して見つけることは確実に予見できます。さらにこの時点で、また別の目立った特徴が現れ始めました。連続する〝遺留品発見〟が、チャタムからロチェスター橋へ向かって川をさかのぼっているという、わかりやすい傾向が見られたのです。一目瞭然の特徴ではありませんでしたが、証拠が発見されるたびに地図に記録していた私にはわかりました。ブローチの発見現場はチャタム。バッグと薬箱は少し北上したチャタムの川辺。スカーフはロチェスターのブルー・ボア岬。申し上げたとおり、これが私の関心を引きました。そして、靴の片方がブルー・ボア岬の先で見つかり、もう片方が少し上流で、ハット・ピンがそのさらに上流の橋近くで見つかると、もはや無視できなくなったのです。なにせ、常識では説明のつかないことでした。遺体が川を漂流しているにせよ、どこかに留まっているにせよ、移動方向が常に変わらないなど、ありえません。潮流は一日に二回変動しますから、遺体から離脱した遺留品も、離脱したときの潮流の方向によって、上流か下流へ流されるはずです。それが常に上流方向というのは、かなり怪しむべき状況でした。のちに、ブラック・ボーイ小道で発見があったとき、理屈に合わないという結論に至りました。これは単なる紙の上での捜査です。私の地図を見てもらえばわかります」

ソーンダイクが大判の地図を広げると、証拠品の〝発見現場〟に小さな丸がついていた。丸同士をつないだ線は、チャタムのサン桟橋から河岸に沿って北上し、ブラック・ボーイ小道と工事現場の門、そこから城壁まで続いていた。

アンジェリーナはクスクス笑った。「だって、可哀想なコブルディック巡査部長のために、できるかぎり事件をわかりやすくしてあげたかったのよ。もちろん、こんな厄介な捜査を引き受ける人がいるなんて、思いもよりませんでしたけど。ところで、あなたの個人的な雇い主はどなたでしたの？ジョン、あなたはご存知？」アンジェリーナはそう言って、私にすばやく疑いの眼差しを向けた。私がきまり悪そうに笑みを浮かべると、彼女は「なんてことかしら、本当に信じがたいことだわ！」と叫んだ。「これこそ裏切りよ。あら、ソーンダイク博士の邪魔をしてしまったわね。どうぞ、お続けください」

「さて」ソーンダイクが説明を再開した。「ここまで事件の捜査面について、専門家の視点から考察してきました。当初から手がかりは偽造である疑いがあり、新たな手がかりが発見されるたびに、その疑いは深まっていった。そこから、ひとつの重要な帰結にお気づきになるでしょう。もしこの事件が偽装なら、その偽装は現地の人間によって仕組まれた、ということです。この点を覚えていてください、もうひとつの問題である、なりすましの解明と密接な関わりがありますので。では、次になりすましの問題に移りましょう。ですが、本題に入る前に、留意しておくべき一般論について解説しておきます。その方が、身元詐称を可能にした方法について、理解しやすくなると思いますので。

なりすましや変装という概念は、しばしば誤解されています。変装とは完全な変身を遂げることで、扮する対象と瓜二つの人物になりきる――もしくは、今回の事件で言うと、変装前の自己を完全に消し去ってしまう――ものと、考えられがちです。しかし、そんな変身は不可能です。すべての変装ははったりなのです。それを効果的に作用させるのが、暗示の力です。そしてその暗示は、だます相手の心に虚偽の状況を作り出すことで補強され、結果として、かなり詰めの甘い変装でも確実な効果を生み出せます。これが、なりすましの心理学的解釈であり、この仕組みを完全に把握なさっていたアンジェリーナさんには、脱帽するしかありません。細部まで神経の行き届いた彼女の変装ぶりは、本当に見事なものでした。それでは、詳細について検討してゆきましょう。

ミスター・バンディは、表向きは男性で通っていました。しかし、もし彼が人並みに知性のある人々と同じ部屋にいたら、誰もが疑問を抱いたはずです。『あの人物は男性か？　それとも、短髪で男装をした女性なのか？』と。あるいは、満場一致で女性と結論が出たかもしれない。しかし現実には、誰もそんな質問をせず、そもそも、疑問すら抱かれなかった。彼はミスター・バンディだったからです。若い男性を見て、もしかしたら変装した女性かもしれないと勘ぐる人などおりません。次に、ドクター・ストレンジウェイズの立場を考えてみましょう。彼こそカモとして選ばれた人物です。彼はこの見知らぬ街を訪れ、不動産業者と賃貸契約を結びます。事務所に足を踏み入れ、そこで、通常の業務に勤しむ二人の人物と出会います――二人の名前はおもての看板にも記され、ロンドンの斡旋業者からも彼らを訪ねるよう言われてきました。彼はそこで一般的な賃貸契約を結び、バンディ氏をごく普通の有能な若者として認識しました。時間をおいて、再び事務所を訪れた彼は、バンディ氏と言葉を交わします。そして、これからバンディ氏の紹介でフルード夫人に紹介してもらえるという段になって、バンディ氏に用事が持ち上がり、外出してしまいます。その数分後、ドクター・ストレンジウェイズはフルード夫人の住居に案内され、ゆったりと針仕事をしている女性と会います。いくらフルード夫人がバンディ氏にそっくりでも、ドクター・ストレンジウェイズの頭に、二人は同一人物かもしれない、などという考えが浮かぶでしょうか？　思い出してください。彼はほんの数分前に別の場所でバンディ氏と別れたばかりで、フルード夫人はアパートの自室で、あたかも何時間もそうしていたような風情で坐っていたのです。そんな疑念を持つはずがありません。疑うべき手がかりなど何もなかったのですから。

とはいえ、実際のところ、フルード夫人は、ちょっと見ただけではバンディ氏と同一人物とは気づかれませんでした。両者は身長の違いが際立っていました。同じ身長でも、たいてい女性の方が男性より大柄に見えるものです。バンディ氏は小柄な男性でしたが、並外れて踵の低い靴をはくことで、さらに背を低く見せていた。一方、フルード夫人は大柄な女性で、高い踵の靴と髪の毛によって、実際より長身に見せていた。髪の毛を差し引いても、バンディ氏より、ゆうに二インチは高かったでしょう。

それに、顔立ちの類似性もわずかなものでした。フルード夫人は豊かな髪の毛の持ち主で、前髪を額とこめかみに垂らしていた。バンディ氏は短髪で、前髪は額の後ろになでつけていた。フルード夫人の眉は色濃く力強かったが、バンディ氏の眉は薄く、短く切り詰めてすらいた。フルード夫人は顔色が悪く、やつれた感じで、目の下にはくまができ、口角が下がり、憂いをおびた表情をして、物腰も沈んでいました。バンディ氏は血色がよく、いつも笑顔で、陽気に振る舞い、しかも片眼鏡をかけていました――眼鏡は顔立ちに驚くような効果をもたらします。声と発音も全然違いました。おまけに、ドクター・ストレンジウェイズは、薄暗い部屋の中でしかフルード夫人を見たことはなかった。薄闇の中では、顔立ちに微妙な類似があっても、気づかれないものです。

次に、別の暗示効果について検討してみましょう。ドクター・ストレンジウェイズはまずバンディ氏と知り合い、次いでフルード夫人と知り合いました。二人は別々の人間であり、ほぼ赤の他人同士だった。両者の属する環境はまったく異なるものでしたから、二人を結びつけて考えることは決してない。二人は互いにつながりのない、別々の友人だったのです。こうして両者は別々の存在として、ドクター・ストレンジウェイズの頭の中に確立され、両者が別人であるという認識は、慣れによって強化されてゆきます。慣れこそ、二人が同一人物であることを指し示すいかなる示唆も妨げてしまう、永続的な暗示効果をもたらしたのです。先にバンディ氏と知り合ったことが、強く働きました。もし彼がフルード夫人の失踪後に現れたなら、そんな妨害的な暗示は生まれなかったでしょう。誰かが二人の類似性に気づき、バンディの変装は見破られていたかもしれません。

ついでに、バンディ氏の変装にみられる手法と方針について触れておくと、手間のかかる化粧、かつら、つけまゆげ、頭髪用の脂、つくり声などは、すべて失踪前のかりそめのフルード夫人を演じるためのものでした。バンディ氏は、眼鏡以外、なんの変装もしておりません。たんにフルード夫人が髪を切り、男性の格好をしただけです。声音を変えることすらしなかった。というのも、フルード夫人の声はコントラルト（女性の低音域に属する声）で、普段から低いトーンで話していたため、最高音の声さえ出さなければ、高めの男性の声として十分通用したのです。

概略説明はこれくらいに留めましょう。次に私の立場からお話しします。私はフルード夫人と面識がありませんでしたから、当然、彼女とバンディ氏の類似性には気づきませんでした。そして、ドクター・ストレンジウェイズと同様、バンディ氏が男性であるという暗示にかかっていました。ですが、個人的な観察眼から得た結果は違いました。私は職業柄、可能な限りすべての心理的暗示を避けるようにしています。事実をふるいにかけ、外観から受ける印象に惑わされず、まっさらな心で考察するためです。そして、これは覚えておいていただきたいのですが、初めてバンディ氏と会ったときには、すでに私の心には、今回の事件は偽装かもしれないという、微かな疑いが芽生えておりました。つまり、真相は外見とは違うところにあり、その場合、手がかりは誰かが即席ででっち上げているのではないかと。

　バンディ氏を紹介されたとき、私は初対面の人に対していつもするように、彼を仔細に観察しました。その結果、いくつか特異な事実がわかりました。目にとめたのは、彼がやけに踵の低い靴をはいていることと、きわめて女性らしい身体的特徴を具えていたことです。踵の極端な低さには、目をみはりました。逆に、とんでもなく踵の高い靴をはいているなら納得できます。しかし、なぜ目立って背の低い男性が、異常なほど踵の低い靴をはかなければならないのか。履き心地がいいという以外、私には論理的な理由が思いつきませんでした。それで、その件は記憶にとどめ、後々の検討材料として取っておくことにしました。

　バンディ氏の身体的特徴で最初に目を引かれたのは、手の形です。両手の形がことのほか女性的だったのです。もちろん人の手の形は多種多様ですが、気に留めておくべき事柄であり、そのせいで前よりバンディ氏を注意深く観察するようになりました。すると、他にも数々の女性的特徴を見い出すようになったのです。

　あるいは、男女間のあまり目立たない差異について、簡単に考察しておくのも有益かもしれません――目につきやすい特徴の方は、当然変装の対象になります。あまり目立たない差異は、主に二種類に分類できます。ひとつは体積の分布に関するもの、もうひとつは身体の輪郭に関するものです。まず、体積の分布についてですが、男性と女性とで、正反対の傾向を示します。女性の場合、体積は主に中心部分に集まっています――つまり腰周辺です。そこから四方に向かって、先細りになっています。両腕を含む体全体は、縦長の楕円形におさまります。その傾向は手足にも及んでいます。通常、先端に行くほど細くなり、手足は比較的小さいことが多い、手も体全体と同じく先細りになり、比較的太い付け根から尖った先端まで、著しい先細りの傾向が見られます。

　男性の場合、正反対の分布が一般的です。つまり、先端の方が太いのです。中心部分の体軀は比較的細めで、周辺の方が比較的大きい。腰回りは細く、両肩に向かって大きく広がっています。手足はそれほど先細っておらず、先端の手足は比較的大きめです。手も同様です。形は四角い場合が多く、個々の指――人差し指以外は、先端が根元とほぼ同様の太さを保っています。

　二つ目の違いについては、一、二例挙げれば足りるでしょう。一般的に男性の身体の輪郭は、縦横に垂直、または、平行であることが多く、一方、女性の場合は斜めにかしいでいます。男性の首や背中はほぼまっすぐで垂直なのに対し、女性の首はななめに曲線を描いています。男性の下あごの角度はほぼ垂直で、水平に押しつぶされているのに対し、女性の下あごの角度は定まっておらず、輪郭は耳から顎にかけて曲線状になっています。しかし、最も決定的に違うのは耳の形状です。男性の耳は縦に直角ですが、女性の耳は縦に細長く、斜めに傾斜している。たいてい顕著な傾斜が見られるので、目につきやすいのです。

　こうした男女間の差異を念頭に置き、個人差があることも考慮しつつ、バンディ氏の話に戻りましょう。先ほども言ったように、バンディ氏の手には女性的特徴がそなわっていました。いくら小柄な男性といっても、足のサイズが小さすぎるし、耳は斜めに曲線を描き、顎のラインも斜めで顎先は丸みを帯びていた。広めの肩幅は、明らかに服の仕立てでごまかしている感があり、腰回りも男性にしてはふくよかでした。つまるところ、衣服で隠したり、ごまかしたりできない身体的特徴は、すべて女性的なものだったのです。これは驚くべき発見でした。かくして私は自問するようになったのです。彼は本当は男装した女性ではないか、と。

私はバンディ氏を注意深く観察しました。その結果、歩き方に目立った特徴はありませんが、腕の動作が目がつきました。バンディ氏は颯爽とステッキを振り回しておいでしたが、アン女王の時代から今日まで受け継がれている、〝雲模様のステッキを上手に回転させる（英国詩人アレキサンダー・ポープ〔一六八八―一七四四〕の詩「髪盗人」に登場する紳士の描写）〟動作はできていなかった。そこまで熟達したステッキの扱い方を身につけるには、歳月を要します。日曜の朝、愛用のマラッカ（藤製ステッキの最高級品）を手に散歩中の紳士を眺めてみれば、合点がいくでしょう。バンディ氏はその技術を身につけていませんでした。ステッキは意識的に持ち運ばれ、身体の一部にはなっていなかった。それから、ステッキを持たない方の腕の振り方も、女性的でした。一般に女性は腕を振るとき、大きめの弧を描いて振ります、とりわけ後方に振り――おそらく臀部を避けるため――手の平は後ろ向きになりがちです。男性の場合、急いで歩くとき以外、ほとんど腕を振らないか、わずかばかり振るだけです。主に前方向に振られ、手の平は内側に向きがちです。些細なこととはいえ、ふたつ重なると大きな相乗効果をもたらすものです。

　それ以外にも、精神面で女性的特徴が見られました。バンディ氏は陽気な若者で、冗談で皮肉を飛ばすのが得意でした。しかし、二十五歳の男性というのは、知り合いの五十代の男性を、決してからかったりしないものです。だが、二十五歳の女性なら別ですし、やり方も心得ています」そういってソーンダイクがアンジェリーナに眼をやると、彼女は頬を赤く染めた。

「男性なら生意気と受け取られることも、若い女性が行えば愛嬌と受け取られる。男女間の平等が確立される時代が来たら、事情は変わるでしょうが」

「男女間の平等はいつの時代になっても確立されないと思いますわ」アンジェリーナが口をはさんだ。

「男女平等は階級の平等と同じようなものです。社会的平等を叫ぶ人々は敗者ですし、男女平等を叫ぶ女性もやはり敗者なのです。一般的な女性は現状に満足しているものですわ」

「アンジェリーナさんの英知を拝聴すべし」ソーンダイクは微笑んだ。「ですが、おっしゃるとおりかもしれません。男性と躍起になって張り合う女性は、他の女性とは張り合えないのかもしれない。なんとも言えませんが。私は女性になったことはないのでね。一方、アンジェリーナさんはこの問題を、男女両方の立場から見られるお立場にいらっしゃるわけだ。

さて、一応の証拠《プリマ・ファキエ・エビデンス》（法律用語。反証がない限り認められる証拠）は、バンディ氏が女性であることを示していました。しかし同時にそれは、一見ありえない推論《プリマ・ファキエ・インプロバビリティ》でしたので、この問題はさらなる考察が不可欠でした。バンディ氏の頬と顎には、年相応に、うっすら青みがかった髭の跡が見えたのです。もし髭の存在が本物なら、他の女性的特徴は見せかけということになる。バンディ氏は男性としか考えられない。しかし、夜の七時だというのに、彼の頬が滑らかできれいなままだったことで、疑問が生まれました。同じ時刻の、私やドクター・ストレンジウェイズの頬は、目に見えてざらついていたからです。その日、バンディ氏は一日中、我々と行動を共にしていたので、朝以来、髭を剃る暇はなかったはずでした。間近で確かめようとしましたが、機会がなく、策を練っているうちに、神が味方してくれたのです」

「知っています。あの、いやらしい蜘蛛ですね」アンジェリーナが言った。

「そうです。しかし、そのときですら、素肌を間近で調べるチャンスは見出せずにいました。しかし、診療室で拡大レンズを通して傷を調べたとき、ようやく謎は解けたのです」

「髭が生えていないとおわかりになったのね？」

「そうではなく、より決定的な事実が判明したのです。ご存知でしょうが、人間の身体は、手の平と足の裏、それにまぶたをのぞく全身が、産毛《うぶげ》とよばれる細かな毛に覆われています。微細で、ほぼ無色の毛が密に生え揃っており、女性や子供の場合、顔の輪郭に光が当たったりすると、光輪のように光って見えることもあります。もちろん、髭を剃った男性の顔は、産毛も剃られてしまいます。さて、バンディ氏の顔は、青みを帯びた皮膚もすべて産毛で覆われていました。すなわち彼は、生まれてこのかた、一度も髭を剃ったことがないことになる。つまりは、顔の青みは化粧に違いない。これが決定打となり、バンディ氏が女性であることが確定されたのです。

そうなると次なる疑問は、もしバンディ氏が女性なら、正体は誰なのか、というものでした。当然考えられたのは、アンジェリーナ・フルード夫人です。彼女は行方不明ですが、もし失踪が偽装であれば、この土地の誰かが証拠を仕込んでいることになる。そう考えると、犯人の可能性が最も高いのは、アンジェリーナ・フルード夫人、本人でした。もし彼女が近辺に潜んでいるなら、変装しているに違いない。そして、ここには変装している女性がいる。けれども、いくらその可能性が大きくても、状況的にはありえないように思えました。というのも、ドクター・ストレンジウェイズはフルード夫人とバンディ氏のどちらとも知り合いなのに、バンディ氏の変装に気づいていなかったからです。それに、何となくですが、ドクター・ストレンジウェイズは二人が一緒にいる場面を見かけたのではないかと思っていました。もちろん、別々の存在としてです。ドクター・ストレンジウェイズに慎重に探りを入れてみたところ、どちらとも判断がつかぬ結果となりました。彼は二人と同時に会ったことがありませんでしたが、彼の語るフルード夫人の描写は、バンディ氏とは似ても似つかないものでした。

次に試みたのは、バンディ氏扮する女性がフルード夫人だと確実に証明することでした。幸い私は、それを確認する非常に簡単な手段を持っていました。ドクター・ストレンジウェイズは演劇専門カメラマンの住所が記載されたアンジェリーナさんの写真を、私に送ってくれました。私はそのカメラマンから、彼女がさまざまなポーズをとっている七枚の写真を入手しました。その後、ドクター・ストレンジウェイズから、城壁の前で写した集合写真を受け取りました。そこには、バンディ氏の姿がとてもはっきり写っていました。私はその写真からバンディ氏の顔の部分を四角く切り取り、ベルガモット油にひたしてから、カナダバルサム（バルサムモミなどから採取される天然樹脂の一種。粘性が強いことからレンズの接着剤などに用いられる）を塗ったガラス製のプレートの上に載せました。こうすることで、紙に透明感が出るのです。これで透明ポジを用意できました。続いて、アンジェリーナさんの写真の中から、バンディ氏の写真とそっくりのポーズを取っているものを選び——顔全体が写っているものです——同様の処理を施しました。それからその二枚の透明ポジを助手のポルトンに渡し、巨大なコピー用カメラを使って、まったく同じ大きさの等身大サイズのネガを二枚作成してもらいました。これらのネガを使った写真で、ちょっとした実験を行ったのです。まず、アンジェリーナさんの姿から、髪と首を省いて、顔の部分だけを丁寧に切り取り、裏からバンディ氏の肖像を滑り込ませて、切り取った穴から彼の顔がのぞくようセットしました。これで、バンディ氏にアンジェリーナさんの髪型をさせた場合、どのように見えるかを確認でき、加工していないアンジェリーナさんの写真の隣に並べると、眼鏡は邪魔でしたが、同一人物の顔であることがわかりました。そこで気に留めていただきたいのは、我々が作り出した写真の中のアンジェリーナさんは、現実の彼女の姿であって、ドクター・ストレンジウェイズが会った、演出されたアンジェリーナさんではなかったということです。

　この成功で勇気づけられた私たちは、さらに手の混んだ実験に着手しました。ポルトンに、黒い紙で覆いをいくつか作ってもらい、それを利用して、二枚の合成写真を作りました。一枚はバンディの顔にアンジェリーナの髪の毛、首、胸部を組み合わせ、もう一枚は、アンジェリーナの顔に、バンディの髪、額、首、胸部を組み合わせました。手こずったのは片眼鏡の処理です。非常に小さなものでしたし、巧みに装着されていたので、目や眉毛にかかってはいなかったのですが、それでも取り除く必要がありました。彩色については我々の専門外だったので、腕のいい肖像画家にして細密画家でもあるアンスティ夫人に協力を請いました。彼女は我々の合成写真に手を加え、一枚から片眼鏡を消し去り、もう一枚には書き加えてくれました。それでようやく身元確認は完了しました。一枚目の写真はカメラマンが写したアンジェリーナの写真と瓜二つで、二枚目の写真はバンディに生き写しだったのです。

しかし、まだ最後のテストが残されていました。ポルトンは一枚目の写真をキャビネサイズに縮小し、二枚のカーボン・プリントを作りました。それを私はこちらへ持参し、ドクター・ストレンジウェイズにお見せしたのです。彼がそれらをアンジェリーナの肖像画だと認めたため、それをもって証明完了としました」

ここでアンジェリーナが口をはさんだ。「でも、あのブローチは？　私はあんなブローチ、持っていないわ」

ソーンダイクはニヤリと笑ってみせた。「アンスティ夫人に、特徴的なブローチを描き足してもらったのです」

「なんのために？」

「ああ！　それにはきちんと理由があるのです」

「まあ！　きっとずるがしこい理由に決まっているわ！」

「すぐにわかりますよ。ブローチにはちゃんと役割があったのです。まあ、話を続けましょう。今やバンディ氏の正体は確実になりました。しかし、法的な目的を満たすには、まだ不十分でした。私は決定的な証拠を入手したかったのです。それに、変装の効果がどのように発揮されたのか、正確につかんでおきたかった。バンディ氏とフルード夫人が隣同士に住んでいたのは気づいていました。そこは実質的には二世帯住宅で、両方をつなぐ屋根つきの渡り廊下がありました。おそらく二つの建物は互いに行き来できるのだろうと推測しましたが、実際に確かめる必要がありました。唯一の手段は、フルード夫人の住まいを調べることでしたので、私はなんとしても実行しようと決意し、同時に、可能であれば彼女の指紋も採取したいと、一縷の望みを抱いていました。そして、ドクター・ストレンジウェイズと彼女の屋敷を訪れる口実を作り、幸いなことにギロー夫人が外出したため、屋敷内を自由に見て回ることができました。しかし、幸運はそれに留まらず、フルード夫人が外出前に寝室で水を飲んだ事実がわかり、使用したタンブラーと水差しから、完全な指紋が一揃い採取できたのです。私はそれを写真とともに保管しました。

地下室を調べたところ、両屋敷のあいだで往来が可能だったことが確かめられました。両方の屋敷とも脇道に出る通用門があり、どちらのドアも同じ鍵で開けられるエール錠がついていました。脇道はほとんど使用されていないようでしたが、二つのドアのあいだの砂利道は頻繁に人が通った跡があり、フルード夫人の屋敷側のドアには無数の指紋がついていました。厨房には、大きな戸棚があり、ドアにはエール錠が取り付けられ、内部には釘がついていました。おそらく彼女が自宅にいるときは、その戸棚にバンディ氏の服をかけていたのでしょう。そして、バンディ氏が事務所にいるときは、かつらやドレス、女性用の靴をしまっていたに違いありません。

さて、これで、ひとつを除き、完璧に証拠は揃いました。あとは、フルード夫人の指紋と比較するために、バンディ氏の指紋を一揃い入手するだけでした。そこで、ブローチが登場します。バンディ氏がかつてのご自分の写真を見て、そこに自分のものではないブローチが写っていたら、興味を掻き立てられ、間近で観察したがるに決まっている。そして、実際そうなりました。私が二枚のどちらが写りが良いか尋ねると、バンディ氏はその機会を逃さず、二枚をそれぞれの手に取り、仔細に観察し、カメラマンが誰か確認しようとしました。彼が写真を置いたとき、目には見えないが、完全な指紋が一揃い付着していたというわけです。夜遅く、バンディ氏はドクター・ストレンジウェイズに付き添われて自宅へ戻りました。二人が家を出るやいなや、私は写真を部屋に持ち込み、粉を振って指紋を採取し、写真についた指紋と、タンブラーおよび水差しについた指紋を、一つひとつの線を照らし合わせながら、細部まで見比べました。両方の指紋は一致しておりました。バンディ氏の指紋は、アンジェリーナ・フルード夫人の指紋だったのです。

これで事件は解決しました。もしアンジェリーナさんの意図がわかっていれば、バンディ氏に、〝ゲームは終了ですよ〟と、告げるべきだったでしょう。しかし、私には見当もつかなかった。彼女が遺体を用意しようとするのか、もしそうなら、誰の遺体なのか、それがわかるまで、なんの動きも取れませんでした。城壁を利用する計画は、ひとつの可能性として、私の頭の中にありました。事件と同じ日に門の鍵が紛失したことに注目しておりましたし、船員の与太話を聞いて、バンディ氏も同じ話を聞いており、それを真に受けたであろうことも察しがついたからです。しかし、推測で動くことはできません。私はただ、アンジェリーナさんの出方を見守り、その動きに出遅れまいと警戒するよりほかなかった。やがて、ブラック・ボーイ小道で手がかりが見つかると、近いうちに城壁で何か発見されるに違いないと思いました。しかし、何が発見されるのか見当もつかなかったので、かなり警戒していたのは事実です。というのも、もしアンジェリーナさんが船乗りビルの話を先例として信用し、生石灰に本物の遺体を埋めたとしたら、最悪の事態になったからです。ですから、見つかったのは骨だけというドクター・ストレンジウェイズの報告書を受け取り、心底ほっとしました。埋められたのは骨だけで、犯罪は起きていないと知ったからです。私の話はこれで終わりです。ここからは、アンジェリーナさんの告白の時間です」

「付け加えることは、それほど多くありません」アンジェリーナは言った。「まるで、どの容器に豆が入っているか当てさせるゲームを、透明な容器を使ってやっていたような気分ですわ。それでも、少しだけ補足させていただきます。計画を思いついたのは、この土地へ来て、遺産の土地家屋を相続したときです。叔父のジャップさんにだけ、こっそり計画を打ち明けましたが、ひどくショックを受け、受け入れてくれませんでした。私の話に、まるで聞く耳を持ってくれなかったのです。そこで私は、ジャップさんに夫と昼食を共にしてほしいと頼み、それが功を奏して、私の計画に賛成すると決意してくれました。それから私は準備に取りかかりました。演劇用のかつら職人のところで髪を切って、かつらを作ってもらい（男性役を演じることになり、ロングランになりそうだと説明しました）、舞台衣装の職人にスーツを作ってもらうと、バンディとしてこの街を訪れました。ジャップさんはすでに新しい看板を掲げておいてくれました。事務所の隣の屋敷と地下室が空いていたので、そこをアンジェリーナの住まいとして整え、かつらが用意できるとすぐに、アンジェリーナとしてそこに住み始めました。

そのときはまだ、第三幕の筋書きは漠然としていました。失踪と川辺で遺留品が発見されるところまでは手配済みでしたが、そのあとは、ミイラを購入し、私の衣服を着せて、川辺近くの野原に埋め、しかるべき時が経過したら、発見されるようにすればいいと考えていました。でも、その計画はいまひとつ気に入らなかったのです。私にはミイラの知識がほとんどなく、ほかに詳しい人がいるかもしれない。そう思うと、遺体なしで済ませて、私の死は風評として広めるしかない気もしましたが、それも不服でした。なんとしても墓場の存在が必要だったのです。

そんなとき、ターチバルさんという名の天使が――アデルフィのアダムとイブ通りにお住まいなのです。素敵でしょう！――この街に、ドクター・ストレンジウェイズを送り込んでくださいました。彼は本当に天の恵みでした。新しいドクター。私は全神経を研ぎ澄ませて彼に注目しました。私は彼を提示された物件に案内し、絶えず会話に引きこんで、私の人柄をなじませました。その夜、事務所でドクターと言葉を交わし、私自身がフルード夫人の自宅に案内し、彼女に紹介すると思い込ませました。そうしておいて、不意に別の約束を思い出したふりをし、私は事務所を出ました。ドアを閉めるや、私は大急ぎで地下室へ駆け込み、通用口から外へ出て、隣家の通用口から厨房へ入りました。そして、電光石火の早業で着替えを済ませました。ドレスとかつらを身に着け、つけ眉毛を装着し、化粧をほどこすと、階段を駆け上がり、居間の明かりをつけて縫い物を手に取り、ゆったりと腰を下ろしたのです。でも、わずか二、三分後には、ジャップさんが生贄の羊を連れて、部屋に到着していました。

やがて、思いがけない幸運に恵まれたことがわかりました。ジョンはロンドンで私を診察したことがあり、私の事情を少なからずご存知だったのです。私はすぐにその場で、ジョンに主治医になってくれるよう頼みました。滅多にないような見物でしたわ。気の毒なジョンが、私のドーランの効果を見て心配するさまは、感動的で、胸が熱くなりました。私は彼に、くどくど愚痴をこぼしましたが、彼はそんな私に同情を寄せてくださり、最後の方は笑いをこらえるのに必死なほどでした。でも、同時に後ろめたさもありました。ジョンがあまりにも優しく、紳士的だったからです。でも、一度始めたからには、最後までやり遂げなくてはなりませんでした。

そうはいっても、一人二役を演じ続けるのは、今まで引き受けたどんな役柄よりも難しく、骨が折れました。事務所から厨房に駆け込み、ただ、音を立て、料理のにおいをさせるだけのために、作りたくもない食事を用意する。それからギロー夫人の動きに耳をそばだて、ここぞという機会を見計って階段へ姿を現し、彼女に私の存在を印象づける。それからまた階下へ降り、着替えを済ませて事務所へ飛び込み、私がずっと勤務中であるかのように見せかける。おそろしく面倒な仕事でしたし、常に不安もありました。ですから、ミス・カンバースから、ニコラスがブライトンへ発ったと聞いて、どれだけ安堵したことでしょう。これで夫を巻き込まずに姿を消すことができる。でも、これ以上の説明は不要でしょうね。あとのことは、ご想像がつくと思います」

「ホクロの男というのも、おそらく――」ソーンダイクが尋ねかけた。

「ええ、私です。ミノリーズで船員の衣装を入手したの。もちろん、ホクロも、かつら用の接着剤でつけた偽物です」

「ところで、そもそもバンディを演じる必要があったのでしょうか?」ふたたび、ソーンダイクが訊いた。

「もちろん。どうしても、別人になり代わる必要があったのです。この街にとどまって手がかりを細工し、成り行きを見届けるために。女性の変装は無理がありました。分厚いメイクが必要なので、見破られるに決まっています。それに、女性の変装なんて、退屈すぎるでしょう？　一方で、ご指摘の通り、バンディになるには、変装なんて必要ありませんでした。いったん髪を切り、衣服と片眼鏡を準備したら、それ以上の手間はかかりません。一生、バンディとして気楽に暮らしていけたのです。これで私の話は終わりです」アンジェリーナはそう締めくくってから、「そして」と、態度をがらりと変えて続けた。「あなたには一生感謝いたします。私にどれほど大きな幸運をもたらしてくれたか、あなたには想像もつかないでしょうね。つい今朝まで、哀れなピーター・バンディは、寄る辺なく哀れな身の上で、現在に不安を抱え、未来には空虚な自由しかなかったのです。でも、今の私は世界で最も幸せな女といってもいいくらい——ニコラスのことで後悔している振りをしたら、それは偽善でしかないわ。棺に横たわる彼に別れを告げ、きちんとした葬儀を執り行い、堕落する以前の彼を思い出すよう努力するつもりです。でも、率直なところ、亡くなってくれて良かった。彼がみじめな人生から脱け出せ、私の人生からも出て行ってくれて、本当にうれしい。でも、彼の死は、陰険だけど賢く善意に満ちた方の力添えがなければ、決して明るみに出ることはなかったのね。その方のおかげで、私は晴れて自由の身となり、想像も及ばぬような幸福が約束されているのです」

「いささか買いかぶりすぎだと思いますよ」ソーンダイクが微笑んだ。

「言われてみれば、そうかもしれませんね」アンジェリーナも笑みを返す。「その陰険な人物は、詮索好きで目ざとくて、普通なら見過ごしてしまうようなことも、残らず嗅ぎつけてしまった。でも、結局のところ、彼にはすべてを知る権利があったのかもしれません。幸福を与えた人は、自分がどれほど貴重な幸福を与えたのか認識することで、満足感を得るべきですもの」

かくして、アンジェリーナ・フルードの謎は幕を閉じる。だが、正確にはまだ終わっていない。そう、本当に終わるのはまだ先のことだ。その証拠に、喜ばしい結末は、まるで健やかな樹木のように、いまなお成長を続けているのだから。噂話は次第に鳴りをひそめ、逸話として語り継がれたが、悪気なくささやき交わす人々の顔には、おおらかな笑みしか浮かばなかった。ちょうど、庭の日時計が、陽光だけを認めるように。相変わらずダンク夫人は、世間的には好戦的な態度を崩さなかったが、個人的に見せる愛情表現が、人柄を柔和にしていた。というのも、ダンク夫人は、ほぼ毎日のように、花や、トマトや、夏キャベツなどで満載のバスケットを抱えて我が家を訪れたからだ。輝くような笑みを浮かべた、恰幅のいいコブルディック警部補をお供に連れて。

訳者あとがき

スペインの画家、フランシスス・デ・ゴヤは自宅の壁に十四枚の絵を描いた。のちに黒い絵シリーズと呼ばれるその作品群の中に、砂丘に埋もれゆく犬の絵がある。黄土色に塗り込められた縦長の画面。その下の方に描かれた砂山の斜面から、横を向いた犬の頭部が突き出ている。耳を垂れ、鼻先を上に向け、虚ろな眼差しを宙に向ける犬は、圧倒的な運命に呑み込まれる無力さを象徴するかのようだ。そんな絶望的な立場に置かれたとき、人はただ諦めて運命を受け入れるか、力を尽くし運命に抗うか、その選択に迫られることだろう。

この作品のヒロイン、アンジェリーナは、迷わず後者を選ぶような女性だ。オースティン・フリーマンの作品には、そんな凛とした女性がしばしば登場する。この物語の語り手であるストレンジウェイズ医師が、彼女に惹かれる理由がわからず困惑する場面があるが、自らの人生を勝ち取ろうとする逞しさこそが、彼女の魅力だったのかもしれない。そして、その魅力が本作の核でもある。

本書、"*The Mystery of Angelina Frood*"（Hodder & Stoughton, 一九二四年）は、すでに一九三〇年に、平凡社から『男装女装』（邦枝完二訳）のタイトルで刊行されているが、かなりの抄訳に留まっており、全訳としては今回が初刊行となる。そして、タイトルにもある謎の解明に奔走するのは、フリーマンの生み出した名探偵、ソーンダイク博士だ。彼は弁護士資格を有する法医学者で、確かな論理性と科学的知識を駆使して事件を解決に導くのが持ち味である。緻密な調査と冷静な分析に裏打ちされた彼の推理は、圧倒的な説得力を持つ。彼は極端な秘密主義者であり、助手のポルトンや、ジャービス医師、アンスティ弁護士など、有能な協力者に恵まれてはいるが、基本的には孤独な捜査を好む人物だ。そのせいか、切れ者ならではの冷徹な部分が目立ち、クール過ぎるというか、人間的な愛嬌に乏しいかもしれない。しかし、その抑制のとれた人物像と、事件解決のためなら手間のかかる実験や調査の労を惜しまぬ姿勢から、科学者らしい実直な人間性がうかがえ、孤高の天才的な存在感を放っている。

舞台であるロチェスターの街の描写も、この作品の隠れた魅力といえる。ディケンズゆかりの地であるロチェスターは中世の雰囲気を色濃く残し、現在も観光地として人気が高い。英国で二番目に古い歴史を持つという大聖堂、Rochester Cathedral や、風変わりな時計のついた穀物取引所、Corn Exchange など、本書に登場する数々の名所は、ほぼインターネットで画像を見ることができるので、それを参照しながら読むと、いっそう楽しめる。登場人物たちが聖堂や城壁跡を巡る章では、ロチェスターに長年暮らすジャップ氏が、歴史ある重厚な建造物が次々と姿を消し、現代風の安っぽい建物に取って代わられる風潮を嘆くが、その心情は国や時代を超えて共感を得るものだろう。おそらくジャップ氏は、たんなる懐古趣味から心を痛めているわけではなく、多様で複雑なものを尊ぶ心情の衰退を危惧しているにちがいない。行けども行けども代わり映えのしない街並みが続く、そんな土地で暮らす人々の心から精彩が奪われるのは、当然の道理だろう。そんな街の近代化がもたらす負の状況下で、家庭内暴力《ドメスティック・バイオレンス》がらみの事件が起きる。

ディケンズの未完作「エドウィン・ドルードの謎」を下敷きにしてはいるが、浮かび上がるテーマは現代に通じるものだ。その一方で、現代社会ではもはやファンタジーとも思えるような、寛容の精神も描かれる。人々が重要視する対象が矮小化している現代にあって、ときに自分より他者の人生の価値を大事できる、そんな判断がいかに心を温めるのかを感じてもらえればと思う。

R・オースティン・フリーマン『アンジェリーナ・フルードの謎』

井伊順彦（英文学者）

本書は、イギリス探偵小説黄金時代を代表する一人、R・オースティン・フリーマン（一八六二～一九四三）による法医学者にして名探偵、ジョン・イヴリン・ソーンダイク博士物の第七弾、*The Mystery of Angelina Frood*（Hodder & Stoughton, 1924）の全訳である。

ある日の深夜、ロンドンの新米医師ジョン・ストレンジウェイズが勤める診療所に、一人の見知らぬ男が訪ねてきた。ひどいショック状態に陥っている女性を診てもらいたいという。ストレンジウェイズは男の運転する車に乗り、とある高級住宅街の裏通りにある屋敷まで連れてこられた。男は医師を二階の寝室に案内すると階段を下りていった。扉には、外側からこじ開けられたような傷がついている。ストレンジウェイズが部屋に入ると、年の頃二十八歳前後の端正な顔立ちをした女性がベッドに横たわっていた。女性はからだの痛みこそ訴えないが、顔色が悪く、いかにも元気がない。しかも、首に巻かれていた外套をストレンジウェイズがずらしてみると、ひも状のもので強く絞められたような跡がある。さらに危ういことには、部屋の隅にいた奇怪な容姿の男――ほどなく女性の夫だとわかる――が、いきなり取り乱したかと思うと、コカイン入りとおぼしき紙包みを床に落としたではないか。男のようすからして、明らかに薬物中毒者だと察せられた。

室内には、当の女性が役者らしいことを示す品々がある。ストレンジウェイズは薬を呑ませてやり、健康上の注意を与えると、自分を迎えにきた男とともに屋敷を出たが、「驚愕と好奇心、それに美しい患者への懸念」を強く抱かざるを得なかった。何より問題と思われるのは、「女性の首についた傷、壊されたドア、おそらくコカイン入りと思われる小包」（以上、第一章）だ。これは何かただならぬ一件なのではないか……。

こうしてまとめてみると、なんと強力な導入部なのだろうかと、あらためて思う。美女は何ゆえ苦境に置かれているのか。夫だという奇態な男から日常どんな扱いを受けているのか。さらには、男はどんないきさつで薬物を常用するにいたったのか等々、読者の興味を惹きつけてやまない事柄がいくつも盛り込まれている。おもに一八六〇年代のイギリスで流行した大衆文学の一形態たる煽情小説《センセーション・ノベル》の系譜に連なる感もあるが、そこは二十世紀文学らしく、煽情小説よりはおどろおどろしいところがない。また、この系統の小説としては代表格であろうウィルキー・コリンズの『白衣の女』（一八六〇）の場合、語り手が入れ替わったり、日記やら手紙やらも使われていたりと、叙述の仕方が込み入っており、良くいえばそれが作品の重層性を生み出しているのだが、本書は描写や展開に無駄がないので明らかに読みやすい。

ストレンジウェイズを呼びに来た男は、フォーダイスという名の劇場経営者であることがのちにわかる（第三章）。治療したストレンジウェイズの心も捉えた美女アンジェリーナは、フォーダイスと仕事の件で一緒にいたところ、二人の関係を誤解したらしい夫ニコラスに激しく責められたのだという。夫婦関係の秘められた実情を冷徹に追求した小説なら、すでに十九世紀に、先述した煽情小説を代表する二作、ヘンリー・ウッド夫人の『イースト・リン』（一八六一）と、メアリー・エリザベス・ブラッドンの『レディ・オードリーの秘密』（一八六二）がある。いや、それより何より、トルストイの『アンナ・カレーニナ』（一八七七）を忘れてはなるまい。また、単に夫婦関係が破綻し、妻が夫から精神的に苦しめられる場面なら、本書の刊行と時を同じくする一九二〇年代にも、たとえばオルダス・ハクスリーの『対位法』（一九二八）の第一章に描かれている。しかし、一九七〇年代におけるフェミニズム運動の盛り上がりによって、ドメスティック・バイオレンスという概念が生まれるはるか以前に、妻に対する夫の肉体的虐待をあからさまに取り入れた小説は、少なくとも二十世紀の前半には純文学・大衆文学を問わずほかにあるまい。その意味で本書は大げさでなく文学史の一時期を画する存在だ。

名探偵ソーンダイクが登場するのは第五章からだ。ソーンダイクの友人で、ホームズに対するワトソンの役どころたるクリストファー・ジャーヴィス博士も登場する。ジャーヴィスは、語り手ストレンジウェイズの叔父の主治医だったこともあるという人物で、フリーマンの初期代表作『赤い拇指紋』（一九〇七）をはじめ、長篇・短篇を問わずおなじみの存在だ。近年に邦訳された例では、短篇「人類学講座」（一九〇九、『自分の同類を愛した男』所収、風濤社）と、「不思議な宝石箱」（一九二六、『世を騒がす嘘つき男』所収、風濤社）がある。とくに後者の場合、本書のようなしっかりした骨格のある作品とは対照的に、いわゆる〝バカミス〟に近い荒唐無稽ぶりが持ち味で、これはこれで楽しめる。発表年代も近いので、興味ある向きは一読されたい。

本書の大きな特徴に挙げたいのは、結末にいたるまでの緻密な論理構成だ。第七章でソーンダイクは、ストレンジウェイズの依頼を引き受け、アンジェリーナ失踪の件について捜査を始める。その後はストレンジウェイズから寄せられる報告書を仔細に読み、推理を組み立ててゆく。つまり自らが情報や証拠の収集をおこなうわけではないので、一種の安楽椅子探偵《アームチェア・ディテクティブ》の役割を担うわけだ。第八章から一章ごとに、アンジェリーナの私物が一つずつ見つかってゆく。第十二章と第十四章で、ソーンダイクは現時点での自身の見解を述べ、パズル・ミステリの大原則たるフェアプレー精神を示す。こうして物語は整然と展開される。まるで一分の隙もない着こなしをしたイギリス紳士を見るようだ。

なお『アンジェリーナ・フルードの謎』は、我が国では一九三〇年に『男装女装』という題名で刊行されている（邦枝完二訳、世界探偵小説全集十六、平凡社）。しかし、これはかなりの抄訳なので、本書はあえて本邦初訳だと言いたい。

ところで、チャールズ・ディケンズの絶筆となったミステリ長篇小説『エドウィン・ドルードの謎』（一八七〇、以下『エドウィン』と略記）は、周知のとおり未完であるため、各国の人々が書かれざる結末を推理してきた。姿を消したエドウィンは、はたして殺されたのか、それとも生きていてどこかに隠れているのか。殺されたとすれば、手を下したのは叔父のジョン・ジャスパーか、またはほかの誰かか。逆にまだ生きているなら、エドウィンはこれから何をするつもりなのか。あの老紳士ディック・ダチェリーの正体は誰なのか。いずれにしろ謎はいろいろ残されたため、続篇のかたちで小説家が自身の見解を披露している例も多い。

本書『アンジェリーナ・フルードの謎』は、いうまでもなく続篇そのものではないが、フリーマンによる結末案の提示という性格を色濃く持つ。しかも『エドウィン』（のみならずディケンズの諸作品）を様々に意識しているのが明らかだ。各々の表題からして、「ドルード」と「フルード」という似た響きの名を入れている。アンジェリーナが夫の暴力から逃れるため、ロンドンから移り住んだイングランド南東部ケント州の町ロチェスター（第三章）は、『エドウィン』ではクロイスタラムという名で主舞台とされている。アンジェリーナが失踪した際に向かったというチャタム（第七章）は、ロチェスターの隣町で、ディケンズにとっては五歳のときに家族とともに移り住み、六年間過ごしたなつかしい土地だ。また、行方不明だったニコラスを語り手のストレンジウェイズが見つけたのは、「ロンドン通りをギャズヒルまで散歩に行った帰り道」（第六章）だったというが、このギャズヒルに晩年のディケンズは暮らしていた。

共通点はむろん場所だけではない。そもそも、両作品の主人公エドウィンとアンジェリーナという名にまず仕掛けがある。アイルランドの作家オリバー・ゴールドスミスの小説『ウェイクフィールドの牧師』（一七六六）に、ある男が語り手の一家と食事をともにしながら、自作の詩を紹介する場面がある。エドウィンとアンジェリーナは、「隠者」と題されたこの物語詩の主人公の名だ。以下に該当部分を引く（新字新仮名に改めた）。

（前略）――罪と悔いとはわれに在り、
　われ、命もてつぐなわん、
　彼、眠る地に、われ往かん
　身を横たへん、その墓に。

（中略）

いとしきものよ、アンジェリナ
わが恋人よ、われを見よ
たえて久しきエドウィンが
『愛』とおん身に会えるなり

（中略）

げに、今よりは共に生き
とわに愛さん、まこともて。
おん身世を去るその時は
エドウィン、われもながらえじ

（第八章、神吉三郎訳、岩波文庫）

詩の内容から、『エドウィン』と『アンジェリーナ』の両作品とも、主人公にはほのかに死の影が差しているようにも読み取れる。

また『アンジェリーナ』では、ときおりディケンズ作品の登場人物の名が会話のなかに出てくる。名の挙がった者はいずれも当該作品では脇役にすぎないので、やはりフリーマンのディケンズ愛読者ぶりが察せられるところだ。

そうして、『エドウィン』と『アンジェリーナ』との関係で、なんといっても見落としてはならぬ点がある。うっかりすると両作品の本筋に触れそうなので気をつけるが、前者では、ロチェスターの石工ダードルズの自宅近くにある生石灰の存在が事件の鍵を握る。ダードルズは連れだって歩いている前述のジャスパーに注意を促す。生石灰には人の骨さえ溶かす作用がある、と（第十二章）。ディケンズの時代では、大方の者がそう考えていたという。

ところが『アンジェリーナ』では、第四章で、瓦礫現場にいた作業員がバンディ相手に、やはり右記の通説を紹介しているが、自身はいくぶん疑いも抱いているようだ。ただし、工事の現場監督は通説を信じているかにも見える（第十五章）。さて、ではソーンダイクはどうか。第十七章で述べる自説に注目したい。

両作品の共通点として、もう一つ忘れてならないのはアヘンだ。『エドウィン』には、のっけからアヘン窟の女経営者が出てきて、東洋人を含む客の男たちにたっぷり売り物を吸わせている。『アンジェリーナ』では、ニコラスがアヘン中毒者だ。この麻薬がどこまで作品の本筋に関わるかは、ネタバレにつながりかねないので明かせない。

ちなみに、『エドウィン』の〝続篇〟が邦訳された例としては、ブルース・グレイム『エドウィン・ドルードのエピローグ』（森沢くみ子訳、原書一九三三、原書房）ピーター・ローランド『エドウィン・ドルードの失踪』（押田由紀訳、原書一九九一、東京創元社）が挙げられる。また我が国の小説でも、二階堂黎人の『魔術王事件』（二〇〇四、講談社）のなかで、語り手いうところの「当代随一の女探偵」（「黒の魔術王」1）二階堂蘭子が、『エドウィン』の結末を自信たっぷりに指摘している。ここに一つ興味深い点がある。蘭子が自説を《殺人芸術会》の月例会で述べたのは、一九七〇年（昭和四十五年）のことだという（エピローグの冒頭参照）。一方『エドウィン』の本邦初訳が出たのは一九七七年だ（小池滋訳、講談社）。つまり蘭子は、なんと『エドウィン』を原書で読んだことになる。たいしたものだ。オックスフォード大学出版局版のペーパーバックで二〇〇頁を超える長篇なのに。

いずれにしろ以上の三作品だけを見ても、興味深くもすべて異なる結末を唱えている。いかに『エドウィン』が文学を愛する者たちの知的好奇心を掻き立て、たくましい想像力を生み出しているかの一端がわかろう。近年の研究動向では、エドウィン・ドルード青年は誰にも殺されていないという説が増えているようだが、ここでおよそ百年前におこなわれた『エドウィン』にまつわる二件の疑似裁判を紹介したい。ともに被告はジョン・ジャスパーだ。探偵小説に関する文章では、作品の結末をもらすのはむろん原則禁止なのだが、読者の便宜のため、あえて裁判の判決を披露する。

一件目について。一九一四年一月七日、ロンドンのコヴェントガーデンにあるキングスホールで開廷された。裁判長はG・K・チェスタトン、陪審員長はジョージ・バーナード・ショーだ。ほかに陪審員にはヒレア・ベロックやW・W・ジェイコブズら、著名文学者が名を連ねた。ジャスパーは殺人で有罪という陪審員の評決が出たが、裁判長はそれを撥ねつけたどころか、なんと自身を除き法廷内にいる者全員に対して、法廷侮辱罪に処するとして入獄を命じた。（*Trial of John Jasper for the Muder of Edwin Drood*, Chapman & Hall. 1914）

二件目について。一九一四年四月二十九日、フィラデルフィアの音楽院《ザ・アカデミー・オブ・ミュージック》で開廷された。裁判長がペンシルベニア州最高裁判事、検察官を同州司法長官と民訴裁判所判事の二人、弁護人がペンシルベニア選出の連邦議会議員が務めるなど、顔ぶれは本物の裁判さながらだった。ジャスパーは証拠不十分で無罪放免となった。（*Trial of John Japer for the murder of Edwin Drood in aid of Samaritan, Children's Homeopathic, St. Agnes and Mt. Sinai Hospitals*, Philadelphia Branch Dickens Fellowship. 1916）

さらについでながら、エドウィン死亡説および生存説の実例を各々一つ挙げておこう。当然ながら結末は伏せておく。

死亡説では、アメリカ探偵小説界の大家ジョン・ディクスン・カー（一九〇六〜七七）が、友人だったアメリカの歴史物探偵小説家リリアン・デ・ラ・トーレに宛てた手紙のなかで、エドウィン殺しの犯人を指摘したという。デ・ラ・トーレが雑誌に寄稿した（*The Armchair Detective*, vol.14, No.4. 1981)。手紙の正確な執筆時期は不明だが、原註からすると一九六〇年ごろのようだ。（『ミステリ・マガジン』一九八二年五月号）。

一方、生存説では、二〇一二年にイギリスBBCが放映したドラマが挙げられる（監督ディアミュード・ロレンス、脚本グウィネス・ヒューズ）。

実は双方とも、ジャスパーはエドウィンがらみの犯行には関わっていない。しかし、つらい定めを受けることでは一致する（とくに後者ではそれが明示される）。

先述のとおり、本書は実に細かい点にまで目配りの利いた佳品だが、事件の真相に心持ち意外性ある彩りを添え、主要な人物像にも心持ち膨らみを持たせられれば、文句なしの大傑作となっただろう。本格ミステリの王道を突き進まんと、論理の構築に力を注いだあまりか、良い意味でだ、が外れている感がやや足りなかった。また、一九二〇年代のミステリ小説としては珍しくも、主要人物同士の恋愛沙汰という要素も含むなどしているわりに、心理描写や人間関係に関する描写の密度がさほど濃くなかった。ないものねだりに近いかもしれないが、こうした〝弱点〟は、やはり一九二〇年代イギリスのパズル・ミステリに内在するところでもあろう。フリーマンと活躍した時期が重なる探偵小説家のうち、ドロシー・L・セイヤーズ（一八九三〜一九五七）や、マージェリー・アリンガム（一九〇四〜六六）は、三十年代に入ると、謎解き物のなかでも〝パズルからロマンスへ〟と評したくなるほど、作風を変えていった。だがフリーマンにおいてはどうか。邦訳刊行された三十年代ソーンダイク物、すなわち『ポッターマック氏の失策』（原書一九三〇、鬼頭玲子訳、論創社）、『ペンローズ失踪事件』（原書一九三六、美藤健哉訳、長崎出版）、『猿の肖像』（原書一九三八、青山万里子訳、長崎出版）を読む限り、科学に裏打ちされた緻密な論理性という美点がそのままなのは好ましいとして、事件や人物像の形象化があいかわらずあまり深くないことは否めない。ともあれ、本書における周到な伏線の張り方は見事の一言で、何度でも読み返したくなるし、読み返してもあきがこない。

　どうしても見落とせないくだりについて触れておく。「種明かし《エクスプラネーションズ》」と題された第十九章で、ソーンダイクがある人物を相手に、男女平等をめぐって自身の女性観を述べている。男女間の平等はいつの時代になっても確立されまい、社会的平等を叫ぶ人々が敗者であるのと同じく、男女平等を叫ぶ女性も敗者なのだという相手の弁を受けて、ソーンダイクもほぼ共感の意を示し、「男性と躍起になって張り合う女性は、他の女性とは張り合えないのかもしれない」と、おそらくは世の中の〝ある種の女性〟を念頭に置き、皮肉を口にしている。二十世紀前半のイギリス文学で、女性嫌悪や女性不信をあらわに示した作家といえば、まっさきにサキ（一八七〇〜一九一六）の名が挙がろう。その実例は『四角い卵』（井伊順彦・今村楯夫ほか訳、風濤社）などに、いやというほど出ている。フリーマンの場合、むろんサキほどの毒は持たないものの、女性の地位や権利の向上にはとくに関心もなかったのだろう。となると、本書執筆の意図そのものが〝謎〟ではなかろうか。

　最後に小ネタをひとつ。第一章で、ストレンジウェイズの治療を受けているときの言葉遣いやようす、さらには、治療を終えて帰途についたストレンジウェイズが思い返した顔立ちなどから、アンジェリーナはキャロル・ブーケの若いころに似ているのではないかと、そんな気がしてならない。十五歳でソルボンヌ大学哲学科に入学した才媛である一方、007シリーズ第十二作『007 ユア・アイズ・オンリー』でボンドガールになったり、シャネルのモデルを務めたりなどしたフランスの人気女優だが、はたしてキャロル・ブーケは男好みのセクシー美女や否や。いやあるいはアンジェリーナは、『死刑台のエレベーター』（一九五七）や『恋人たち』（一九五八）に出ていたころのジャンヌ・モローに似ているかもしれない。このフランスの大女優も、理知的な風貌や態度が持ち味ながら、いわゆる美女では決してなかった。ともあれ、アンジェリーナも利発な女性に違いない。となると、なぜニコラスのごとき下司男と契りを結ぶにいたったのか……。さあ、それを解き明かすためにも、また読み返そう！

本稿「解説」を執筆するにあたり、論創社編集部の黒田明氏には必要な資料を提供していただくなど、いつもどおり大きなお力添えを賜った。また林威一郎氏には、拙文を仔細にお読みいただき、的確なご助言を賜った。お二方に深くお礼を申し上げたい。〈論創海外ミステリ〉はすでに刊行冊数も百を大きく超え、斯界に確固たる地位を築いているが、ここに完訳版『アンジェリーナ・フルードの謎』が加わり、ますます評価を高めてゆくものと確信している。

〔訳者〕
西川直子（にしかわ・なおこ）
上智大学法学部国際関係法学科卒業。訳書にマイケル・イネス『証拠は語る』、マイケル・ギルバート『大聖堂の殺人』（ともに長崎出版、今井直子名義）、ミルワード・ケネディ『霧に包まれた骸』（論創社）がある。

アンジェリーナ・フルードの謎《なぞ》
——論創海外ミステリ 179

2016 年 9 月 25 日　初版第 1 刷印刷
2016 年 9 月 30 日　初版第 1 刷発行

著　者　オースティン・フリーマン
訳　者　西川直子
装　画　佐久間真人
装　丁　宗利淳一
発行所　論 創 社
〒101-0051 東京都千代田区神田神保町 2-23 北井ビル
電話 03-3264-5254　振替口座 00160-1-155266

印刷・製本　中央精版印刷
組版　フレックスアート

ISBN978-4-8460-1549-7
落丁・乱丁本はお取り替えいたします

論　創　社

嵐の館◉ミニオン・G・エバハート

論創海外ミステリ171　カリブ海の孤島へ嫁ぎにきた若い娘が結婚式を目前に殺人事件に巻き込まれる。アメリカ探偵作家クラブ巨匠賞受賞作家が描く愛憎渦巻くロマンス・ミステリ。　本体2000円

闇と静謐◉マックス・アフォード

論創海外ミステリ172　ミステリドラマの生放送中、現実でも殺人事件が発生！　暗闇の密室殺人にジェフリー・ブラックバーンが挑む。シリーズ最高傑作と評される長編第三作を初邦訳。　本体2400円

灯火管制◉アントニー・ギルバート

論創海外ミステリ173　ヒットラー率いるドイツ軍の爆撃に怯える戦時下のロンドン。"依頼人はみな無罪"をモットーとする〈悪漢〉弁護士アーサー・クルックの隣人が消息不明となった……。　本体2200円

守銭奴の遺産◉イーデン・フィルポッツ

論創海外ミステリ174　殺された守銭奴の遺産を巡り、遺された人々の思惑が交錯する。かつて『別冊宝石』に抄訳された「密室の守銭奴」が63年ぶりに完訳となって新装刊！　本体2200円

九つの解決◉J・J・コニントン

論創海外ミステリ176　濃霧の夜に始まる謎を孕んだ死の連鎖。化学者でもあったコニントンが専門知識を縦横無尽に駆使して書いた本格ミステリ「九つの鍵」が80年ぶりの完訳でよみがえる！　本体2400円

J・G・リーダー氏の心◉エドガー・ウォーレス

論創海外ミステリ177　山高帽に鼻眼鏡、黒フロックコート姿の名 探偵が8つの難事件に挑む。「クイーンの定員」第72席に採られた、ジュリア ン・シモンズも絶讃の傑作短編集！　本体2200円

エアポート危機一髪◉ヘレン・ウェルズ

論創海外ミステリ178　〈ヴィンテージ・ジュヴナイル〉空港買収を目論む企業の暗躍に敢然と立ち向かう美しきスチュワーデス探偵 の活躍！　空翔る名探偵ヴィッキー・バーの事件簿、48年ぶりの邦訳。　本体2000円

好評発売中